WINTER RENSHAW

Heartless

WINTER RENSHAW

HEARTLESS

Roman

Ins Deutsche übertragen
von Jeanette Bauroth

LYX

LYX in der Bastei Lübbe AG
Dieser Titel ist auch als E-Book erschienen.

MIX
Papier aus verantwortungsvollen Quellen
FSC® C019821

Textredaktion: Corinna Wieja
Umschlaggestaltung: © Massimo Peter-Bille unter
Verwendung des Originals von © Louisa Maggio mit Motiven von
© urfingus/Depositphotos und © Fotomak/Dreamstime.com
Satz: Greiner & Reichel, Köln
Gesetzt aus der Adobe Caslon
Druck und Verarbeitung: C.H.Beck, Nördlingen
ISBN 978-3-7363-0708-7

1 3 5 7 6 4 2

Sie finden uns im Internet unter www.lyx-verlag.de
Bitte beachten Sie auch: www.luebbe.de und www.lesejury.de

1. KAPITEL

Aidy

»Du musst es zurückgeben.« Wren wirft mir einen missbilligenden Blick zu, wie ihn nur eine große Schwester draufhat, und dreht sich dann wieder zu ihrem Schminkspiegel um. »Mensch, Aidy, es ist schon eine ganze Woche her!«

»Wir wissen doch gar nicht, ob er es überhaupt sucht.« Ich sitze im Schneidersitz auf ihrem Bett, drücke mir das tabakfarbene Notizbuch an die Brust und sauge begierig seinen Leder- und Aftershaveduft in mich auf.

»Du weißt nicht mal, ob es wirklich einem Mann gehört.« Sie drückt einen kirschgroßen Klecks Sonnencreme auf ihre Fingerspitzen und verreibt ihn zwischen den Handflächen.

»Die Handschrift verrät es«, widerspreche ich. »Es gehört definitiv einem Mann. Daran gibt es gar keinen Zweifel. Und das Ding ist voll mit Geschwafel zum Thema Liebe. Er schreibt auf eine Art über Frauen, wie es nur Männer können.«

»Jetzt bist du also auch noch Literaturexpertin?«

Ich blättere durch die verwitterten Seiten bis zu einer Stelle, die mit einem Eselsohr markiert ist, und lasse die Finger über die mit schwarzer Tinte geschriebenen Sätze gleiten.

Nach einem Räuspern lese ich laut vor: »*Tränen fielen in ihr Champagnerglas, als sie sich über das Balkongeländer beugte. Sie war allein, so wie es in diesen Tagen häufig der Fall war. Die Frau war gleichzeitig der Inbegriff von Trauer und Schönheit; Glitzer in den Haaren, Tränen in den Augen und die Lippen zu Unrecht ungeküsst, während der Rest der Welt das neue Jahr einläutete.*«

»Das ist ja deprimierend.« Wren drückt einen Klecks Concealer auf ihren Handrücken und greift nach einem kleinen Pinsel. Während der nächsten zwanzig Minuten wird sie sich zu einer Art Ehrenmitglied der Kardashian-Familie verwandeln und dann zu einem Vorstellungstermin gehen, bei dem irgendeine Realityshow-Schauspielerin aus L.A. eine Visagistin für New York sucht. L.A.-Makeup und New-York-Makeup sind zwei vollkommen verschiedene Paar Schuhe, und eine begabte Visagistin in einer Stadt voller talentierter Mitbewerber muss eben auch wissen, wann man wie eine auszusehen hat.

»Das ist nicht deprimierend. Es ist bittersüß.« Ich blättere die Seiten durch und inhaliere den Duft nach Papier, der mein Gesicht streift. »Und romantisch.«

»Der Typ ist völlig von dieser Frau besessen«, findet Wren. »Auf eine absolut ungesunde Art.«

»Es ist eine wunderschöne tragische Liebesgeschichte, Wren. Er ist bis über beide Ohren in eine Frau verliebt, mit der er niemals zusammen sein kann, und dieses gesamte Tagebuch steckt voller Liebesbekenntnisse und dokumentiert all ihre gestohlenen Momente.« Seufzend blättere ich weiter bis zu einem anderen Abschnitt. »*An diesem Abend habe ich einen Blick von ihr gestohlen, doch sie stahl mein Herz. Es war das Vorspiel zu einem Krieg der Liebenden, den keiner von uns beiden gewinnen würde.«*

»Gruselig«, trällert Wren.

Ich suche eine andere Passage heraus, um ihr meinen Standpunkt zu beweisen: *»Heute Abend hätten wir uns beinahe geküsst. Ich habe ihre weichen Hände in meine genommen und fühlte mich unglaublich zu ihr hingezogen, während unsere Lippen voreinander schwebten, nur durch wenige Zentimeter und ein unausgesprochenes Was-wäre-wenn getrennt.«*

»Gib mir das Ding.« Wren entreißt mir das Tagebuch und schlägt es willkürlich irgendwo auf. *»Heute Abend habe ich meinen Nachbarn dabei beobachtet, wie er sein Dienstmädchen an der raumhohen Glasscheibe seiner Penthouse-Bar gevögelt hat. Bei jedem Stoß wippten ihre Brüste auf und ab, während die beiden ihre Hemmungslosigkeit über die schneebedeckten Straßen der Stadt unter ihnen regnen ließen. Er umfasste mit der Hand ihr Kinn und flüsterte ihr Worte ins Ohr, die nur sie beide jemals wissen werden.«*

Sie reicht es mir zurück, mit gekrauster Nase und seitlich aus dem Mund herausgestreckter Zunge.

»Du hast den Rest nicht gelesen«, verteidige ich den Fremden. »Er sinniert anschließend darüber, warum ein Mann wohl etwas besitzen will, auf das er kein Anrecht hat. Ist es lustgesteuert? Primitiv? Seine Sichtweise ist faszinierend.«

»Er ist fasziniert von Männern, die Frauen begehren, die sie nicht haben können.« Mit einem Schulterzucken widmet sich Wren wieder dem Spiegel.

»Nein«, widerspreche ich. »Er versteht die Liebe, Wren. Er akzeptiert ihre chaotischen, komplizierten und unvollkommenen Seiten und erkundet sie. Er versucht herauszufinden, warum er diese Frau so sehr liebt und ob es möglich ist, von ihr zu lassen, denn wenn er mit ihr zusammen wäre, würde er dadurch Menschen verletzen, an denen ihm etwas liegt.«

»Ich stelle ernsthaft deine Entscheidung infrage, in meine Fußstapfen zu treten, Schwesterherz.« Wren lässt eine Puderrougedose aufschnappen und tupft sich ein wenig pfirsichpink auf die Wangen. »Bist du dir sicher, dass du nicht lieber Literatur studieren willst? Ich meine, du analysierst das hier ziemlich tiefschürfend. Es ist nur ein Tagebuch voller Geschwafel von einem gestörten Typen, und du stellst es hin wie die Wiedergeburt von Romeo und Julia.«

»Bring nicht meine kleine romantische Blase zum Platzen. Ich möchte daran glauben, dass das hier echt ist.« Ich umklammere den vorderen Einband des Buches. »Ich habe dieses Bild von ihm in meinem Kopf – er ist attraktiv und breitschultrig. Dunkle Haare. Grüblerischer Blick. Die Art von Mann, der dir ohne besonderen Anlass Blumen mitbringt, Liebesbriefe auf dein Kissen legt und dich mit einer Intensität liebt, dass es beinahe körperlich wehtut.«

»Schön, wie du deinen Traummann in die Liebesgeschichte von jemand anderem projizierst.«

»Aha, jetzt gibst du also zu, dass es sich um eine Liebesgeschichte handelt?«

Meine Schwester verdreht die Augen und versucht, ihr Lächeln zu unterdrücken. »Meinetwegen.«

»Ich hoffe nur, dass die beiden inzwischen zusammen sind. Vielleicht haben sie einen Weg gefunden und sind jetzt glücklich miteinander. Die Liebe hat gesiegt. Denn so sollte es sein, die Liebe sollte immer siegen.«

»Sag das mal meinem Ex«, murmelt Wren, wirft einen Blick auf ihr Handy und lässt das Display aufleuchten. »Shit, ich komme zu spät. Wenn ich um drei noch nicht fertig bin, kannst du dann Enzo von der St. Anthony abholen?«

»Na klar. Schick mir einfach eine Nachricht.« Ich holte meinen Neffen gern von der Schule ab. Er ist acht, also ist es ihm noch nicht peinlich, und er steckt noch so voller Staunen und herrlicher Kleine-Jungen-Lächeln. Wenn er mich sieht, leuchtet sein sommersprossiges Gesicht jedes Mal auf, obwohl wir sechsundzwanzig Tage im Monat zusammenwohnen. Enzo weiß, dass Tante Aidy mit ihm auf dem Weg nach Hause immer zum Brezelstand *und* in den Park geht. »Viel Glück heute. Obwohl du das gar nicht brauchst.«

Wren streicht mit den Händen über ihr hochtailliertes Kleid und zieht sich ein paar leuchtend gelbgrüne Ballerinas an. Sie ist perfekt konturiert und gehighlighted, mit frischer Haut und punktgenau sitzenden Wimpern. Meine Schwester gehört zu den Menschen, die immer makellos aussehen, mit Schminke oder ohne. Ich nehme an, ihre innere Schönheit ist dafür verantwortlich. Manchmal ist ihre äußere harte Schale ziemlich schwer zu knacken, doch innerlich steckt sie voller sanfter Mondstrahlen und glitzerndem Sternenstaub, und sie würde alles für jeden tun.

Auf dem Nachttisch pingt mein Handy und ich strecke mich übers Bett danach aus. »Super. Ich hab gerade über die App einen neuen Termin reinbekommen. Halb eins am Freitag.«

Wren streckt den Daumen hoch und sucht nach ihrer Tasche. Vor einigen Monaten haben wir eine App auf den Markt gebracht, Glam2Go, mit der Kunden hier vor Ort sich eine Visagistin nach Hause bestellen können, damit die sie für ihren großen Auftritt oder ein wichtiges Date oder was auch immer zurechtmacht. Der Bekanntheitsgrad der App wächst kontinuierlich, und wir haben inzwischen eine solide Kundenbasis aufgebaut, mit dem einen oder anderen B-Promi darunter.

Etwas Beständiges und Dauerhaftes wäre schön, aber wir kommen gut zurecht. Wren übernimmt gern die Tagestermine, damit sie nach der Schule bei Enzo sein kann, und ich übernehme die Abende und Wochenenden. Zweimal pro Monat übernachtet Enzo bei seinem Dad in Brooklyn, dann unterstützt mich Wren. Inzwischen haben wir schon für einige Wochen im Voraus Terminanfragen, und bald werden wir weitere Visagistinnen anstellen müssen.

»Hast du heute was vor?«, fragt Wren und hängt sich den Träger ihrer Tasche über die Schulter.

»Nur das Übliche …« Ich zucke mit den Schultern. »Wahrscheinlich ins Fitnessstudio gehen. Mal nach dem Blog schauen. Mein nächstes Tutorial planen. Material bestellen. Eventuell ein kleines Nickerchen machen …«

»Du führst ein echt hartes Leben«, witzelt sie und zwinkert mir zu. Im Türrahmen dreht sie sich noch einmal um. »Bring das Tagebuch zurück. Es gehört dir nicht. Leg es einfach wieder dorthin, wo du es gefunden hast. Ansonsten … Karma.«

Letzte Woche bin ich an einem trüben Montagnachmittag die Lexington Avenue entlangspaziert, als es zu nieseln begann. Innerhalb von Sekunden hatte der Wind aufgefrischt und die Regentropfen trafen mich von der Seite, sodass meine Klamotten im Nullkommanichts durchweicht waren. Es hätte nicht mehr viel gefehlt und ich hätte ausgesehen wie eine ersoffene Ratte, daher stellte ich mich schnell auf der überdachten Vortreppe eines Stadthauses unter.

Während ich dort darauf wartete, dass der Sturm vorüberzog, fiel mir ein ledergebundenes Tagebuch ins Auge, das zwischen den Steinstufen und einem ungeschnittenen Buchsbaum im Zedernmulch lag. Der Einband war feucht und die Seiten kräuselten sich schon, also hab ich mich gebückt und es aufgehoben, ehe die Naturgewalten noch mehr Schaden anrichten konnten.

Als der Regen endlich aufhörte und die Sonne durch die Wolken brach, klingelte mein Handy. Ich plauderte mit meiner Mutter über ihre kürzlich gemachte Kreuzfahrt nach Alaska, ging die Straße hinunter und vergaß dabei völlig das Notizbuch unter meinem Sweatshirt.

»Schön.« Ich atme aus. »Ich bringe es zurück.«

»Heute noch.« Wren deutet mit dem Finger in meine Richtung.

»Ja, *Mom.*«

Wren verschwindet und nur wenige Sekunden später höre ich das Klicken der Eingangstür. Ich lasse mich zurück auf ihr Bett fallen, halte das Tagebuch über meinen Kopf und blättere es auf.

»Ich liebe diese Frau. Mehr, als ich je zuvor jemanden geliebt habe. Ich liebe sie so sehr, dass es mir Angst macht. Ich fürchte mich davor, dass ich eine Dummheit begehen könnte, damit sie mir gehört, und ich fürchte mich davor, was ich tun würde, sollte ich sie jemals für immer verlieren.«

Ich verziehe die Mundwinkel nach oben. Ich hoffe inständig, dass ich eines Tages jemanden finde, der mich auch nur halb so sehr liebt wie dieser Mann diese Frau liebt.

Ich rolle mich auf die Seite, blättere um, und lese noch eine Seite und noch eine. Jede einzelne verschlinge ich wie kleine, süchtig machende Kartoffelchips mit Liebesgeschmack.

»Heute Abend hat sie in meinen Armen geweint. Ich habe sie getröstet, weil er nicht da war, um es zu tun. Das ist er nie. Trotzdem liebt sie ihn. Sie liebt ihn, obwohl er sie nicht verdient. Ansonsten wäre er hier und würde ihr dabei helfen, ihr gebrochenes Herz zu kitten.«

Ich streiche über einige der Tintenwörter. Eine Seite gestatte ich mir noch, dann werde ich mich auf den Weg zur Lexington Avenue machen, das Haus suchen und das Tagebuch auf der Eingangstreppe ablegen.

Noch einmal atme ich den Lederduft ein. *»Ich erwarte nicht, dass irgendjemand diese Liebe versteht, die für mich selbst so unverständlich ist. Aber trotzdem versuche ich es mit aller Kraft. Ich versuche zu verstehen, wie die Sonne in ihren Augen auf- und untergehen kann. Warum es mir unmöglich ist, auch nur eine Stunde lang nicht an diese Frau zu denken. Wie ich überhaupt existieren konnte, bevor sie meine Welt betreten hat. Es wird immer nur sie geben, das wusste ich schon, als wir noch Kinder waren. Sie hat sich für den falschen Mann entschieden, aber das ändert nichts an der Tatsache, dass ich sie immer noch liebe. Ich liebe sie, ich liebe sie, ich liebe sie.«*

Ich blättere weiter, den Blick auf die Wörter geheftet, und tue so, als ob ich sie gerade zum allerersten Mal lese.

»Ich spüre, dass sie sich von mir zurückzieht. Sie sagt, es ist nicht richtig. Sie will nicht, dass jemand verletzt wird. Aber sie ist mein Lebenselixier, ich brauche sie. Ohne sie kann ich nicht überleben. Ich würde eine bemitleidenswerte und einsame Existenz führen. Ich würde niemals wieder lieben. Und nicht, weil ich

es nicht versuche. Doch wenn man erst einmal eine so reine Liebe erlebt hat, gibt es nichts Vergleichbares mehr.«

»Mein armer, lieber Romeo.« Ich lege die Wange auf das wellige Papier und schließe die Augen. »Ich hoffe, du hast dein Happy End gefunden.«

Ich werde das hier vermissen, diese Wörter. Das Kaleidoskop der Emotionen, die damit einhergehen. Noch nie war ich gleichzeitig so begeistert und am Boden zerstört. Manchmal ertappe ich mich dabei, dass ich kurz davorstehe, mich in einen vollkommen Fremden zu verlieben. Beziehungsweise in meine Vorstellung von ihm. Oder vielleicht bin ich in die Art und Weise verliebt, auf die er liebt.

Sie kann sich sehr glücklich schätzen, diese Frau, weil sie so sehr geliebt wird.

Für den Großteil des Nachmittags verliere ich mich zum letzten Mal in diesen Worten. Danach raffe ich mich auf, schnüre meine Turnschuhe zu und begebe mich mit dem Tagebuch in der Hand auf einen Spaziergang in Richtung Lexington Avenue.

2. KAPITEL

Aidy

Dieses Haus war es, da bin ich mir sicher.

942 Lexington Avenue.

Ich erkenne die Fassade aus texanischem Kalkstein und die schwarze Markise über der Treppe mit dem kleinen Riss in der Ecke wieder.

Eine Brise fährt in die Blätter der Bäume, die den Gehweg säumen, und die Frau in einem weißen Hosenanzug vor mir, die ihren fluffigen Zwergspitz ausführt, plappert unentwegt in ihr Handy.

Ein Fahrradkurier saust durch die Straßen und zwischen geparkten Taxen hindurch, und ein Müllauto arbeitet sich durch die Nachbarschaft.

Auf vielerlei Weise ist es einfach nur ein ganz normaler Montag, an dem die Leute sich um ihren Kram kümmern. Ich umklammere das Lederbuch, das ich in der Hand halte, und werde plötzlich unsicher. Wenn mich irgendjemand dabei beobachtet, wie ich hier an diesem Haus vorbeilaufe, ein Buch auf die Treppe lege und dann einfach weitergehe, so als wäre es keine große Sache, würde er mich vermutlich für eine Irre halten, die aus der Klapsmühle ausgebrochen ist.

Aber ich muss es tun.

Mir bleibt keine Wahl.

Hinter den Fenstern des Hauses ist es dunkel, was einen starken Kontrast zu den hellen Fassadensteinen bildet. Ich bleibe am Fuß der Treppe stehen, atme tief ein und fixiere die schwarze Eingangstür vor mir.

Dahinter wohnt mit großer Wahrscheinlichkeit der Besitzer dieses Buches.

Der Autor dieser Worte.

Der Mann, dessen Worte mich tief berührt haben.

Auf der anderen Seite dieser Tür existiert eine vollkommen andere Welt.

Eine mit einem Mann, der eine Frau so sehr liebte, dass es ihn vollkommen auffraß.

Es hat ihn zerbrochen, für alle anderen Frauen verdorben.

Mit einem stummen *Auf Wiedersehen* bücke ich mich und lege das Buch auf die unterste Stufe. Dort kann man es nicht übersehen. Der Besitzer des Hauses wird es auf jeden Fall entdecken. Ich richte mich auf, stecke die Hände in die Taschen meiner grauen Jogginghose und drehe mich in Richtung Central Park, denn heute brauche ich unbedingt einen langen Lauf, um den Kopf freizukriegen.

»Hey!« Hinter mir dröhnt die Stimme eines Mannes. »Hey, Sie da!«

Gleichgültig drehe ich den Kopf und suche aus dem Augenwinkel nach der Person, die da einer anderen nachbrüllt. Das geht hier in der Stadt dauernd so. Ständig schreien sich die Leute wegen irgendetwas an. Meistens blende ich das aus, weil es nie an mich gerichtet ist, aber als ich bemerke, dass mich ein großer, breitschultriger Mann mit dunklen Haaren und einem dichten, dunklen Bart, der sein halbes Gesicht bedeckt, ins Visier genommen hat, bleibe ich wie angewurzelt stehen.

»Lady!«, ruft er.

Ich schnalle nicht sofort, dass er versucht, meine Aufmerksamkeit zu erregen. Es dauert einen Moment. Ich sehe nichts weiter als mit dicken Muskeln bedeckte Schultern, die in einem von diesen Baseball-T-Shirts stecken, mit weiß blauen Ärmeln, die nur bis zum Unterarm reichen. Seine Haare sind lang und mit irgendwas zurückgegelt, das sie feucht und schimmernd aussehen lässt, die Seiten sind kurz rasiert. Obwohl sein Gesicht zur Hälfte von dem Bart verdeckt wird, kann ich sogar von hier aus sehen, dass er markante Züge hat. Seine Brauen sind dunkel und hochgezogen, während er mich mit so intensivem Blick mustert, dass ich kaum einen klaren Gedanken fassen kann.

»Meinen Sie mich?« Ich deute auf meine Brust.

Er nickt und geht mit langen Schritten auf mich zu. Am Fuß der Treppe bleibt er stehen, bückt sich, hebt das Tagebuch auf und kommt entschlossen zu mir herüber.

Ich beobachte jede seiner Bewegungen. Mir fällt auf, wie aufrecht seine Haltung beim Gehen bleibt, wie er den Blick keine Sekunde von mir nimmt und wie er die Lippen zusammenpresst. Er streckt mir das Buch entgegen.

»Ich will das nicht«, sagt er. »Keine Ahnung, was es ist, aber ich will es nicht. Sie können nicht einfach Zeug vor meine Tür legen.«

Falls es sich bei ihm um den Mann aus dem Tagebuch

handelt, dann hat er die Frau ganz offensichtlich nicht bekommen, denn sonst hätte er nicht so eine wütende Grundstimmung.

»Ich habe das Buch letzte Woche hier vor Ihrem Haus gefunden«, erkläre ich und bemühe mich um einen feinfühligen Ton. Mein Herz blutet für den Mann, der vermutlich kein Happy End erleben durfte. »Es hat geregnet und es wurde nass. Ich wollte nicht, dass es kaputtgeht. Eigentlich wollte ich es schon früher zurückbringen, aber ich bin bisher nicht wieder in diesen Stadtteil gekommen.«

Der Mann streckt mir immer noch das Buch entgegen, aber jetzt starrt er mit zusammengezogenen Brauen darauf.

»Ich hab das hier noch nie zuvor gesehen.«

Ich lasse die Schultern sinken und zögere einen Moment, ehe ich das Tagebuch entgegennehme. »Haben Sie vielleicht eine Idee, wem es gehören könnte? Ich habe es unmittelbar vor Ihrem Haus gefunden, im Mulch bei den Büschen, als wäre es von Ihrer Treppe gefallen …«

Er starrt mich ungläubig an und verzieht den Mund zu einem abfälligen Lächeln. »Ehrlich? Das soll ich Ihnen glauben?«

Ich zucke zusammen. »Ich verstehe nicht ganz, worauf Sie hinauswollen.«

»Wissen Sie, wie viele Leute hier vorbeikommen und verrückten Kram auf meine Treppe legen? Zeug, das ich signieren soll, Nacktfotos, Briefe mit Telefonnummern …«

Ich lache verunsichert. »Tut mir leid, ich verstehe nicht.«

»Ich gebe keine Autogramme mehr«, sagt er. »Da müssen Sie schon auf eBay suchen.«

»Ich will kein Autogramm von Ihnen«, widerspreche ich

und erwähne absichtlich nicht, dass ich nicht die geringste Ahnung habe, wer er ist.

»Und was soll dann das hier sein? Denn für mich sieht es verdammt noch mal sehr nach einem dieser kleinen Autogrammbücher aus.« Er schlägt das Buch auf und seufzt. »Himmel, was ist das denn? Ihr Tagebuch? Hören Sie, ich fühle mich geschmeichelt, aber ich habe absolut kein Interesse daran, Ihre kleinen Fantasien zu lesen. Vielleicht glauben Sie, in mich verliebt zu sein, keine Ahnung, aber der ganze Scheiß, den Sie hier aufgeschrieben haben, wird niemals passieren.«

Mir fällt die Kinnlade herunter und mein Lächeln verblasst. Alle Anspannung verschwindet und ich werde so wütend, dass ich ihm das Buch aus der Hand reiße.

»Wenn Sie alle Ihre Fans so behandeln«, sage ich, »dann sind Sie herzlos.«

»Da erzählen Sie mir nichts Neues«, schnaubt er und hält meinen Blick fest. »Also geben Sie zu, dass Sie ein Fan sind.«

Durch zusammengepresste Zähne erwidere ich ruhig: »Wie gesagt, ich habe das hier nicht geschrieben. Ich habe es vor Ihrem Haus gefunden und wollte es zurückbringen.«

Er lacht humorlos auf, die Hände in die schmale Taille gestützt. Der Mann überragt mich um gut zwanzig Zentimeter und die tief auf seinen Hüften sitzende Jeans schmiegt sich an seine langen, muskulösen Beine.

Ich klemme mir das Notizbuch unter den Arm und spüre, wie mir glühende Röte ins Gesicht steigt. Auf der Zunge brennt mir eine ganze Menge, was ich ihm am liebsten sagen würde. »Und übrigens, Sie glauben vielleicht, dass ich wegen eines Autogramms hier bin, aber ich habe nicht die geringste Ahnung, wer Sie sind, also ficken Sie sich ins Knie.«

Ich drehe mich um und will gehen, gleichzeitig froh und stinksauer. Ich kann an einer Hand abzählen, wie oft ich das Wort »ficken« bisher außerhalb meines Schlafzimmers benutzt habe. Wenn man in der Kleinstadt Red Fern in Missouri aufwächst, wird einem beigebracht, dass man so nicht mit Leuten spricht. Probleme klärt man bei einem Stück Bananenbrot am Küchentisch und mit Umarmungen und Küssen. Die Kincaid-Frauen lösen ihre Probleme nicht mit Schimpfworten und Gereiztheit, sondern mit Würde.

Aber heute ist mir meine Würde total egal, denn dieser Mann, dieser Idiot, hat es verdient, ganz egal, wer er ist.

»Blödes Arschloch«, murmele ich vor mich hin, als ich um die Ecke gehe, und zwar schnell, weil ich gar nicht rasch genug von ihm wegkommen kann. Meine Hände zittern vor Wut und ich ringe ein wenig nach Luft.

Aber wenigstens habe ich das Tagebuch, und da ich seinen rechtmäßigen Besitzer niemals ausfindig machen kann, gehört es jetzt wohl offiziell mir.

Für immer.

Was vermutlich aber gleichzeitig bedeutet, dass ich niemals das Gesicht des Mannes hinter den Worten sehen werde, und niemals erfahre, ob er am Ende doch mit seiner einzigen Liebe zusammengekommen ist.

Mit dem Buch unter dem Arm mache ich mich auf den Weg zum Park für meinen Lauf, und danach werde ich nach Hause zu Wren und Enzo gehen, den am wenigsten arschlochigen Menschen, die ich kenne.

Auf Nimmerwiedersehen, verrückter Blödmann.

Für so was ist mir meine Zeit zu schade.

3. KAPITEL

Aidy

»Vielleicht warst du beim falschen Haus?«, vermutet Wren und rührt in ihrem Topf kochender Makkaroni.

»Nein.« Ich sitze Enzo gegenüber am Küchentisch. Er kramt in seinem Superheldenrucksack herum und sucht den Erlaubnisschein, den er eigentlich schon letzte Woche unterschrieben hätte abgeben sollen. »Ich bin zu neunundneunzigkommanneunundneunzig Prozent sicher, dass ich richtig war.«

»Möglicherweise ist es jemandem beim Vorbeigehen aus der Tasche gefallen«, überlegt Wren. Der Timer an der Mikrowelle piept und sie stellt ein Metallsieb in die Spüle. Nachdem sie die Nudeln abgeschüttet hat, dreht sie sich zu Enzo um. »Hast du ihn gefunden, Schatz?«

»Nein, Mom. Aber ich weiß, dass ich den Zettel hatte. Mrs Caldecott sagt, wenn wir ihn bis morgen nicht abgegeben haben, dürfen wir nicht mit ins Naturkundemuseum.« Mein Neffe runzelt die Stirn, schüttelt den Kopf und ruft mir damit in Erinnerung, dass alle schlechten Tage relativ sind.

Ich habe den restlichen Nachmittag damit verbracht, mich über den bärtigen Riesen mit dem stechenden Blick und den breiten Schultern zu ärgern. Nicht mal eine drei Meilen lange Joggingrunde hatte das bessern können. Ich habe zugelassen, dass er mir den Nachmittag ruiniert, und wofür? In einem Jahr werde ich vermutlich nicht mal mehr wissen, wie er aussah.

Nein.

Moment.

Das stimmt nicht.

Einen Mann, der so aussieht, kann ich nicht vergessen.

Er ist der Inbegriff des grüblerischen Prachtkerls und ich hab ihn den ganzen Tag über nicht aus meinen Gedanken bekommen.

»Sie hätte dir doch sicher einfach noch mal eine Kopie mitgeben können«, sagt Wren und schnalzt mit der Zunge. »Mir reicht es allmählich mit Mrs Caldecott. Ständig versucht sie, den Kindern was fürs Leben beizubringen, aber das ist die Aufgabe der Eltern. Sie soll ihren Schülern Mathe und Englisch und Naturwissenschaften vermitteln und den Rest uns überlassen.«

»Da bin ich anderer Meinung, Schwesterherz. Ich gehöre der Gruppe an, die glaubt, dass man ein ganzes Dorf braucht, um Kinder zu erziehen!«, rufe ich, obwohl ich ganz genau weiß, dass ich nichts an der kontrollsüchtigen Art meiner Schwester ändern kann. Sie hat längst geplant, nächstes Jahr den Elternbeirat an Enzos Schule zu unterwandern, weil sie unzufrieden mit der Hausaufgabenpolitik ist. Ja, meine Schwester ist die typische Helikoptermutter, aber sie meint es immer gut. »Ich helfe dir.«

Enzo reicht mir seinen Rucksack, der unglaublich viele Taschen und Reißverschlüsse hat. Ich wühle mich bis zum Boden vor, der mir wie ein unendliches schwarzes Loch vorkommt, und ziehe ein zerknülltes Stück Papier heraus.

»Ich schreibe dir einfach eine handschriftliche Erlaubnis«, erklärt Wren, stellt die Makkaroni zurück auf den Herd und stäubt oranges Käsepulver darüber. »Wenn das nicht gut genug ist, marschiere ich ins Büro von Direktor Watkins und …«

»Ruhig Blut, Mama Bär.« Ich falte das zerknitterte Blatt auf. Mrs Caldecott hat die Erlaubnis offensichtlich extra auf farbiges Papier gedruckt, damit es zwischen all den Blättern, die sie den Kindern täglich mit nach Hause schickt, leichter zu erkennen wäre. »Wir haben es gefunden.«

Enzo hüpft glücklich auf seinem Stuhl herum und reißt es mir aus der Hand, um damit hinüber zu Wren zu sausen.

»Immer mit der Ruhe, Schatz.« Wren wuschelt ihm grinsend durch die Haare und holt einen Stift aus einer Schublade. Der erste funktioniert nicht, genauso wenig wie der zweite. Leise vor sich hin murmelnd zieht sie schließlich einen schwarzen Fineliner heraus und unterschreibt die Erlaubnis. »Steck das in die vordere Tasche an deinem Rucksack. Von jetzt an kommen alle wichtigen Dokumente dort rein, okay?«

»Ja, Mom.« Enzo macht, was sie ihm sagt. Er ist ein guter Junge, eine Mischung aus Nerd und Sportfan. Er ist immer beschäftigt und manchmal ein wenig vergesslich, aber er ist unser Enzo und wir finden ihn gut, so wie er ist.

»Shit«, flüstert Wren aus der Küche. Ich blicke hinüber und sehe, wie sie festgebrannte Makkaroni vom Boden des Topfs kratzt.

»Was hast du gemacht?«, will ich wissen.

»Den Topf zurück auf den Herd gestellt, aber die Platte nicht ausgeschaltet.« Sie hebt den Holzlöffel hoch und zeigt mir Beweisstück A: kohlrabenschwarze, verklumpte Makkaroni. In der Küche riecht es nach verbranntem Mehl. »Wenigstens habe ich weder Milch noch Butter daran verschwendet.«

»Und was essen wir jetzt zum Abendbrot, Mom?«, frotzele ich.

»Pizza!«, ruft Enzo begeistert. Ganz offensichtlich ist er nicht im Geringsten traurig darüber, dass die Fertigkäsemakkaroni einen vorzeitigen Tod gefunden haben. »Können wir zu Chauncey gehen?«

Wren und ich tauschen einen Blick, während sie den heißen Topf in die Spüle stellt und mit warmem Seifenwasser füllt.

»Hast du denn Chaunceys Pizza nicht allmählich satt?«

»Nein«, entgegnet Enzo sachlich.

»Irgendwann wirst du davon die Nase voll haben«, bin ich mir sicher. »Erst recht, wenn Chauncey dein Stiefvater wird. Ihr werdet für den Rest eures Lebens Pizza zum Abendbrot essen.«

Enzo nickt und reibt sich lächelnd über den Bauch. Wren stöhnt. Sie und Chauncey sind seit einem halben Jahr verlobt und planen ihre Hochzeit im Dezember mit der Geduld von zwei Heiligen, die glücklich ineinander verliebt sind, es aber nicht eilig haben, gemeinsam vor den Altar zu treten.

Chauncey ist ein guter Kerl. So gut, dass er nicht mal mit Wren zusammenwohnen will. Laut ihm würde seine traditionsliebende irisch-katholische Mutter einen hysterischen Anfall bekommen, daher warten sie ab, bis ihre Beziehung offiziell legalisiert ist. Chauncey hat rotblonde Haare und verträumte braune Augen und ist damit das komplette Gegenteil zu Enzos Dad, Lorenzo, was mich als Wrens Schwester unglaublich glücklich macht. Enzo verdient Stabilität und Wren verdient einen Mann, der zu schätzen weiß, dass sie ein wirklich außergewöhnlicher Mensch ist.

Mit hochgezogenen Brauen wendet sich Wren an mich: »Willst du Pizza essen gehen?«

Ich habe mich auf den Küchentisch gestützt, den Kopf in den Händen, und sehe zu ihr auf. Mein Magen knurrt und Pizza klingt gut, aber Chaunceys Pizzeria ist in Uptown, und dort war ich erst vor ein paar Stunden. Momentan kommt es mir wie eine gute Idee vor, mich von der Lexington Avenue fernzuhalten. Allerdings … Gratispizza schlägt man nicht so einfach aus.

»Aber nach Laufen oder dem Zug ist mir nicht. Können wir ein Taxi nehmen?«, frage ich, weil mir die Fußsohlen von dem langen Spaziergang und dem darauffolgenden Lauf in meinen ausgetretenen Turnschuhen wehtun. Eigentlich bräuchte ich neue Schuhe, aber das schiebe ich vor mir her, weil ich meine alten liebe und dieses Modell vor Kurzem aus dem Verkauf genommen wurde.

Wren zuckt mit den Schultern. »Ja. Klar. Enzo, zieh deine Schuhe an.«

***

Chaunceys Pizzeria befindet sich ungefähr auf halber Strecke zwischen Midtown und der Upper East Side. Von außen sieht sie aus wie ein irischer Pub, inklusive smaragdgrünem

Vordach mit dem goldenen Schriftzug »Finnegan's Pizzeria« darauf. Im Inneren spielt in Dauerschleife irische Dudelsackmusik und die Speisekarte besteht aus den absurdesten Kreationen wie Brams Pizza mit Corned Beef und Kraut, Quinns Pizza mit Kartoffel, Lauch und Schinkenspeck und Mrs O'Flannerys Pizza mit Sheperd's Pie.

Laut Chauncey waren zum Zeitpunkt der Eröffnung solche Verschmelzungen der Hit, und da er noch keine irisch-italienische Kombination gesehen hatte, riskierte er es. Und zwar erfolgreich, denn hier war immer viel los.

»Hey, Schatz.« Chauncey kommt in Kakihose und einem grauen Hemd aus dem Hinterzimmer. Er zieht Wren in die Arme und sein Gesicht strahlt wie das Haus der Griswolds zur Weihnachtszeit. Vor Enzo küsst er sie nie, was ein weiterer Punkt an Chauncey ist, der mir sehr gut gefällt. »Was für eine Überraschung. Mein Lieblingsmädchen und mein Lieblingsjunge.«

Er beugt sich vor und strubbelt Enzo durch die dichten, braunen Haare.

»Und meine liebste zukünftige Schwägerin«, fügt er zwinkernd hinzu.

»Deine einzige zukünftige Schwägerin.« Ich habe diesen Scherz schon tausendmal gehört und aus irgendeinem Grund findet er ihn immer noch lustig, daher stoße ich ihn spielerisch gegen den Arm und trage meinen Teil dazu bei.

»Ich habe euch einen Tisch im hinteren Bereich reserviert.« Er bedeutet uns, ihm zu folgen und ich entdecke das »Reserviert«-Schild in unserer Lieblingsnische in der Ecke. »Die besten Plätze im Haus.«

Wir rutschen in die Nische. Die grünen, mit Wachstuch

bezogenen Sitze sind frisch abgewischt und noch ein wenig feucht. Ich schnappe mir die Getränkekarte hinter dem Parmesanstreuer.

»Du willst was trinken?«, fragt Wren.

»Ist das ein Problem?« Fragend ziehe ich die Brauen hoch.

»Normalerweise trinkst du an einem Montagabend keinen Alkohol«, erwidert sie.

»Ich bin immer noch ein bisschen genervt von diesem Blödmann heute Nachmittag.«

»Warum lässt du das zu? Pfeif auf ihn.« Sie verzieht das Gesicht.

»Ich hab mir eigentlich geschworen, mich nicht darüber zu ärgern«, gebe ich zu und blättere die Getränkeauswahl durch. »Ich weiß, dass Menschen wie er das nicht wert sind. Es ist nur so, da versucht man, etwas Nettes für jemanden zu tun und derjenige benimmt sich wie ein Idiot. Das ist schwer zu vergessen.«

»Du hast es gut gemeint.«

»Das kannst du laut sagen.«

»Was ist denn passiert?«, will Chauncey wissen.

»Erinnerst du dich noch an dieses Tagebuch, das sie letzte Woche gefunden hat?«, fragt Wren, deutet auf mich, sieht aber ihren Verlobten an. »Sie wollte es heute zurückbringen und der Typ hat sich wie ein totales Du-weißt-schon-was verhalten. Hat behauptet, es noch nie zuvor gesehen zu haben und ihr vorgeworfen, sie würde ihn stalken und wolle nur ein Autogramm.«

Chauncey lacht. »Wahrscheinlich irgend so ein Internetpromi, der sich für wichtig hält. Die Stadt ist voller solcher Typen. Lass ihn dir nicht den Tag versauen, Aidy.«

»Können wir Pizza mit Pepperoniwurst haben?«, fragt Enzo.

»Hättest du gern deine eigene Pepperoniwurst-Pizza in Enzogröße?«, erkundigt sich Chauncey.

Mein Neffe nickt, mit heraushängender Zunge wie ein Hund.

»Für die Damen das Übliche?«

»Ja, Sir«, antworte ich und deute auf die Getränkekarte. »Und für mich noch eine Irish Rose, bitte, bitte.«

Chauncey geht los und sucht einen Kellner für unsere Bestellung, dann verschwindet er durch eine Schwingtür.

»Er ist ein fleißiger Mann«, sage ich zu Wren.

Sie lächelt und neigt den Kopf, während sie mit dem roten Pfefferstreuer vor sich spielt. »Er ist ein guter Kerl. Ich denke, ich werde ihn behalten. Enzo, soll ich Chauncey behalten?«

Enzo nickt begeistert.

»Hey, du hast mir noch gar nicht erzählt, wie deine Bewerbung bei dem Realitystar heute gelaufen ist.« Ich greife über den Tisch und tippe ihr auf die Hand.

Wrens blaue Augen fangen meinen Blick auf. Sie zuckt mit den Schultern. »Es war okay. Sie war ein bisschen überheblich. Eine von denen, die sich für berühmter halten, als sie sind.«

»Tun sie das nicht alle?«

»Sie hat verlangt, dass ich sie abschminke und ihr frisches Make-up auftrage«, erklärt Wren. »Es hat beinahe eine Viertelstunde gedauert, alles runterzubekommen. Ihr Gesicht war praktisch zugespachtelt. Im abgeschminkten Zustand habe ich sie fast nicht wiedererkannt. Meistens sehen diese Frauen ungeschminkt viel besser aus. Es war, als würde sie plötzlich zu einem völlig anderen Menschen. Sie wurde ganz still und hat den Blick in den Spiegel gemieden, bis ich zumindest ihre Aknenarben überdeckt hatte. Dann hat sie ausgeatmet und darüber gewitzelt, dass Visagisten Schönheitschirurgen für Arme sind.«

»Das ist ein Kompliment, oder?«

Wren verdreht die Augen. »Durch die Hintertür.«

»Glaubst du, du bekommst den Auftrag?«

»Vielleicht. Keine Ahnung. Als ich ging, hatte ich nicht das Gefühl, dass sie sehr beeindruckt war.«

»Was hast du ihr denn für einen Look verpasst?«

»Einen geschmackvollen und natürlichen, mit dem sie aber trotzdem vor die Kamera treten kann. Ich hab ihrer Nase und den Wangenknochen Kontur verpasst, grellroten Lippenstift aufgetragen und es beim Augenmakeup ein wenig dezenter angehen lassen. Wir haben künstliche Wimpern benutzt, aber die mäßige Variante. Ich fand, dass sie frisch und lebendig aussah. Sie hat sich einfach nur im Spiegel angestarrt und ihre Assistentin gebeten, mich hinauszubegleiten.«

»Sie hat dich rausgeschmissen?«

»Nein, so war das nicht. Es war nicht übel. Einfach bloß … komisch.«

»Für so jemanden möchtest du sowieso nicht arbeiten.«

Sie schnaubt. »Ich bin alleinstehende Mutter. Ich würde für jeden arbeiten, der sich mein Honorar leisten kann und mich pünktlich bezahlt.«

Arme Wren. Lorenzo arbeitet freiberuflich in der Unterhaltungsindustrie, hauptsächlich in Fernsehproduktionen, und daher ist er mit seinen Unterhaltszahlungen häufig spät dran. Wenn Lorenzo wenig zu tun hat, wirkt sich das auf

Wren aus und Enzo ist der Leidtragende. Das ist auch ein Grund dafür, warum ich nach der Trennung der beiden vor ein paar Jahren bei ihr eingezogen bin. Die Lebenshaltungskosten in Manhattan sind exorbitant und sie wollte in einer netten Gegend in der Nähe von St. Anthony wohnen, damit Enzo es nicht weit zur Schule hat. Etwa vier Blocks entfernt fanden wir eine renovierte Dreizimmerwohnung und haben unser Geld für die Kaution zusammengelegt.

Seither haben wir es hingekriegt, und auch wenn einige dürre Monate dabei waren, ist es die Sache wert.

»Mom! Mom!« Enzo zieht am Arm seiner Mutter und unterbricht damit unser Gespräch.

»Was ist denn los, Schatz?«, fragt sie.

Enzo hat den Blick auf etwas hinter mir auf der anderen Seite des Pubs gerichtet und scheint ausnahmsweise mal sprachlos zu sein.

»Das ist … das ist …« Ihm hängt die Kinnlade herab und er verzieht die Mundwinkel. Seine ahornbraunen Augen leuchten. »Das ist … Alessio Amato, einer der besten Starting Pitcher in der Geschichte des Major League Baseball.«

Er spricht langsam, wie verzaubert, und hat den Blick noch keinen Moment von dieser Ecke des Raums genommen.

»Darf ich mir ein Autogramm holen, Mom?« Er legt die Hände bittend zusammen und hüpft auf seinem Platz auf und ab.

»Wer ist das noch mal?« Wren nimmt mir die Worte aus dem Mund. Wir beide interessieren uns nicht besonders für Sport. Bei einem Baseballspiel waren wir zum ersten Mal, als sie und Lorenzo anfingen, miteinander auszugehen. Er war ein großer Yankees-Fan und hat sie ein Jahr lang zu jedem

Heimspiel geschleppt. Ich bin damals mitgegangen, um nett zu sein. Seine Baseball-liebenden Gene hat Enzo eindeutig von Lorenzos Teil der Familie geerbt.

»Alessio Amato«, wiederholt Enzo leicht ungeduldig. »Er wird Ace genannt.«

»Ist das überhaupt ein Name?«, witzele ich.

»Tut mir leid, Schatz, ich hab noch nie von ihm gehört«, gibt Wren mit amüsiertem Blick zu. »Für welches Team spielt er denn?«

»Er war früher bei den Baltimore Firebirds«, erklärt Enzo. Sein kleiner Körper zappelt unruhig umher. »Letztes Jahr hat er seine Karriere beendet.«

Wren beugt sich hinüber zu Enzo, späht aus unserer Nische hinaus und versucht, einen Blick auf den Mann zu erhaschen.

»Den hab ich definitiv noch nie zuvor gesehen«, stellt sie fest. »An so ein Gesicht würde ich mich erinnern.«

Genau in dem Moment, als ich darüber nachdenke, selbst mal einen Blick zu riskieren, quetscht sich eine Kellnerin zwischen einigen Tischen durch, ein Tablett mit Getränken in der Hand, und meine Aufmerksamkeit wird jetzt zu einhundert Prozent von dem irischen Cocktail mit meinem Namen darauf beansprucht.

»Kann ich mir ein Autogramm von ihm holen, Mom?«, fragt Enzo bettelnd. »Bitte, bitte, bitte, bitte!«

»Wohin soll er das denn schreiben? Auf deinen Arm?«, fragt sie und dreht den Strohhalm ihres Wassers zwischen Daumen und Zeigefinger.

»Tante Aidy, hast du Papier in deiner Handtasche?«, will Enzo wissen.

Ich wühle darin herum. »Nur einen Stapel Visitenkarten. Tut mir leid.«

»Sind die auf der Rückseite leer?«

Ich hole eine heraus und drehe sie um. »Ja.«

»Hast du auch einen Stift?«

Wren lacht.

»Na klar.« Ich reiche ihm beides und er rutscht aus der Nische und durchquert den belebten Pub.

Meine Schwester behält ihren Sohn im Blick wie eine Adlermutter ihr Junges und ich konzentriere mich auf die Köstlichkeit vor mir. Schluck für Schluck fühle ich, wie sich meine Nerven beruhigen.

»Oh, oh.« Wren macht ein erschrockenes Gesicht. Ich strecke den Kopf aus unserer Nische und sehe, wie die Eingangstür unter dem Geläut der Türglocke ins Schloss fällt. Dann erblicke ich den schluchzenden Enzo mit seinen leeren Händen. Wren zieht ihn in die Arme. »Was ist denn passiert, Schatz?«

»Er … er hat gesagt … er hat gesagt, er gibt keine Autogramme mehr. Ich soll auf eBay suchen. Mom, was ist eBay?«

Während Wren ihren Sohn tröstet, ziehe ich mein Handy aus der Tasche.

»Enzo, wie heißt der Typ noch mal?«, frage ich und rufe mit fliegenden Fingern Google auf.

»Ales … Alessio …« Sein Brustkorb hebt und senkt sich mit jedem erzwungenen Atemzug. Wenn sich der Junge nicht beruhigt, wird er gleich noch einen Asthmaanfall kriegen. »Ace … Amato.«

Ich tippe seinen Namen in die Suchmaschine und klicke auf »Bilder«.

Tausende werden mir angezeigt, aber der Mann auf diesen Fotos ist rasiert. Unglaublich attraktiv. Kein Bart, aber trotzdem besteht keinerlei Zweifel.

Er ist es.

Das Arschloch von der Lexington Avenue.

Mit zitternden Händen erkenne ich den stechenden Blick wieder.

»Schweinehund«, murmele ich vor mich hin.

Niemand bringt meinen Neffen zum Weinen, erst recht nicht irgendein ehemaliger Baseballspieler, der seinen Zenit längst überschritten hat.

»Das klingt so, als sei er ein Blödmann, Schatz«, sagt Wren. »Von so jemandem möchtest du sowieso kein Autogramm.«

Enzo schnieft, nickt und vergräbt sein Gesicht an Wrens Schulter.

Dieser elende Mistkerl.

Er sollte besser hoffen, dass sich unsere Wege nie wieder kreuzen.

4. KAPITEL

Ace

Die Pizzaschachtel rutscht über meine Arbeitsplatte und kommt in der Mitte zu einem plötzlichen Halt. Ein armseliges Abendessen, aber ich inhaliere Stück für Stück wie ein hungriger Löwe eine Gazelle.

Es war ein mieser Tag.

Einer dieser So-viel-Mist-los-dass-ich-vergessen-habe-etwas-zu-essen-Tage, und ich gehe ganz sicher davon aus, dass ich jedes einzelne Stück dieser widerlich großen Pizza mit Corned Beef und Kohl verschlingen werde.

Dass man im Stehen essen kann, gehört zu den besten Dingen am Alleinwohnen. Der Tisch wird nie schmutzig und muss nie gedeckt werden. Niemand mault, dass ich etwas Anständiges essen soll.

Ich hole mir eine Flasche dunkles Lagerbier aus dem Kühlschrank und schraube den Deckel ab. Ein feiner Sprühregen steigt auf und verschwindet, bevor ich einen Schluck trinke. Die Flasche verlässt meinen Mund mit einem befriedigenden Ploppen und das Lager schwappt zurück nach unten.

Irisches Bier und Pizza.

Das wird niemals langweilig.

Als ich längst über das Gefühl des Sattseins hinaus bin und mein Magen zu platzen droht, schiebe ich die Schachtel in den Müll und gehe ins Schlafzimmer. Ich lege den Inhalt meiner Jeanstaschen auf die Kommode und ziehe den Reißverschluss auf.

Eine Handvoll Münzen rollt umher und bleibt schließlich zwischen einem Päckchen Kaugummi und einem zerknüllten Kassenbon liegen. Dazwischen befindet sich eine schmale, mintgrüne Visitenkarte. Ich kneife die Augen ein Stück zusammen und versuche mich zu erinnern, wo die herkommt.

Und da fällt es mir wieder ein.

Der Junge mit den Sommersprossen und der Zahnlücke im Pizzapub.

Er wollte ein Autogramm.

Es ist mir egal, wie niedlich diese kleinen Rotznasen sind, ich habe eine strikte Keine-Autogramme-Regel, und zwar seit dem Tag, an dem ich meine Karriere beendet habe. Wenn ich für ihn eine Ausnahme mache, muss ich das auch für die Gruppe Arschlöcher an der Bar tun, die mir auf den Docht gegangen sind, während ich auf meine Pizza gewartet habe. Gerade hatte ich ihnen eine Abfuhr erteilt, als der Junge kam und mir einen Stift und eine Visitenkarte reichte.

Ich hätte mir die Pizza gleich nach Hause bestellen sollen, aber wenn man sich Tag für Tag in diesem Apartment verkriecht, sehnt man sich geradezu nach einem strammen Marsch, um den Kopf freizukriegen.

Ich finde diese Autogrammsammlerei sowieso lächerlich.

Wer zum Teufel interessiert sich schon für eine unleserliche Unterschrift? Wahrscheinlich landet sie sowieso irgendwo in der stinkenden Sockenkommode eines Teenagers, oder im besten Fall wird sie gerahmt und hängt dann an der Kellerwand irgendeines Sammlers in Indiana, nachdem er sie dem Jungen auf einem Flohmarkt abgekauft hat.

Auf dem Höhepunkt meiner Karriere habe ich ein Autogramm von mir mal für mehr als fünftausend Dollar weggehen sehen. Es hat mich angewidert. Wer bezahlt so viel Geld für ein Stück Papier? Das werde ich nie verstehen. Das Geld hätte besser für Obdachlose, Moskitonetze in Afrika oder Tierauffangstationen verwendet werden sollen.

Nicht für mein gottverdammtes Autogramm.

So ein Quatsch.

Schließlich bin ich nichts weiter als noch ein Arschloch, das zufällig weiß, wie man einen Ball wirft.

Oder zumindest war ich das mal.

Ich erblicke mein Spiegelbild über der Kommode. Meine Augen sind müde und ich fahre mir mit den Fingern über die Wangen. Der Bart muss gestutzt werden, aber die Aussicht auf einen Ausflug zum Friseur morgen begeistert mich keinesfalls.

Ich muss dringend mal raus aus der Stadt, ein oder zwei Tage abschalten. Angeln und frische Luft könnten mir dabei helfen. Irgendwo ohne hupende Autos und W-LAN und ständige Erinnerungen daran, wie alles war, bevor es den Bach runterging. Die Vorstellung klingt geradezu perfekt.

Die Visitenkarte liegt zwischen zwei Vierteldollarstücken und ich nehme sie in die Hand.

Schnaubend lege ich sie zur Seite. Das klingt wie der Name einer Puppe. Warum ein Junge mit so was rumläuft, kann ich mir nicht vorstellen. Vermutlich hat er die Karte aus der Handtasche seiner Mutter gefischt.

Die Karte wieder in der Hand mache ich mich auf den Weg ins Wohnzimmer, lasse mich in den übergroßen Ledersessel fallen und schalte den Fernseher ein. Ich denke über den Jungen nach.

Seine strubbeligen braunen Haare haben mich daran erinnert, wie ich in seinem Alter war, und die Sommersprossen auf seiner Nase an die, die meine Brüder und ich bekamen, weil wir als Kinder den gesamten Sommer über Baseball spielten. Der Junge hat echt schnell gesprochen und herumgezappelt, als könnte er nicht stillhalten, und er hat gestrahlt wie ein Honigkuchenpferd, als er mir seinen Stift geben wollte.

Ich drehe die Karte hin und her, mintfarbene Seite zur weißen Seite und zurück.

Für den Rest seines Lebens wird sich dieser Junge daran erinnern, dass er zu mir gekommen ist und sich anschließend wie Dreck gefühlt hat, und ich weiß nicht, ob ich das mit meinem Gewissen vereinbaren kann. Bei erwachsenen Männern habe ich damit kein Problem. Besonders diese Arschlöcher, die glauben, dass sie auf alles ein Anrecht haben. Das scheinen heutzutage die meisten zu sein. Die marschieren auf dich zu und verlangen im Befehlston ein Autogramm. Oder ein Selfie. Das sind die, die mich ankotzen. Ich mache verdammt noch mal keine Selfies und schon gar nicht mit anderen Männern.

Als im Fernsehen Werbung läuft, merke ich, dass ich nicht mal weiß, was ich mir da ansehe. Ich sitze einfach nur da, in Gedanken versunken. Stöhnend stehe ich auf, um mir noch ein Bier aus der Küche zu holen.

Meine rechte Schulter schmerzt, als ich den Kühlschrank aufziehe. Vor über einem Jahr habe ich sie mir bei einem Autounfall an fünf Stellen gebrochen. Die Ärzte waren zwar in der Lage, sie wieder zusammenzuflicken, aber der Schmerz ist nie wirklich verschwunden und auch mein Bewegungsradius hat sich trotz monatelanger intensiver und qualvoller Physiotherapie nicht wieder vergrößert. Manchmal frage ich mich, ob der Schmerz überhaupt da ist. Vielleicht ist es ja ein Phantomschmerz und ich bilde mir das alles nur ein? Denn den echten Schmerz empfinde ich, wenn ich an meine verlorene Karriere denke.

Ein Pitcher braucht einen starken Wurfarm.

Damit er Fastballs und Curveballs mit Genauigkeit und Präzision platzieren kann.

Und das geht nicht, wenn die Wurfschulter dauerhaft im Arsch ist.

Ich schraube das Bier auf und starre auf die Seite meines Kühlschranks, wo ein Magnetnotizblock hängt, genauso leer wie an dem Tag, als ihn die Frau aufgehängt hat, die niemals wieder einen Fuß in dieses Haus setzen wird.

Ich greife nach einem Stift aus dem Becher neben mir, reiße ein Blatt von dem Block und presse die Spitze des Stifts darauf. Als ich wenige Sekunden später fertig bin, erstreckt sich der Name »Ace« über dieses kleine, rechteckige Blatt. Den Spitznamen hab ich mir zugelegt, als ich bei den Profis anfing. Einige der älteren Spieler fanden es lustig, mich als

Neuling »Alice« zu rufen statt »Alessio«, also habe ich gelogen und behauptet, dass ich »Ace« genannt würde, weil ich schon mehr oder weniger mein ganzes Leben lang Starting Pitcher gewesen sei. Glücklicherweise dauerte es nicht lange, bis ich mir ihren Respekt verdiente. Dass ich bei unserem ersten gemeinsamen Training alle alt aussehen ließ, gehört immer noch zu den Höhepunkten meiner Karriere.

Danach war ich für alle nur noch »Ace«. Für mein Team, meinen Coach. Für die Medien und den Rest der Welt.

Ich lege Aidys Visitenkarte auf die Arbeitsplatte, schnappe mein Handy, gebe ihre Nummer ein und schicke ihr eine Nachricht.

Ich: TUT MIR LEID WEGEN VORHIN. ICH WÜRDE DEM JUNGEN GERN EIN AUTOGRAMM SCHICKEN. WIE LAUTET IHRE ADRESSE?

Einige Sekunden vergehen und ich bemerke die kleinen Pünktchen, die anzeigen, dass sie antwortet. Dann sind sie plötzlich weg. Eine Minute später sind sie wieder da, hüpfend, spottend. Und dann sind sie endgültig fort.

Ich nehme noch einen Schluck von meinem Bier, bevor mir klar wird, dass ich keinerlei Grund habe, hier zu sitzen und darauf zu warten, dass eine fremde Frau auf mein seltenes und großzügiges Angebot reagiert. Wenn sie es nicht will, ist das ihre Sache.

Ich gehe zurück zu meinem Sessel, lege das Handy auf den Couchtisch und lehne mich zurück.

Es vergehen zwei Minuten, in denen mein Handy schweigt.

Dann vibriert es.

Ein Blick aufs Display verrät mir, dass Ms Aidy Kincaid endlich geantwortet hat.

Aidy: Fick dich ins Knie, Arschloch.

Tut mir leid, Junge.

Ehrlich.

Ich zerknülle das Autogramm und werfe es fort.

5. KAPITEL

Aidy

»Hier. Sieh dir das an.« Sobald meine Schwester Enzo ins Bett gebracht hat, halte ich ihr mein Handy unter die Nase. Enzo war so aufgewühlt, dass er viel zu viel Pizza gegessen hat und wegen seines vollen Magens auf dem Heimweg beinahe schon im Taxi eingeschlafen ist.

Sie zieht die Tür zu, nimmt das Handy in die Hand und blickt mit zusammengekniffenen Augen im dunklen Flur auf das helle Display.

»Was genau ist das?«, fragt sie.

»Dieser arschige Baseballtyp«, erkläre ich. »Er scheint meine Nummer von der Visitenkarte zu haben, die ich Enzo gegeben habe. Ist das zu fassen? Jetzt will er ihm ein Autogramm schicken.«

»Das … ist eigentlich ziemlich nett von ihm.« Sie verzieht den Mund zu einem Lächeln und blickt erneut auf das Display. »Und sieh mal einer an. Du hast ihm gesagt, er soll sich ins Knie ficken.«

Ich nehme ihr das Handy aus der Hand und drücke es mir

stirnrunzelnd an die Brust. »Nein. Er ist nicht nett, Wren. Er ist ein Idiot.«

»Vielleicht hatte er ja einen schlechten Tag? Den hat jeder ab und zu mal, weißt du.«

»Er hat Enzo zum Weinen gebracht.«

Wren grinst. »Ach, ich bitte dich. Ich liebe meinen Sohn, aber wir wissen beide, dass er schon beim geringsten Anlass in Tränen ausbricht. Genau wie seine Mom.«

Mit zusammengezogenen Brauen stehe ich neben meiner Schwester. »Was soll ich jetzt tun? Ich kann ja schlecht schreiben, *Oh, tut mir leid. Ich hab meine Meinung geändert. Fick dich bitte nicht ins Knie, du darfst ihm jetzt ein Autogramm schicken.*«

Wren legt ihre Hand um meinen Ellbogen und führt mich ins Wohnzimmer. »Mach dir keine Gedanken. Enzo wird das morgen längst vergessen haben. Schließlich freut er sich so sehr auf den Ausflug.«

»Ja, du hast recht.« Ich stoße den Atem aus. Genau in diesem Moment vibriert das Handy in meiner Tasche. Ich gehe davon aus, dass es noch mal das bärtige Wunder ist, aber die Nachricht kommt von meiner besten Freundin Topaz, die mich so schnell wie möglich um einen Rückruf bittet. »Okay. Ich gehe in mein Zimmer. Topaz möchte, dass ich sie anrufe.«

»Ist sie schon wieder zurück aus Aruba?«

»Sieht so aus.« In meinem Zimmer schließe ich die Tür hinter mir und ziehe mir einen Schlafanzug an. Gespräche mit Topaz dauern immer länger, daher will ich es mir zuvor wenigstens gemütlich machen. Ich schlüpfe ins Bett, ziehe die Decke bis zur Taille hoch und lasse mich ins Kissen zurücksinken, ehe ich ihren Namen in meiner Kontaktliste aufrufe und die grüne Taste drücke.

»Oh mein Gott, Aidy? Oh mein Gott, oh mein Gott!«

»Was?« Ich lache. »Du machst mir Angst. Was ist denn passiert?«

»Ich hab nicht viel Zeit«, erklärt sie. »Ich wurde am Zoll aufgehalten. Ich bin in Atlanta. Der Abstrich von meinen Handflächen hat Sprengstoffrückstände angezeigt.«

»Was?« Ich verziehe die Nase. »Wie ist das möglich?«

»Ich hab nicht die geringste Ahnung, Aidy. Ich hab solche Angst. Sie haben mich schon abgetastet und nehmen immer mal wieder mein Handy mit, um was zu überprüfen, ehe sie es mir zurückbringen.«

»Aber du darfst es benutzen?«

»Sie haben nichts gefunden, sagen sie. Ich hab nichts getan!«, beteuert Topaz.

»Das weiß ich, aber was war da an deinen Händen?«

»Keine Ahnung. Mir fällt da höchstens der Selbstbräuner ein, den ich heute Morgen vor unserem Abflug aufgetragen habe.«

»Du warst eine Woche in Aruba und brauchst trotzdem Selbstbräuner?«

»Sonnencreme, Aidy! Ich hab die ganze Woche Sonnencreme benutzt!«, brüllt sie. Ihre Stimme ist schrill und ungeduldig. Wie hatte ich nur ihre Sorge vor vorzeitiger Hautalterung und den damit verbundenen Drang zur übermäßigen Verwendung von Sonnencreme vergessen können? »Okay, da kommen sie wieder. Die haben jetzt jemand Neuen dabei. Ich glaube, sie lassen mich jetzt gehen, aber der nächste Flug nach Hause geht erst morgen, und ich bin morgen früh für einen Auftrag gebucht. Kannst du den Termin für mich übernehmen?«

»Natürlich. Wo denn?«

»High Park Center«, erklärt sie. »Studio 4B. Frag nach Michelle, sie ist für die Sendung verantwortlich. Sie zeigt dir den Weg zur Maske.«

»Um welche Sendung geht es?« Ich will morgen früh nicht wie ein ahnungsloses Dummchen dastehen.

»Eine Vormittagssportsendung für den Sender ASPN. Sie heißt *Smack Talk* und es ist genau das, wonach es klingt: Ein paar Männer, die herumsitzen und sich Ausschnitte der Spiele vom Vorabend ansehen und dummes Zeug reden. Egal, auf jeden Fall geht es um Makeup für die Kamera. Sei pünktlich um sieben dort.«

»Klar, kein Problem.«

»Die sind echt super. Die Zusammenarbeit wird dir gefallen«, versichert mir Topaz. »Ich soll Schluss machen. Falls du morgen nichts von mir hörst …«

»Topaz«, beruhige ich sie. »Du hast keinen Sprengstoff an den Händen. Du hast nichts falsch gemacht. Alles wird gut. Ruf mich an, wenn du wieder in der Stadt bist, und dann gehen wir einen Kaffee trinken, okay?«

»Danke, Aidy. Ich hab dich lieb.« Sie legt auf und ich schüttele den Kopf. Topaz bringt sich immer irgendwie unabsichtlich in Schwierigkeiten. Ich schwöre, auf der Frau liegt ein Fluch.

Ich stelle den Wecker an meinem Handy, schließe das Ladekabel an und gehe ins Bad, um mich fürs Bett fertig zu machen.

Dabei denke ich an diesen Kerl – Alessio oder Ace, oder

wie auch immer er heißt, und daran, was Wren gesagt hat. Vielleicht hatte er wirklich einfach nur einen schlechten Tag, aber das ist keine Entschuldigung dafür, Leute einfach zu so behandeln, wie es ihm in den Kram passt.

Zurück im Bett rufe ich noch mal seine Nachricht auf und wünsche mir wegen Enzo, dass ich nicht so reagiert hätte. Falls ich diesem Typen noch mal irgendwann über den Weg laufen sollte, was vermutlich nie passieren wird, dann kann ich die Sache hoffentlich bereinigen – zumindest für Enzo.

Aber ich bin immer noch sauer.

Wer weiß also schon, was ich ihm tatsächlich an den Kopf werfen würde?

Beim Einschlafen lese ich ihm in Gedanken die Leviten und gehe all die Dinge durch, die ich ihm vermutlich niemals werde sagen können.

6. KAPITEL

Ace

In meinen wildesten Träumen hätte ich mir nicht ausgemalt, dass mir die acht Jahre bei den Profis und zwei World-Series-Siegerwimpel mal einen Gastauftritt als Co-Moderator bei *Smack Talk* bescheren würden.

Ich bin nicht der Typ für Talkshows.

Ich schau mir den Mist nicht mal an. Jedenfalls nicht mehr.

Ich will nicht mal hier sein.

Mein alter Agent, Lou, hat mich dazu überredet. Er war der Meinung, dass es eins der wenigen Angebote war, die tatsächlich zu mir passen, und ich hatte seinen Argumenten nichts entgegenzusetzen.

»*Ace, deine Karriere wurde vorzeitig beendet und was passiert ist, war absolut beschissen, aber du kannst dich nicht für den Rest deines Lebens verstecken. Du hast immer noch Fans und du bist es ihnen schuldig, zu zeigen, dass es dir gut geht*«, hat er in seinem schroffen Bostoner Akzent gesagt. Der Mann war mein größter Fan und Unterstützer, der Vater, den ich nie hatte. Seine Loyalität hat nur einmal vorübergehend ausgesetzt, als die Firebirds gegen die Red Sox spielten, aber zumindest stand er dazu. Lou hat mir nie was vorgemacht und das mag ich an ihm am allermeisten.

Ich habe Lou gesagt, dass ich in meinem ganzen Leben noch nichts moderiert habe, nichts über Fernsehjournalismus weiß und eigentlich versuche, Kameras aus dem Weg zu gehen, weil mich ihre Zudringlichkeit nervt.

Seine Antwort? *»Kannst du von einem Teleprompter ablesen?«*

Ich durchquere die Lobby des High Park Centers, bleibe an der Sicherheitskontrolle stehen und leere meine Taschen.

Der Sicherheitsmann starrt mich an, als ob er mich wiedererkennt, und genau in dem Moment, als ich annehme, dass er jetzt etwas Kluges von sich geben will, räuspert er sich und sagt: »Gürtel.«

Ich habe die Hände schon an der Hose, als ich den Blick des dürren Produktionsassistenten vor mir auffange. Er trägt eine graue Hose und ein locker fallendes weißes Hemd. In den Händen hält er ein Klemmbrett. Er tippt dem Sicherheitsmann auf die Schulter und ich werde durchgewunken.

»Mr Amato, ich bin Blake«, stellt er sich vor. »Ich bringe Sie heute ins Studio. Falls Sie etwas benötigen, lassen Sie es mich bitte wissen.«

Er spricht ruhig und deutlich, obwohl seine Augen begeistert leuchten. Blake kann nicht viel älter sein als zwanzig oder einundzwanzig, aber ich merke, dass er seine Aufgabe hier sehr ernst nimmt.

»Haben Sie schon mal als Co-Moderator für uns gearbeitet?«, fragt er.

»Nein.«

Wir gehen hinüber zu einem Fahrstuhl mit der Aufschrift »Privat«, und er gibt einen Code ein, der die Türen öffnet.

»Wir haben eine unserer Gästegarderoben für Sie vorbereitet. Mir wurde gesagt, dass sie keine Anforderungsliste geschickt haben, daher habe ich Ihre Garderobe mit dem ausgestattet, worum die meisten unserer Gäste bitten: Mineralwasser, M&Ms, Brezeln, frisches Obst. Falls Sie sonst noch etwas brauchen, sagen Sie mir bitte Bescheid.«

»Danke.«

Wir fahren in den dritten Stock, und als sich die Türen öffnen, werden wir von einer Frau mit wilder dunkler Lockenmähne und einem kabellosen Headset in den Ohren begrüßt.

»Er ist hier«, sagt sie in das Mikrofon auf ihrer Schulter. »Mr Amato, ich bin Michelle. Ich schmeiße den Laden hier. Wir freuen uns, Sie bei uns zu begrüßen, aber Sie müssen sofort in die Maske.«

Ich nicke, verlasse den Fahrstuhl und folge Michelle und Blake einen dunklen Flur entlang.

Sie dreht sich während des Laufens um und mustert mich von Kopf bis Fuß. »Der Bart … Ist der neu? Den hatten Sie nicht schon immer, oder?«

Ich fahre mir mit einer Hand durch die drahtigen Haare, die mein Gesicht bedecken. Und die Narbe. »Er ist neu.«

Die beiden halten vor einer Tür an, auf der mein Name steht. Blake klopft drei Mal und stößt sie dann auf.

»Oh, gut, Sie sind schon hier«, sagt er ins Zimmer hinein und wendet sich dann mir zu. »In Ordnung. Haare und Makeup. Ich bin gleich wieder zurück, damit wir die Sendung durchgehen können.«

»Wo ist Topaz?«, fragt Michelle und beugt sich um den Türrahmen. Ich stehe immer noch davor.

»Das ist eine lange Geschichte«, antwortet eine weibliche Stimme. »Ich vertrete sie.«

»Haben Sie auch einen Namen?« Michelle kneift die Augen zusammen. Ich glaube nicht, dass sie unhöflich sein will, sie gehört nur einfach zu den Leuten, die keine Zeit für Small Talk haben, wenn sie innerhalb der nächsten halben Stunde eine Livesendung auf die Beine stellen müssen.

»Aidy«, sagt die Frau. »Aidy Kincaid«.

Ich glaub, ich spinne.

Michelle kneift die Lippen zusammen. »Okay, Aidy, kennen Sie sich mit Scheinwerfern und Studio-Makeup aus?«

»Ja, Ma'am. Sehr gut sogar«, erwidert sie und aus ihrer Stimme klingt bescheidenes Selbstbewusstsein.

Michelle streckt den Daumen hoch, hakt Blake unter und zieht ihn den Flur hinab.

Ich straffe die Schultern, hole tief Luft und betrete das Zimmer. Auf der anderen Seite des kleinen Raums stehen zwei Frauen, eine mit einer Bürste und einer Dose Haarspray in der Hand. Die andere, bei der es sich offensichtlich um die mysteriöse Frau handelt, deren Visitenkarte mir der Junge gestern Abend überreicht hat, bückt sich gerade mit dem Rücken zu mir über einen Makeup-Koffer.

»Wir machen zuerst die Haare«, bestimmt die erste Frau. »Das sollte nicht allzu lang dauern. Das Makeup braucht ewig. Diese verdammten Scheinwerfer.«

Mein Blick gleitet zu Aidy. Sie trägt weiße Jeansshorts, die kaum ihren Hintern bedecken und am Saum ausgefranst sind. Ihre Beine sind lang und gebräunt, muskulös, aber schlank, wie bei einer Läuferin. Ihre schulterfreie Bluse betont ihren Rücken und die blonden, welligen Haare berühren ihre Schultern, wenn sie sich bewegt.

»Setzen Sie sich, Mr Amato«, sagt die Haarstylistin und legt mir einen schwarzen Umhang um, den sie mir im Nacken zubindet. »Machen Sie es sich bequem. Hätten Sie gern ein Wasser oder so?«

»Nein, danke, ich brauche nichts.« Mein Blick ruht immer noch auf Aidy und ich beobachte, wie ihr die Bluse hochrutscht und einen Hauch nackte, gebräunte Haut freilegt, die in starkem Kontrast zu ihren sehr kurzen Shorts steht, die mich ablenken.

»Mir gefällt Ihre Frisur. Ich heiße übrigens Stacia«, sagt sie und fährt mit den Fingern durch meine Mähne. »Dieser Schnitt steht Ihnen ausgezeichnet. Allerdings habe ich Sie nicht mit Vollbart erwartet. Die meisten meiner Kunden sind glatt rasiert. Ich kann Sie rasieren, falls Sie …«

»Nein.«

»Okay, kein Problem«, erwidert Stacia und bückt sich zu einer Tasche auf dem Fußboden. »Ob Sie es glauben oder nicht, ich habe hier Bartwachs drin. Wir wollen, dass Ihr Bart weich und gepflegt aussieht, aber nicht unter den Scheinwerfern glänzt, wissen Sie?«

Im Prinzip redet sie mit sich selbst, denn meine Aufmerksamkeit gilt immer noch Aidy, die in ihrem Makeup-Koffer herumwühlt.

»Ich hab's!«, verkündet Stacia einen Moment später. Sie kehrt an meine Seite zurück, eine Bürste unter dem Arm und mit konzentriertem Gesichtsausdruck. Ihre Haare sind platinblond gefärbt und sie trägt hautenge Leggings mit irgendeinem Weltraummuster darauf. Stacia erinnert mich an einen schwedischen Popstar mit Brooklyn-Akzent. »Los geht's.«

Sie fährt mir mit der Bürste durch die Haare und zwingt sie in die Richtung, die sie haben will. Anschließend schmiert sie mir das Wachs in den Bart, dann holt sie eine Dose Haarspray hervor.

»Augen zu.«

Psssst.

Psssssssst.

Psst.

Psssssssssssssst.

Meine Nase juckt und ich huste mir die halbe Lunge heraus, während ich die Chemikalienwolke vor meinem Gesicht wegwedele.

»Riecht wie in einem Schönheitssalon«, kommentiere ich.

»Sie sagen das so, als wäre das etwas Schlechtes.« Stacia klopft mir auf die Schulter und packt ihre Sachen zusammen. Als sie an mir vorbeigeht, legt sie mir noch einmal die Hand auf die Schulter und mustert mich. »In Ordnung. Sieht gut aus. Eine Sache erledigt, eine steht Ihnen noch bevor.«

Sie schließt die Tür hinter sich und ich blicke wieder hinüber zu Aidy. Diesmal schnallt sie sich gerade eine Art schwarzen Handwerkergürtel um die Taille, der mit Pinseln und anderen Hilfsmitteln bestückt ist.

Ich beobachte, wie sie die Schultern hebt und senkt und mit den Händen über ihre Seiten streicht. Als sie sich mir zuwendet, hat sie das Kinn auf die Brust gepresst. Ihre hellblonden Haare sind über der rechten Augenbraue gescheitelt und rechts hinters Ohr gesteckt. Als sie den Kopf hebt, kommt mir irgendetwas an ihr bekannt vor. Als hätte ich dieses Gesicht schon mal gesehen, allerdings habe ich nicht die geringste Ahnung, wo.

»Hi«, sagt sie seufzend und vermeidet Blickkontakt.

Schwer zu sagen, ob sie nervös ist oder mich nicht leiden kann. Vermutlich Letzteres.

Sie fährt mit den Fingern sanft über mein Kinn und neigt mein Gesicht von Seite zu Seite.

»Warme Untertöne«, stellt sie fest. »Sie sind ein W-45.«

Was auch immer das heißt.

Sie kehrt zu ihrem Makeup-Koffer zurück, holt eine Tube Grundierung und drückt etwas davon auf ihren Handrücken. Anschließend stellt sie sich links neben mich, holt einen Pinsel aus ihrem Gürtel und tippt die Spitze in das Makeup.

Sie räuspert sich und mustert mein Gesicht. »Sie haben tolle Haut, Mr Amato. Sie brauchen überhaupt nicht viel hiervon. Wir wollen nur sichergehen, dass die Scheinwerfer Sie nicht blass aussehen lassen.«

Ihre Stimme ist roboterhaft, beinahe mechanisch, als ob sie sich auf ihre Aufgabe und sonst nichts konzentriert. Nichts an ihr strahlt aus, dass sie sich freut, hier zu sein, nur wenige Zentimeter von mir entfernt, die Hände an meinem Gesicht.

Ich halte still und umklammere die Seitenlehnen des Stuhls, als wäre ich nervös. In Wahrheit bin ich das jedoch nicht. Die Situation ist einfach verdammt unangenehm und ich war noch nie gut darin, einfach so zu tun, als wäre alles in Ordnung.

»Ist es anstrengend?«, frage ich.

»Was ist anstrengend?«

»So zu tun, als hätten Sie mir nicht gestern Abend gesagt, ich solle mich ins Knie ficken?«

Sie presst die Lippen zusammen und atmet geräuschvoll aus. Sie weiß ganz genau, worauf ich anspiele.

»Oder wollen wir weiter so tun, als wäre das nie passiert?«, hake ich nach.

»Sie haben meinen Neffen zum Weinen gebracht.«

Neffe? Interessant.

»Ja, und anschließend habe ich mich so mies gefühlt, dass ich angeboten habe, ihm ein Autogramm zu schicken …« Meine Stimme wird lauter.

»Halten Sie bitte still, Mr Amato.« Sie umfasst mit festem Griff mein Kinn. Ihr Blick ist konzentriert und mit zusammengezogenen Brauen tupft sie mir etwas unter die Augen. Damit verbringt sie eine Menge Zeit. Ich weiß, dass ich Augenringe habe, weil ich in letzter Zeit nicht besonders viel schlafe, aber dass es so übel ist, hätte ich nicht vermutet.

»Sie waren gestern schon die Zweite, die mir diesen Rat gegeben hat«, fahre ich fort. »Das ist ein neuer Rekord.«

Plötzlich verharrt ihre Hand an meinem Gesicht. »Die Zweite? Wer war denn die Erste?«

»Irgendso eine Verrückte, die ihr Tagebuch vor meine Tür legen wollte.«

Sie fährt sich mit der Zunge über die Unterlippe und grinst. »Kommt das häufiger vor?«

»Komischerweise ja.«

»Haben Sie viele Stalker?«

»Seit meinem Karriereende nicht mehr so viele wie früher.«

»Diese Verrückte, war die attraktiv?«, will Aidy mit hochgezogenen Brauen wissen.

Ich verziehe den Mund. »Keine Ahnung. Was für eine seltsame Frage. So genau hab ich sie mir gar nicht angesehen. Ich kann mich nur an eine Jogginghose und einen Pferdeschwanz erinnern.«

»Eine dunkelgraue Jogginghose, mit Neongrün abgesetzt? Dazu passendes graues Sweatshirt?«

Ich blicke nach links, um meinem Gedächtnis auf die Sprünge zu helfen. »Ja, ja ich glaube schon. Irgendwas in der Art.«

»Die kenne ich«, sagt Aidy mit ernster Stimme und nickt. »Total irre. Treibt sich ständig hier herum, weil sie eine Vorliebe für Sportler hat. Tatsächlich habe ich sie heute Morgen vor dem Studio gesehen. Vermutlich wartet sie auf Sie. Vielleicht nehmen Sie lieber den Hinterausgang, wenn Sie gehen.«

Ich starre geradeaus auf unser beider Spiegelbild und erkenne das winzige Lächeln in ihrem Gesicht.

»Sie verarschen mich.« Ich blicke zu ihr auf.

»Glauben Sie?« Zum ersten Mal an diesem Morgen sehe ich sie lächeln, doch sofort wird sie wieder ernst.

»Schön, das hab ich verdient.« Ich kratze mir die Stirn und beobachte, wie sie den Finger in ein Töpfchen taucht, in dem sich etwas Pinkfarbenes befindet. »Was zum Teufel ist das? Sie werden mir auf keinen Fall Rouge verpassen.«

Ich verstehe, dass sie sich rächen will, meinetwegen, aber ich werde nicht hier sitzen und zulassen, dass ich im landesweit ausgestrahlten Fernsehen wie ein Clown aussehe.

»Entspannen Sie sich«, sagt sie. »Es ist ganz natürlich, sehen Sie?« Sie zieht das Rouge über ihren Handrücken und zeigt ihn mir. Man kann es kaum erkennen. »Es verleiht Ihrer Hautfarbe einen frischen Glanz unter dem harten Licht. Es ist ein leichter hautfarbener Roséton mit warmen Nuancen. Ich trage ihn auf Ihre Wangen und die Lippen auf.«

Ich atme aus, lehne mich im Stuhl zurück und sie tupft mir ein wenig davon auf die Wangen. Dann steckt sie den Finger wieder in das Töpfchen und bewegt ihn anschließend auf meinen Mund zu. Mit langsamen, federleichten Bewegungen trägt sie die natürliche Farbe auf und ihre Finger lösen bei mir einen klischeehaften Schauer aus, wie bei einem Teenager.

Ich weiß, dass es lange her ist, seit jemand meine Lippen berührt hat, aber trotzdem hätte mein Körper bei ihrer sanften Berührung ja nicht gleich zu Wachs werden müssen.

Jämmerlich.

»Moment«, sage ich, weil mir da etwas klar wird. »Woher wussten Sie, was die Verrückte gestern anhatte?«

»Gut geraten?«

Ich glaube ihr nicht, weiß aber auch nicht, was ich sagen soll, ohne paranoid zu klingen. Auf keinen Fall kann sie die Irre sein, die gestern vor meiner Tür herumgelungert hat. Die Wahrscheinlichkeit dafür ist astronomisch gering.

Sie zieht einen kleinen Kamm aus ihrem Gürtel, fährt damit durch meine Augenbrauen und macht einen Schritt rückwärts.

»Sieht gut aus.« Ich nehme an, dass sie damit ihre Arbeit meint und nicht mich. Aidy greift um meinen Hals herum und bindet mir den Umhang ab.

Ich stehe auf und beuge mich vor, um meine Frisur und das Makeup im Spiegel zu überprüfen. Bei genauerer Betrachtung wirke ich makellos und retuschiert. Wie ein guter Junge.

Aidy reinigt ihr Handwerkszeug und legt alles zurück in

die aufgeräumten Fächer ihres Koffers. Ich stehe kurz davor, ihr noch einmal ein Autogramm für ihren Neffen anzubieten.

Sie dreht sich zu mir um und deutet mit hochgezogenen Augenbrauen auf die Kommode hinter mir.

»Darf ich?« Sie greift um mich herum, nach einer Sprühdose mit einem handgeschriebenen Etikett, wobei ihr Körper meinen fast streift.

Einen Moment lang atme ich ihren Duft ein; er erinnert mich an Sonnencreme und Lavendel und irgendein exotisches Obst. Es ist eine Mischung aus Dingen, die nicht wirklich zusammenpassen, aber an ihr wirkt es merkwürdigerweise perfekt.

»Danke«, sage ich und überprüfe zum letzten Mal mein Makeup.

»Wofür?«

»Dass Sie heute nicht gesagt haben, ich soll mich ins Knie ficken.«

Sie grinst und schüttelt den Kopf. »Ich dachte mir, zwei Mal reicht.«

»Zwei Mal?«

Ich kratze mich an der Schläfe und mustere ihr Gesicht. Die Frau vor meinem Haus gestern ähnelt dem Mädchen vor mir überhaupt nicht, allerdings war ich mehr darauf konzentriert gewesen, sie zu vertreiben, als mir die Farbe ihrer Augen oder ihre sanften Gesichtszüge einzuprägen.

»Mr Amato, es ist so weit.« Blake steckt den Kopf durch die Tür und blickt auf seine Uhr. »Ich bringe Sie ins Studio, dort gehen wir alles durch.«

Aidy presst die Lippen zusammen, um ein Lächeln zu unterdrücken, und wendet sich ab.

»Ich bin in einer Minute bei Ihnen«, verspreche ich ihm.

Aidy steht mit dem Rücken zu mir und Blake tippt mit seinen spitz zulaufenden, schwarzen Slippern auf den Fliesenboden. Aus dem Flur hört man Michelle, wie sie jemanden wegen der Essensversorgung anbrüllt.

Mit einer Menge Fragen auf den Lippen starre ich Aidy an.

»Mr Amato, es tut mir leid, aber wir müssen los«, beharrt Blake gehetzt. Er betritt die Garderobe und ich frage mich, ob er glaubt, mich mit körperlicher Gewalt hier rausbugsieren zu müssen. »Wir gehen in zehn Minuten auf Sendung.«

Endlich dreht sich Aidy zu mir um. Mit ihren saphirblauen Augen fängt sie meinen Blick auf. Ich weigere mich zu glauben, dass es sich bei ihr um die Wahnsinnige handelt, die gestern ihr Tagebuch auf meiner Treppe hinterlegen wollte. Die Frau, die hier in kurzen Shorts vor mir steht, mit nackten Schultern, roten Lippen und einer Frisur, die sagt, dass sie viel zu cool ist, um auf die Meinung anderer Leute etwas zu geben, kommt mir vollkommen normal vor.

»Was dauert denn hier so lange?« Hinter Blake erscheint jetzt Michelle mit verärgertem Gesicht. »Steht ihr hier einfach so rum und plaudert oder wie? Los jetzt, Leute. Ab ins Studio. Sofort. Wir drehen hier eine Sendung.«

Blake wirft mir einen flehenden Blick zu, und da ich nicht für seine Entlassung verantwortlich sein möchte, reiße ich mich zusammen und nehme den Blick von Aidy. Ich folge Blake hinaus in den Flur und lasse mich von ihm ins Studio führen. Dort deutet er auf einen Stuhl, der mit »Gast« beschriftet ist.

Michelle kommt zu mir herüber und reicht mir etwas, das

wie ein Manuskript aussieht. Bei genauerer Betrachtung erweist es sich als der Zeitplan für die Sendung. Der Moderator, Michael Bradbury, wird anmoderieren, mich vorstellen, und dann direkt zu den *Smack Talk* Five überleiten – den Schlagzeilen, die wir heute diskutieren sollen.

»Niemand hat mir das hier zur Vorbereitung gegeben«, erkläre ich Michelle. »Ich wusste nicht mal, dass Ramirez bei den Cards unterschrieben hat. Oder dass die Royals Coach Jenkins entlassen haben.«

Michelle fällt die Kinnlade herunter. »Sehen Sie denn kein ASPN?«

Ich schüttelte den Kopf. »Eigentlich nicht. Nicht mehr.«

»Ich dreh durch.« Sie lässt entsetzt die Arme fallen. »Okay, ich gebe Ihnen eine kurze Zusammenfassung …«

In Rekordgeschwindigkeit gibt sie mir einen schnellen Abriss über die Themen des Tages und ich merke, dass sich das Studio allmählich füllt. Leute mit Scheinwerfern und Klemmbrettern und Kopfhörer und Kameras stehen wartend in der Dunkelheit. Aus dem Augenwinkel sehe ich Aidy und Stacia an einer Wand in Bereitschaft.

Für den Bruchteil einer Sekunde treffen sich mein Blick und der von Aidy, doch sie sieht gleich wieder weg.

»Mr Amato, hier entlang, bitte.« Blake führt mich zu dem Gästestuhl auf der Bühne und Michael Bradbury nimmt seinen Platz neben mir ein.

Wir sitzen an einem nierenförmigen Tisch in der Farbe von poliertem Onyx. An der Vorderseite befindet sich in leuchtend blauen Buchstaben das ASPN-Logo.

»Hey, Mann, wie geht's?« Bradbury beugt sich vor und schüttelt mir routiniert die Hand. »Schön, Sie zu sehen.«

»Gleichfalls.« Ich richte meine Krawatte und räuspere mich leise. Eine Frau in einem engen Rock bringt mir ein Glas stilles Wasser. Als sich unsere Hände berühren, verziehen sich ihre pinkfarbenen Lippen zu einem Lächeln, ehe sie auf ihren schwindelerregend hohen Stilettos davonstöckelt.

»Alles okay, Ace?« Bradbury scrollt durch mehrere Seiten Notizen auf dem Tablet vor ihm. Ich kann mich noch an die Zeit erinnern, als er ein kleiner Sportreporter für einen winzigen Sender in Canton, Ohio war. Seither hat er viel erreicht, genau wie ich, aber zumindest hat seine Karriere das Potenzial, noch einige Jahrzehnte zu überdauern.

»Ja.« Ich nicke ihm zu, starre geradeaus und versuche, in dem kleinen Studio Kamera 1, Kamera 2, den Regisseur und meinen Teleprompter auszumachen.

»Ace.« Michelle hockt sich neben mir hin. »Wir müssen ganz schnell noch einige Dinge durchgehen.«

Sie redet wie ein Wasserfall über Kameras und Handzeichen, erklärt mir, dass die Co-Moderation im Prinzip nur eine Farce ist und ich lediglich »gut aussehen und Michael den Großteil der Arbeit machen lassen soll«. Es werden Anrufer durchgestellt, die mir über den Sender im Ohr angekündigt werden, und ich muss nichts weiter tun, als ab und zu ein paar Kommentare abgeben, wenn ich das kann.

»Wir sind auf Sendung in …« Ein Mann in der Ferne zählt von fünf an rückwärts, und ab drei, zwei, eins nur noch schweigend per Handzeichen. Michelle verlässt gerade noch rechtzeitig die Bühne.

»Hey, hallo, willkommen bei *Smack Talk*, ich bin Ihr Moderator Michael Bradbury«, sagt Michael, lässt seine Stimme aufgeräumt klingen und präsentiert seine teuren Zahnkronen.

»Bei uns ist heute ein Star, eine Legende, ein Mann, den jeder schon an seinem Spitznamen erkennt: Ace. Alessio ›Ace‹ Amato vertritt heute meinen Co-Moderator Antoine Williams. Ace, schön Sie zu sehen, Mann. Herzlich willkommen.«

»Danke.« Ich zwinge mich zu Leichtigkeit in der Stimme und lege den Schalter für das Lächeln in meinem Gesicht um. Es fühlt sich unangenehm und ungewohnt an, aber jetzt bin ich hier und erledige meine Aufgabe. »Ich freue mich, Sie wiederzusehen, Michael. Das letzte Mal ist schon lange her.«

»Das stimmt. Also, Ace«, Michael wendet sich an die Kamera und dann mir zu. »Wie sieht's aus? Sie haben letztes Jahr Ihre Karriere beendet und sind hierher nach New York gezogen, habe ich gehört. Was treiben Sie so?«

Ich zögere nur für den Bruchteil einer Sekunde, obwohl es in Fernsehzeit bei einer Livesendung vermutlich wirkt wie eine Ewigkeit.

Die Wahrheit ist, ich habe überhaupt nichts getan, was sich zu erzählen lohnt.

»Ich bin herumgereist«, lüge ich. »Überallhin. Amalfiküste. Bermuda. Belfast. Wenn ich nicht gerade in der Welt herumziehe, verbringe ich meine Zeit in meinem Haus am See beim Angeln. Ich lebe meinen Traum, Michael.«

Gott, ich klinge wie der größte Blödmann der Welt, aber ich kann beinahe Lous Stimme in meinem Ohr hören, dass die Fans erleichtert sein werden, dass ich nicht heulend zu Hause sitze.

»Super, das hört man gern«, antwortet Michael. »Was macht die Schulter?«

»Der geht's gut«, lüge ich weiter für die Fans am Bildschirm.

»In Ordnung, dann machen wir jetzt einen kleinen Themenwechsel ...« Michael rasselt die Schlagzeilen des Tages herunter und ich tue mein Bestes, den freundlichen Gesichtsausdruck beizubehalten. Ich lache sogar über seine Witze, auch wenn die schrecklich unlustig sind.

Nach einer Weile verlöscht das rote Licht über den Kameras und das Set wird von Mitarbeitern gestürmt. Der Regisseur läuft hinüber zu Michael und flüstert ihm etwas ins Ohr, während Michael nickt. Etwas Weiches auf meinem Gesicht lenkt meine Aufmerksamkeit nach links, wo Aidy meine Stirn und Nase mit einer Art Schwamm abtupft. Ich rieche einen leicht pudrigen Duft und sehe sie an, doch sie ist auf ihre Arbeit konzentriert und vermeidet den Blickkontakt.

Bevor ich die Gelegenheit bekomme, etwas zu sagen, geht sie schon hinüber zu Michael.

»Jeder auf seinen Platz!«, ruft kurz darauf jemand. Innerhalb von Sekunden zählt ein anderer den Countdown herunter. Die Lampen an den Kameras leuchten rot und wir machen weiter.

Alles passiert sehr schnell. Michael macht sein Ding und ich werfe hier und da einen Kommentar ein und tue so, als wüsste ich, was ich da mache. Ich rede mir ein, dass ich mit ein paar Freunden abhänge und eine Menge dummes Zeug über irgendwelchen unwichtigen Kram rede. Es ist einfach, sich vorzustellen, dass die Kameras nicht da sind. Zum Teufel, dieser Tage ist es einfach, eine Menge Dinge vorzutäuschen.

Nach sieben Minuten Livesendung gibt es eine weitere Werbepause und diesmal kümmert sich Aidy zuerst um Michael.

»Nur ein bisschen, nicht zu viel, Schätzchen«, sagt er und lässt einen nach Atlanta klingenden Akzent in seine Stimme einfließen, obwohl er aus Ohio stammt. Michaels Blick folgt jeder ihrer Bewegungen, ein verstohlenes besitzergreifendes Grinsen im Gesicht. Ich sehe, wie er schamlos ihren Busen betrachtet. »Du machst das richtig gut, weißt du? Mein Makeup sah noch nie so gut aus. Das andere Mädchen trägt immer viel zu viel auf, aber du hast eine ganz leichte Hand. Das gefällt mir.«

Sie ignoriert seine Anmache und konzentriert sich auf seine glänzende Stirn und die Tränensäcke unter seinen Augen. Michael macht den Job schon eine ganze Weile und hat definitiv schon besser ausgesehen.

Ich lache mir heimlich ins Fäustchen.

Seine Masche ist echt armselig.

Aidy kommt herüber zu mir und tupft mir mit einem frischen Schwamm die Nase ab. Als sie fertig ist, hüpft sie von der Bühne und ich erwische Michael, wie er ihr auf den Hintern starrt. Er versucht nicht mal, es zu verstecken. Sie schwingt beim Gehen zwar ein wenig mit den Hüften, aber das ist keine Einladung an solche Schweine wie ihn.

»Wie heißt sie gleich noch mal?« Michael beugt sich zu mir herüber; ihm trieft praktisch der Sabber aus dem Mund.

»Wir gehen auf Sendung in fünf, vier …«, verkündet eine Stimme.

Michael richtet seine rote Seidenkrawatte und räuspert sich, und sobald die Kameras laufen, ist er voll konzentriert.

Auch die nächsten sieben Minuten vergehen wie im Flug und ich kann mich an praktisch überhaupt nichts erinnern. Ich könnte weder sagen, was ich kommentiert habe, noch wie oft ich genickt oder in die Kamera gelächelt habe, aber es ist geschafft.

Ich habe *Smack Talk* co-moderiert.

Es war gar nicht so übel.

Und jetzt ist es vorbei.

Auftrag erledigt.

Die Kameras werden weggerollt, die Mitarbeiter strömen zum Set und der Regisseur nimmt Michael zur Seite.

»Hey, das haben Sie gut gemacht.« Michelle lächelt breit und stößt mit der Faust an meinen Arm. »Sie waren toll.«

»Danke.« Ich sehe mich in dem dunklen Raum nach Aidy um.

Ich habe Fragen. Auf die ich Antworten will.

»Wo sind denn die Leute für Frisur und Makeup?«, will ich von Michelle wissen.

»Oh, die sind schon weg. Brauchen Sie noch irgendwas von den beiden?«

»Nein. Alles gut. Vergessen Sie, dass ich gefragt habe.« Wir verlassen gemeinsam die Bühne.

»Hey«, sagt sie, während wir durch eine Doppeltür gehen, die in den Hauptkorridor führt. »Wir möchten gern wissen, ob Sie Lust auf eine Wiederholung haben. Sie sind ein Naturtalent, Ace. Wir fanden Sie toll und den Zuschauern hat die Kombination aus Ihnen und Michael sehr gut gefallen. Es wäre nur für den Rest der Woche, bis Antoine zurückkommt. Und vielleicht können Sie ja danach ab und zu einspringen?«

Ich schnaube. »Es gibt Tausende Menschen, die für diesen Job töten und ihn viel besser machen würden als ich.«

»Das stimmt vielleicht«, antwortet sie und ihr Brooklyn-

Akzent klingt schrill. »Aber Sie haben etwas, das die nicht haben.«

»Und was soll das sein?« Ich bleibe mitten im Flur stehen, drehe mich zu ihr um und stütze die Hände in die Hüften. Michelle ist kaum größer als einen Meter sechzig und ich überrage sie beinahe um ganze dreißig Zentimeter.

»Sie sind Ace Amato.« Michelle zuckt mit den Schultern, verzieht den Mund und wendet sich zum Gehen. »Denken Sie darüber nach und geben Sie mir Bescheid. Meine Handynummer müssten Sie haben. Ich brauche die Antwort bis drei Uhr heute Nachmittag.«

7. KAPITEL

Aidy

»Hey, du bist aber früh wieder zurück!«, ruft meine Schwester über den Lärm des Staubsaugers hinweg, hebt die Ecke des Couchtischs an und rückt dem Staub darunter zu Leibe. Dann tippt sie mit dem Fuß auf den Ausschalter des Geräts, das nach einem letzten sanften Schnurren verstummt, und wickelt das Kabel auf. »Enzo hat wieder auf der Couch Kekse gegessen.«

Mit leicht zusammengekniffenen Augen mustert sie mich, und ich hebe abwehrend die Hand.

»Du brauchst mich gar nicht so anzusehen!«, protestiere ich und stelle meinen Makeup-Koffer neben der Tür ab, ehe ich die Schuhe ausziehe.

»Wie war der Auftrag? Ich war noch nie im ASPN-Sender. Ist es dort schön?« Wren lässt sich in einen der Sessel fallen, streckt die Beine aus und legt die Hände auf den Bauch. Die Haare trägt sie zurückgebunden und ihre Stirn glänzt leicht. So wie sie aussieht, putzt sie schon, seit sie Enzo heute Morgen zur Schule gebracht hat.

Ich sehe mich im Zimmer um. In der Luft hängt ein zitroniger Duft und die Oberfläche des Couchtischs glänzt. Staubsaugerspuren ziehen sich vom Flur bis zu meinen Füßen.

»Sehr schön«, behaupte ich und wende den Blick ab.

»Und warum muss ich dir alles aus der Nase ziehen?« Sie zieht die Brauen zusammen. »Du benimmst dich komisch. Warum benimmst du dich so merkwürdig?«

Ich zucke mit den Schultern und will mir eine Flasche Wasser aus der Küche holen. Als ich vor dem Kühlschrank stehe, habe ich jedoch vergessen, was ich hier mache.

»Aidy.« Wren steht jetzt auf der anderen Seite der Kücheninsel, hat die Ellbogen aufgestützt und betrachtet mich. »Ist irgendwas passiert?«

»Erinnerst du dich an diesen Baseballspieler?«, frage ich. »Der von gestern Abend?«

Meine Schwester nickt. »Was ist mit ihm?«

»Er war heute der Gastmoderator bei *Smack Talk*.« Da fällt mir das Wasser wieder ein. Mit dem Rücken zu Wren füge ich hinzu: »Ist das nicht seltsam?«

»Seltsam? Dass ein berühmter ehemaliger Baseballspieler der Co-Moderator einer Sporttalkshow ist? Nein. Überhaupt nicht.«

»Aber ich habe ihn gestern zwei Mal getroffen und heute gleich wieder«, halte ich dagegen. »Und bis zu dieser Woche hatte ich noch nie von ihm gehört.«

»Das Leben ist voll von kleinen, merkwürdigen Zufällen. Denn genau das ist es, ein Zufall. Du machst dich ganz verrückt, wenn du Verbindungen erkennen willst, wo es keine gibt.« Wren atmet aus.

Ich schraube die Wasserflasche auf und nehme einen Schluck. »Ich wollte ihm die Meinung geigen, Wren. Unbedingt. Aber das ging nicht. Wenn ich mich nicht professionell verhalten hätte, würde Topaz mich umbringen.«

»Gute Entscheidung.«

Ich nehme einen weiteren Schluck. »Aber das gilt nicht, falls er mir noch mal auf der Straße begegnet.«

Wren fährt sich stöhnend mit der Hand übers Gesicht. »Lass die Sache endlich ruhen. Enzo hat es längst vergessen.«

»Er darf sich aber nicht so benehmen«, widerspreche ich. »Mir doch egal, ob er einen miesen Tag hatte.«

»Warum verbeißt du dich so in diese Sache?« Wren setzt sich auf einen Barhocker. »Du steigerst dich in etwas absolut Unwichtiges hinein. Weißt du überhaupt, wie viele Promis in dieser Stadt leben? Weißt du, wie häufig die fotografiert oder wegen Autogrammen angesprochen werden? Dabei sind sie zu nichts verpflichtet. Ich finde sogar, dass es unhöflich ist, einfach hinzugehen, etwas zu verlangen und dann zu erwarten, dass sie sich darüber freuen.«

Ich stelle das Wasser auf die Arbeitsplatte und suche ihren Blick. »Ja. Du hast recht. Keine Ahnung, warum mich das so aufregt.«

»Du kriegst deine Tage, deshalb.«

Ich verdrehe die Augen und schüttle den Kopf. »Nein.«

»Ich muss duschen.« Wren steht auf. »Um eins habe ich einen Auftrag. Ein paar ältere Damen haben sich für ein spätes Mittagessen auf der Madison Avenue verabredet. Die sind total niedlich. Ich will sie alle adoptieren, weil man nie genug reiche Großmütter haben kann.«

Wren zwinkert mir zu und bleibt am Rand der Arbeitsplatte stehen, wo sie den kilometerhohen Stapel Brautmagazine einsammelt, der seit zwei Wochen unberührt dort liegt. Ich weiß nicht genau, ob sie nervös wegen der Hochzeit mit Chauncey ist oder einfach nur unmotiviert, aber sie ist als künftige Braut nicht mal halb so schlimm, wie ich befürchtet hatte.

»Wann gehen wir denn dein Brautkleid kaufen?«, frage ich. »Bei manchen Läden muss man schon monatelang im Voraus bestellen.«

Ich finde immer noch, dass es verrückt ist, in der ersten Dezemberwoche heiraten zu wollen, weil es da normalerweise schon schneit, aber sie hat sich immer eine Winterhochzeit gewünscht.

»Bald.« Sie schenkt mir ein müdes Lächeln.

»Dasselbe hast du schon vor zwei Monaten gesagt.«

»Wir denken darüber nach, eventuell einfach nur aufs Standesamt zu gehen«, erklärt sie und lehnt sich an die Wand im Flur. Die Arme verschränkt sie vor der Brust, vor den Zeitschriften. Ich erspähe das Foto einer braunhaarigen Braut mit einem Strauß aus blauen Hortensien. Sie sieht aus wie Wren.

»Was? Nein.« Schmollend gehe ich zu ihr hinüber und lege meine Hand auf ihre. »Das ist deine erste Hochzeit. Seine auch. Ihr müsst was Besonderes machen.«

»Hochzeiten sind teuer«, gibt sie zu bedenken. »Da gibt man so viel Geld aus. Was, wenn es nicht funktioniert, aber man hat gerade ein ganzes Jahresgehalt für Kuchen, Champagner und Blumen rausgeschmissen?«

»Geht es darum?« Ich spreche leise und halte ihren Blick fest.

»Vielleicht?« Sie beißt sich auf die Lippe und zuckt mit

der linken Schulter. »Du weißt nicht, was es heißt, alleinerziehend zu sein. Ich muss jeden Dollar zwei Mal umdrehen und kann nicht einfach Enzos Schulgeld für Moët & Chandon ausgeben.«

»Wir reden hier über deine Hochzeit«, erinnere ich sie. »Deine erste und einzige.«

»Das wissen wir doch gar nicht.«

»Liebst du ihn?«

»Ja.«

»Mehr als alles andere auf der Welt?«

»Ein winziges bisschen weniger als Enzo, aber ja.«

Ich verdrehe die Augen. »Dann heirate ihn und mach dir über den Rest keine Sorgen.«

Wren schweigt und hängt ihren Gedanken nach, wie sie es manchmal tut.

»Glam2Go läuft gut«, erinnere ich sie. »Wir haben dieses Jahr drei Mal so viel Geld verdient wie im letzten, und dabei haben wir erst Juni. Du kannst dir eine schöne Hochzeit leisten. Und du weißt ganz genau, dass Mom in Tränen ausbrechen wird, wenn du nur standesamtlich heiratest. Du willst doch Mom nicht zum Weinen bringen, oder?«

»Mom weint beim geringsten Anlass.« Wren schenkt mir ein schmales Lächeln. »Vermutlich hat Enzo das von ihr.«

»Definitiv von ihr.«

Wrens Miene ist undurchdringlich, die Schultern steif. »Bist du dir sicher, dass es richtig von mir ist, ihn zu heiraten?«

Ich ziehe die Brauen hoch. Bisher habe ich Wren noch nie ihre Beziehung zu Chauncey anzweifeln gehört, und die beiden sind seit beinahe drei Jahren zusammen. Klar, im Vergleich zu den anderen Männern, mit denen sie zusammen war, ist er eher ein wenig langweilig, aber meiner Meinung nach ist es das Allerbeste an ihm. Er ist zuverlässig und langweilig und freundlich und liebevoll und wichtiger noch, das genaue Gegenteil zu Lorenzo, der ihr vor einigen Jahren übel mitgespielt hat.

»Chauncey ist ein toller Kerl«, bestätige ich, schlinge meine Arme um sie und atme den Duft ihres teuren Shampoos ein. Diese Frau schneidet überall Rabattmarken für Lebensmittel aus, aber wehe, sie soll auf ihr teures Friseurshampoo verzichten. »Er wird ein wunderbarer Ehemann sein und er liebt Enzo sehr. Alles andere ist zweitrangig.«

Ich lasse sie los und sie dankt mir mit einem schnellen Nicken, ehe sie in ihr Zimmer verschwindet. Eine Minute später höre ich das Wasser in der Dusche laufen. Ich gehe in mein Zimmer, ziehe meine Arbeitskleidung aus und stattdessen bequeme schwarze Leggings, einen leuchtend pinkfarbenen Sport-BH und ein graues Lauftop über. Dann binde ich meine Haare zu einem kleinen Knoten und gehe ins Bad, um mich abzuschminken.

Als ich zurückkomme, entdecke ich eine Nachricht von Topaz auf meinem Handy. Ich soll sie anrufen.

»Alles hat gut geklappt«, sage ich, als sie rangeht.

»Oh, Gott sei Dank. Wir sind gerade in JFK gelandet und hier geht es zu wie im Irrenhaus. Wir versuchen jetzt, nach Hause zu fahren. Morgen bin ich auf jeden Fall wieder bei der Arbeit. Danke noch mal fürs Einspringen. Dafür schulde ich dir was.«

»Natürlich«, bestätige ich. »Wie ist denn die Geschichte mit der Einreisebehörde ausgegangen?«

Topaz stöhnt ins Telefon. »Keine Ahnung. Sie haben mein Handy durchsucht, alle unsere Mitreisenden befragt und mir hunderttausend Fragen gestellt. Einige Stunden später haben sie gesagt, ich könne jetzt gehen. Es war so bizarr, aber ich hab mit meiner Mom gesprochen und einem Cousin von einer ihrer Freundinnen ist etwas Ähnliches passiert, deshalb …«

»Ich bin jedenfalls froh, dass du wieder zu Hause bist.«

»Ich auch. Treffen wir uns bald mal zum Mittagessen? Am Freitag?«

»Klar.«

Ich beende das Gespräch mit Topaz und lasse mich aufs Bett fallen. Ich bin nicht daran gewöhnt, so früh aufzustehen, und um sechs Uhr heute Abend habe ich einen Kundentermin. Irgendeine Frau an der Upper East Side hat ein Date mit einem Mann, den sie über eine Dating-App kennengelernt hat, und möchte sich von ihrer besten Seite zeigen.

Ich rolle mich auf die Seite. Mein Blick fällt auf das Tagebuch, das im unteren Regalfach meines Nachttischs liegt. Ich hole es heraus und blättere bis zu einer Seite in der Mitte.

Vielleicht ist es nicht leicht, mich zu lieben. Vielleicht bin ich ihre Liebe nicht wert. Aber das ändert nichts an der Tatsache, dass ich sie liebe. Ich kann es nicht ändern, dass ich sie mehr liebe, als ich sollte. Ich habe versucht, damit aufzuhören. Aber man kann sich nicht von der Frau entlieben, die das Feuer in deiner Seele entfacht. So etwas tun nur Feiglinge. Ich werde nie aufhören, sie zu lieben. Lieber würde ich sterben.

Ich blättere bis zu einem Abschnitt vor, den ich schon viele Male gelesen habe.

Am Abend ihrer Verlobungsparty war irgendetwas an ihr

merkwürdig. Sie hing den ganzen Abend über an seinem Arm, lächelnd und nickend, und zeigte ihren Ring jedem, der ihn sehen wollte. Und ich habe mich zurückgehalten und sie von der Bar aus beobachtet. Mir wurde klar, dass ich noch nie zuvor im Leben etwas so sehr gewollt habe. Ich habe mich gefragt, ob das wohl das Ende von uns sei, ein für alle Mal. Ihre Augen, deren Farbe wilden Veilchen ähnelt, erwachten zum Leben, sobald sie meinem Blick durch den Raum hinweg begegnete, und mein Gott, mir blieb die Luft weg. Sie schenkte mir ein flüchtiges, bittersüßes Lächeln. Ihre kohlschwarzen Haare umrahmten ihr Gesicht und verbargen den herzförmigen Mund, für dessen Küsse ich lebe, und als sie ein zweites Mal aufsah, galt ihr Blick nicht mehr mir, sondern ihm. In dem Moment, als sich unsere Blicke trafen, habe ich tausend Leben gelebt, alle mit ihr. Und als sie sich lächelnd ihm zuwandte, brach mein Herz in tausend Stücke. Doch es war noch nicht alles verloren, denn mir wurde klar, dass ihr Lächeln mir galt.

Ich schließe das Buch, lege es zur Seite und atme tief ein. Die Wucht der Worte des Mannes dringt in all ihrer trägen, bitteren Süße in mich ein.

8. KAPITEL

Ace

»Wer sind Sie?« Am Mittwochmorgen stehe ich im Eingang zu meiner Garderobe und bedauere beinahe schon meine Entscheidung, *Smack Talk* für den Rest der Woche zu comoderieren.

Eine Frau mit welligem lavendelfarbenen Haaren befestigt einen Gürtel um ihre Taille und lächelt mich strahlend an. »Ich bin Topaz. Ich kümmere mich heute um Ihr Makeup.«

»Wo ist Aidy?«

Sie zieht eine Braue hoch. »Aidy hat mich gestern vertreten. Sie kommt nicht mehr.«

Topaz deutet auf den Stuhl in der Mitte des Zimmers. »Fangen wir an. Stacia wird gleich hier sein und Sie gehen in einer halben Stunde auf Sendung.«

Den gesamten gestrigen Abend über habe ich darüber nachgedacht, Aidy eine Nachricht zu schreiben. Ich wollte herausfinden, woher sie wusste, was die Verrückte mit dem Tagebuch getragen hat, und habe ein vollständiges Geständnis erwartet. Ich wollte wissen, woher sie mich kannte, ob sie mir in die Pizzeria gefolgt ist und ob sie wusste, dass ich bei *Smack Talk* auftrete und es irgendwie eingerichtet hat, ihre Freundin zu vertreten.

»Sie kommt nicht mehr?«, frage ich, während die Frau mir einen Umhang umbindet. Ich will ganz sichergehen. Ich habe ihre Telefonnummer und könnte ihr vermutlich schreiben und sie um ein Treffen bitten, aber ich bin davon ausgegangen, dass ich sie heute wiedersehe, und wollte die Sache nicht unangenehmer machen als nötig.

Topaz presst die Lippen zusammen und schüttelt den Kopf. »Nein. Müssen Sie sie aus irgendeinem Grund erreichen?«

»Ich hab ihre Telefonnummer.«

Sie trägt Grundierung auf meine Haut auf und streicht mir dann mit einem Pinsel über die Stirn. »Ach ja?«

»So ist das nicht.«

»Sind Sie da sicher?« Ihre Stimme wird höher.

Als Nächstes stäubt sie Puder über und unter meiner Nase entlang und ich kämpfe gegen den Drang an, zu niesen.

»Absolut«, bestätige ich und ziehe die Nase kraus.

»Wenn Sie das sagen.« Topaz dreht mir den Rücken zu und wühlt in ihrem Makeup-Koffer herum.

»Tut mir leid, dass ich zu spät komme.« Stacia eilt durch die Tür und stellt eine Tasche in der Nähe meiner Füße ab. Sie hockt sich hin, zieht sie auf und holt eine Bürste und einige Haarprodukte heraus. »Michael hat entschieden, dass er heute vor der Sendung die Haare geschnitten haben möchte, also was Michael will, kriegt er natürlich auch.«

Topaz schnaubt. »Er ist der Grund, warum wir hier sind, also können wir uns nicht wirklich beschweren.«

Stacia lächelt nicht. »Wenn ich gewusst hätte, dass ich ihm die Haare schneiden soll, wäre ich zwanzig Minuten früher gekommen. Der Mann hat meine Telefonnummer. Man sollte glauben, dass es nicht zu viel verlangt ist, wenn er sie tatsächlich mal für was anderes benutzt als nur …«

Sie hält inne. Ihr Blick fliegt von Topaz zu mir und zurück.

»Tut mir leid«, sagt Stacia mit feuerroten Wangen. »Das war sehr unprofessionell.«

Ich wende den Blick ab. »Ignorieren Sie mich einfach.«

»Bist du hier fertig?«, fragt sie Topaz und deutet auf mich.

Topaz mustert mich und streckt das Kinn vor. »Ja. Ich bin fertig.«

Es dauert nur fünf Minuten, bis Stacia meine Haare in Form gebracht hat und danach wartet schon Blake mit dem Klemmbrett in der Hand auf mich, um mich ins Studio zu bringen.

Auf dem Weg dorthin ziehe ich das Handy aus der Tasche, um es auf lautlos zu stellen. Kurz denke ich darüber nach, Aidy eine Nachricht voller Fragen zu schicken.

»Sind Sie bereit?«, begrüßt mich Michelle auf der anderen Seite der Schwingtür, und dann hakt sie sich bei mir ein. »Stellen Sie das Handy bitte aus, ja?«

9. KAPITEL

Aidy

Am Mittwochabend drücke ich in einem alten Gebäude aus der Nachkriegszeit an der Upper East Side auf die Türklingel für Apartment 3C. Ich bin eine Viertelstunde zu früh dran, aber mit ein bisschen Glück macht das meiner Kundin nichts aus.

»Hallo?«, kommt die Stimme aus dem Lautsprecher.

»Hi, ich bin Aidy von Glam2Go. Ich bin wegen Ihres Termins hier.«

»Ich lasse Sie rein.«

Die Stimme verschwindet und die Tür summt. Ich steige drei Treppen hoch. Der Flur ist schmal und in einem deprimierenden Grau gestrichen, aber der Teppichboden wirkt frisch. Als ich um die Ecke biege, entdecke ich links die Wohnung. Ich ringe einen Moment lang nach Luft und klopfe dann an. Beinahe sofort wird die Tür aufgerissen und vor mir steht eine ungeschminkte Frau Mitte vierzig in einem Morgenmantel mit Kirschblütenmuster. Sie klopft sich auf die Wange und streicht sich die dunkelblonden Haare hinters Ohr.

»Sie sind zu früh«, stellt sie fest, und ihr Ton klingt ein wenig belustigt.

»Tut mir leid.«

»Nein, nein, ist schon in Ordnung. Kommen Sie rein. Ich habe einen Platz am Tisch für uns vorbereitet. Ich dachte, Sie bevorzugen sicher natürliches Licht.«

»Das klingt perfekt.«

»Ich bin Helena«, stellt sie sich vor. Sie lässt die Hand am Aufschlag ihres Morgenmantels entlanggleiten und je länger ich ihr Gesicht mustere, desto nervöser scheint sie zu werden.

In Gedanken suche ich bereits Farben aus und überlege, wie ich am besten ihre wunderschönen grünen Augen und die hohen Wangenknochen in Szene setze.

»Können Sie irgendwas dagegen tun?« Sie lacht nervös und deutet auf ihre Nase. Sie ist groß, mit einem Höcker in der Mitte und definitiv nicht leicht zu verstecken. Sie dominiert ihr gesamtes Gesicht, wobei Helena trotzdem eine sehr attraktive Frau ist.

Lächelnd nicke ich. Ich weiß selbst nur zu gut, dass wir alle unsere Komplexe haben. Einige von uns fixieren sich auf Dinge, von denen wir uns wünschen, wir könnten sie ändern, weil wir uns sonst unzulänglich fühlen. Andere sind geradezu besessen von Sachen, die die jeweiligen Partner als Makel erachten.

»Helena, ich hoffe, ich darf Ihnen sagen, dass Sie absolut atemberaubend aussehen.« Ich meine, was ich sage. Zu einhundert Prozent. Hoffentlich sehe ich in zwanzig Jahren auch nur halb so gut aus wie sie.

Ihre Miene entkrampft sich und sie zieht die Brauen hoch,

dann entspannt sie ihre Schultern und lässt sich auf einen Küchenstuhl fallen. Als sie meinen Blick sucht, röten sich ihre Wangen ein wenig.

»Sie sind sehr nett. Aber ich möchte trotzdem, dass Sie sich auf dieses Ungetüm konzentrieren.«

Sie deutet auf ihre Nase und ich schiebe vorsichtig ihre Hand zur Seite.

»Ich werde mich auf Ihre wunderschönen smaragdgrünen Augen konzentrieren«, erwidere ich lächelnd. »Und auf diese unwiderstehlichen Wangenknochen. Und Ihre Haut. Die ist makellos. Ich sehe keine einzige Falte.«

Helena lächelt und bekommt einen verhangenen Blick. »Das hat noch nie jemand zu mir gesagt.«

Stirnrunzelnd stelle ich meinen Makeup-Koffer auf den Tisch und suche die Farben heraus. »Das kann ich kaum glauben.«

»Mein Ex, Harold, hat mir immer geraten, ich solle meine Nase operieren lassen«, gesteht sie. »Aber ich habe Angst vor der Operation und vor der Narkose. Und ich fürchte mich davor, zu einer dieser künstlich aussehenden Hollywoodfrauen zu werden. Die glauben, dass sie toll aussehen, aber eigentlich gruselig wirken.«

»Sie haben die richtige Entscheidung getroffen, Helena. Ganz sicher.«

»Er hat es immer wieder thematisiert«, fährt sie fort. »Und gesagt, meine Nase ist so groß, sie bräuchte eine eigene Postleitzahl.«

Ich mache ein angewidertes Geräusch. »Das ist schrecklich. Haben Sie ihm die Meinung gegeigt? Bitte sagen Sie, dass Sie es getan haben.«

»Oh ja.« Sie richtet sich auf. »Ich habe mich von dem Blödmann scheiden lassen.«

Ich halte die Hand hoch für ein High Five, und sie klatscht kräftig ab.

»Aber jetzt sitze ich hier.« Sie seufzt und starrt in ihre Küche. Ihre Wohnung wirkt bescheiden und ich vermute, dass sie nur ein Schlafzimmer hat. Es gibt weder eine Menge Fotos noch individuelle Dekorationen, sodass es aussieht, als ob es sich eher um eine möblierte Zwischenstation handelt. »Und versuche, mich wieder in den Sattel zu schwingen.«

»Hatten Sie viele Verabredungen?« Ich suche eine transparente Grundierung in ihrer Hautfarbe heraus und drücke einen Klecks auf meinen Handrücken. Sie braucht nicht viel und ich werde nur an einigen Stellen ihren Teint ausgleichen.

»Oh nein«, entgegnet sie. »Wie ich höre, geht es da draußen zu wie im Zoo. Das ist nichts für Zartbesaitete.«

»Da haben Sie richtig gehört.« Ich verdrehe die Augen. »Ich habe letztes Jahr auch eine Männerpause eingelegt und mich stattdessen auf mein Geschäft konzentriert.«

»Alle Achtung.« Ich spüre, wie sie mich mustert, und ihre Lippen zittern, als ob sie noch etwas hinzufügen will, aber nicht genau weiß, ob sie es soll. »Darf ich etwas dazu sagen?«

»Natürlich.« Ich nehme einen Tiegel mit Cremerouge in Rosé und lasse den Deckel aufschnappen.

»Ich habe keine Tochter. Genau genommen habe ich überhaupt keine Kinder. Daher möchte ich Ihnen gern einen weisen Rat geben, falls ich darf.«

»Nur zu.« Ich tupfe Rouge auf ihre Wangen und lasse darüber und darunter noch Platz für Konturen und Betonungen.

»Bleiben Sie nicht zu lange mit Ihrer Arbeit verheiratet«, sagt sie. »Eines Tages wachen Sie womöglich auf und fühlen sich einsam, und dann haben Sie die besten Jahre Ihres Lebens mit der einen Sache verbracht, die Ihre Liebe nie erwidern kann.«

Nickend konzentriere ich mich auf den Schwung ihrer Jochbögen.

»Ich meine, Harold hatte seine Fehler, aber ich war auch nicht perfekt. Wir haben einander wahnsinnig geliebt. Die ersten zwanzig Jahre waren Feuer, Eis und Magie, und ich würde das um nichts in der Welt eintauschen. Letztendlich waren wir einfach nicht für alle Ewigkeit füreinander bestimmt. Wir wurden gemein zueinander. Das ist der Zeitpunkt, wo man weiß, man sollte die Sache beenden und getrennte Wege gehen.«

Ich bin nicht sicher, was ich darauf antworten soll. Manche Kunden lassen gerne Dampf ab. Sie projizieren häufig ihr Leben auf mich und glauben, einen Teil von sich in mir wiederzuerkennen, und dadurch öffnen sie sich einer vollkommen Fremden mehr, als sie es normalerweise tun würden.

»Jedenfalls sehe ich in Ihren Augen diesen Glanz, den man nur eine begrenzte Zeit ausstrahlt«, fährt sie fort. »Sie sind jung und schön und klug. Es täte mir sehr leid, wenn Sie die nächsten zwanzig Jahre mit Ihrer Arbeit verheiratet wären, wo sie doch mit einem scharfen Typen streiten und schlafen könnten. Glauben Sie mir, wenn die Arbeit ihren Reiz verliert, und das wird sie, dann werden Sie sich wünschen, Sie hätten ein paar pikante Erinnerungen, die Sie nachts warmhalten. Jeder braucht einen Menschen, der sein Blut zum Kochen und den Slip zum Glühen bringt.«

Ich lache.

»Gott«, seufzt sie. »Ob Sie es glauben oder nicht, Harold war mal ein wunderbarer Anblick. Aber dann hat er eine Glatze bekommen. Und Übergewicht. Und er wurde gemein. Aber wenigstens bleiben mir die schönen Erinnerungen, richtig?«

»Also, mit wem sind Sie denn heute Abend verabredet?«, wechsle ich das Thema und studiere meine Lidschattenpalette. Die Farben darin sind überwiegend Schattierungen von Taupe und Braun, aber damit kann ich ihr wahnsinnige Smokey Eyes zaubern und ihre smaragdgrünen Augen betonen.

Sie strahlt, obwohl sie versucht, ihre Begeisterung zu zügeln. »Sein Name ist Brad und er ist Buchhalter. Wirtschaftsprüfer, um genau zu sein.«

»Sehr schön. Wie haben Sie sich kennengelernt?«

»Eigentlich kennen wir uns noch gar nicht«, gesteht sie. »Wir haben uns über eine Dating-App Nachrichten geschrieben. Ein bisschen merkwürdig, aber das scheint heutzutage gang und gäbe zu sein. Jedenfalls treffen wir uns in einem italienischen Restaurant in Little Italy zum Abendessen. Und dann sehen wir weiter.«

»Haben Sie jemanden, der Sie zwischendurch anruft? Sie wissen schon, falls es schlecht läuft, dann können Sie behaupten, es gäbe einen Notfall und Sie müssten gehen?«

Sie sieht mich an, als ob ich in einer Fremdsprache mit ihr rede. »Macht man das so?«

Mir fällt die Kinnlade herunter. »Äh, ja. Ich mache das dauernd bei meinen Freundinnen.«

»Und die Männer fallen darauf rein?«

Ich zucke mit den Schultern. »Das ist nicht wichtig. Schließlich wird es keine zweite Verabredung geben.«

Helena lacht. »Das ist irgendwie traurig.«

»Dann hätten sie sich eben als bessere Dates erweisen müssen.« Ich wende mich jetzt ihren Augenbrauen zu, die ein wenig zu stark gezupft sind und schon bessere Tage gesehen haben. Vermutlich ist sie ein Opfer des Schmale-Augenbrauen-Fimmels zu Beginn der 2000er Jahre. Glücklicherweise gibt es kosmetische Hilfe dafür. Ich nehme ein wenig Brauengel und fülle die Brauen auf. »Und was wollen Sie für Ihre heiße Verabredung tragen?«

Sie strahlt. »Ich war im großen Stil shoppen. Bei *Bergdorf Goodmann*. Harold hätte einen Anfall gekriegt, wenn ich so viel Geld ausgegeben hätte. Würden Sie mir einen Gefallen tun?«

»Klar.«

»Würden Sie noch hierbleiben, bis ich es anhabe? Eine ehrliche Meinung wäre mir sehr recht. Die Verkäuferin hat zwar behauptet, ich würde darin toll aussehen, aber wir wissen ja, wie Verkäuferinnen so sind.«

»Sehr gern.« Ich beende ihr Makeup und sie verschwindet in ihr Zimmer. Hinter der verschlossenen Tür ruft sie, dass sie gleich wieder da sein wird.

Als sie wieder auftaucht, trägt sie ein figurbetontes Bandage-Kleid. Ihre Brüste sind weit hochgeschnallt und ihre langen Beine frisch gewachst und glatt. Ihre Arme sind straff. Ich tippe auf Pilates. Ich hätte nie vermutet, dass sich unter dem alten Morgenmantel so ein Wahnsinnskörper versteckt.

Sie fährt sich mit den Händen über die Hüften und holt tief Luft. »Also, Aidy? Was meinen Sie?«

»Äh, Sie sehen aus wie ein Supermodel. Im Ernst. Ihr Foto könnte auf dem Times Square neben Cindy Crawford und Christy Turlington hängen.«

Sie winkt ab. »Hören Sie auf.«

»Das ist mein Ernst. Brad, dem Buchhalter, werden die Augen aus dem Kopf fallen.«

Im Flur hängt ein Ganzkörperspiegel an der Wand. Sie geht dorthin und betrachtet sich. Plötzlich verwandelt sich ihr Gesichtsausdruck von Begeisterung zu reiner, unverhohlener Furcht.

Wie in Zeitlupe verfinstert sich ihr Blick und dicke, mascarafarbene Tränen rollen über ihre perfekt geschminkten Wangen.

»Helena, Helena.« Ich streiche mit der Hand über ihren Arm. »Hören Sie auf. Warum weinen Sie denn? Was ist denn los?«

Sie schiebt mich weg und zieht hektisch am Kleid, um es loszuwerden. Ihre cremefarbene Haut ist jetzt voller roter Flecken und sie schnappt nach Luft.

»Helfen Sie mir hier raus«, keucht sie atemlos und panisch. »Ich kann nicht … Ich kann das nicht …«

Ich öffne den Reißverschluss an ihrem Rücken und bringe sie in ihr Schlafzimmer, wo sie das Kleid auf den Boden fallen lässt und verzweifelt nach ihrem Morgenmantel greift. Dann hockt sie sich auf den Bettrand und vergräbt das Gesicht in den Händen.

»Was ist denn los?« Ich setze mich neben sie und reibe ihr über den Rücken. Das löst sofort einen Schluchzanfall bei ihr aus.

Ich bleibe schweigend neben ihr sitzen und bin die Ersatzfreundin, die sie in diesem Moment ganz offensichtlich braucht. Schließlich holt sie Luft und wendet mir das Gesicht mit dem völlig ruinierten Makeup zu.

»Ich kann das nicht«, wiederholt sie. »Ich kann nicht so aussehen, dieses Kleid tragen und so tun, als wäre ich jemand, der ich nicht bin. Und dann hoffen, dass mich ein vollkommen Fremder nur halb so sehr liebt wie Harold es getan hat.«

Erneut schluchzt Helena in ihre Hände. Mit jedem Atemzug heben sich ihre Schultern.

»Anscheinend sind Sie noch nicht bereit dafür. Aber das ist nicht schlimm. Machen Sie sich keine Gedanken, Brad wird es verstehen.«

Sie schnaubt. »Vermutlich werde ich niemals bereit dafür sein.«

»Ich lebe jetzt seit fünf Jahren in New York, und wissen Sie, was mir allmählich klar wird?«

»Was denn?«

»Diese Stadt ist voller Menschen, die anderen etwas vormachen. Jeder tut so, als hätte er sein Leben im Griff, dabei trifft das nur auf sehr wenige tatsächlich zu. Sie kennen doch die Redewendung ›Durch Schein zum Sein‹?«

»Ja.« Sie nimmt sich ein Taschentuch vom Nachttisch und ich entdecke ein halbes Dutzend zerknüllte Tücher neben der Schachtel.

»Können Sie das heute Abend probieren?«, frage ich. »Können Sie so tun, als wären Sie die selbstbewusste, wunderschöne Frau, von der ich weiß, dass sie sich hinter diesen Tränen versteckt?«

Helena lacht und richtet sich ein wenig auf. »Das weiß ich nicht, Aidy.«

Sie steht auf, geht hinüber zum Spiegel auf der Kommode und fährt sich über die schwarzen Tränenspuren auf ihren Wangen.

»Ich habe Ihr wunderschönes Makeup ruiniert.«

»Eigentlich hatten Sie es sowieso nicht nötig«, antworte ich augenzwinkernd. »Aber ich frische es gerne kostenlos auf. Falls Sie das möchten.«

Mit unschlüssiger Miene dreht sie sich zu mir um.

»Aber wenn ich Ihr Makeup ausbessere, dann erwarte ich auch, dass Sie zu Ihrer Verabredung gehen«, verlange ich in dem Ton, den meine Schwester manchmal bei Enzo anschlägt.

Helena blickt zurück zu ihrem Spiegelbild und umklammert die Aufschläge ihres Morgenmantels. Ich beobachte, wie sie scharf einatmet und die Luft dann wieder ausstößt.

»Na schön«, stimmt sie zu. »Legen wir los.«

»Prima.« Ich klatsche in die Hände. »Ich hole nur schnell den Makeup-Entferner. Bin gleich wieder da.«

Ich sause aus ihrem Schlafzimmer hinüber zu meinem Kosmetikkoffer auf ihrem Küchentisch und wühle mich auf der Suche nach der kleinen, aber unheimlich wichtigen Flasche Makeup-Entferner, die ich immer dabeihabe, durch die vielen Töpfchen und Tiegel.

Sie ist nicht da.

Shit.

Ich suche weiter. Wie zum Teufel soll ich meiner brandneuen Kundin erklären, dass ich ohne die nötigen Hilfsmittel hier aufgetaucht bin?

Panik durchzuckt mich, bis mir einfällt, dass ich auf dem Weg hierher an einer Drogerie vorbeigekommen bin. Die liegt nur die Straße runter, direkt an der Ecke.

»Helena?«, rufe ich.

»Ja, Aidy?« Sie streckt den Kopf zur Schlafzimmertür heraus und ich sehe ein Stück nackte Schulter.

Sie zieht sich wieder an. Gut.

»Ich muss ganz schnell zur Drogerie. In fünf Minuten bin ich zurück, höchstens zehn. Bitte versprechen Sie mir, dass Sie nicht inzwischen Ihre Meinung ändern.«

Helena nickt und reckt den Daumen hoch. Ich schnappe meine Handtasche, lasse meine ganze Ausrüstung auf dem Tisch verteilt liegen und rase zur Tür hinaus. Als ich die drei Treppen hinabsause, renne ich beinahe einen Mann in mittleren Jahren um, der eine Tüte mit Lebensmitteln trägt.

»Tut mir leid!«, rufe ich, aber er hört mich nicht mehr. Ich bin längst draußen und flitze in meinen Ballerinas auf das hell erleuchtete, einen Block entfernte Drogerieschild zu.

Drinnen werde ich von Neonlicht und einer überwältigenden Anzahl von Gängen begrüßt, aber eine lächelnde Mitarbeiterin zeigt mir glücklicherweise den Weg zur Kosmetikabteilung. Ich nehme eine Flasche Makeup-Entferner der Hausmarke aus dem Regal und mache mich auf direktem Weg zur Kasse.

Die Schlange ist kilometerlang und reicht bis zur Fotoabteilung. Ich wusste gar nicht, dass Drogerien an Mittwochabenden so gut besucht sind. Seufzend sehe ich auf meinem Handy nach der Uhr. Ich bin schon seit sechs Minuten weg, und angesichts der vielen Kunden vor mir wird es wohl noch weitere zehn dauern.

Leise fluchend umklammere ich die Flasche und warte. Die Schlange bewegt sich schneller als gedacht, was mich unglaublich erleichtert. Ich nehme mir eine Zeitschrift aus dem

Ständer in der Nähe, blättere bis zur Mitte, lese die neueste Entwicklung im Drama um Gwen Stefani und Gavin Rossdale und bin mir mit dem Rest von Amerika einig, dass er der Verlierer bei dieser Sache ist. Zwei Seiten überfliege ich, bevor ich merke, dass die Warteschlange sich nicht mehr bewegt. Als ich aufsehe, entdecke ich, dass die Lampe über unserer Reihe blinkt und der Kassierer nach dem Manager gerufen hat. Vor ihm steht eine mürrische Kundin mit rotem Gesicht, eine Hand in die Hüfte gestützt, in der anderen einen Haufen Rabattmarken.

»Himmel«, murmele ich und blicke wieder auf mein Handy.

»Haben Sie's eilig?«, ertönt hinter mir die Stimme eines Mannes.

Ich wirbele herum und mir rutscht das Herz in die Hose, als ich das Lexington-Avenue-Arschloch erkenne.

»Das gibt's doch gar nicht.«

»Sagen Sie mal, stalken Sie mich?« Er steckt eine Hand in die Tasche seiner dunklen, verwaschenen Jeans und sein intensiver Blick brennt sich geradewegs in meine Haut.

Mir fällt die Kinnlade runter. »Ist das Ihr Ernst?«

»Ich weiß, dass Sie das waren«, sagt er. »Mit dem Tagebuch am Montag.«

Ich zucke mit den Schultern. »Ja? Und? Das bedeutet nicht, dass ich Sie stalke.«

»Ach ja?«

Die Schlange bewegt sich endlich wieder.

»Überall, wo ich hingehe, sind Sie. Das ist ein bisschen beunruhigend«, gibt er zu bedenken.

Ich lege die Zeitschrift zurück und verschränke die Arme

vor der Brust. »Wer sagt denn, dass es mir nicht genauso geht? Ich hatte keine Ahnung, dass Sie Montagabend in der Pizzeria meines zukünftigen Schwagers auftauchen würden. Als ich meiner Freundin versprochen habe, für sie einzuspringen, konnte ich nicht ahnen, dass Sie *Smack Talk* co-moderieren würden. Und woher sollte ich wissen, dass Sie in der Drogerie hinter mir stehen würden, wenn ich eine Flasche Make-up-Entferner für eine Kundin brauche?«

Er blickt sich um. »Welche Kundin?«

Ich verziehe das Gesicht. »Sie wohnt die Straße hoch. Auf jeden Fall sieht es eher so aus, als ob Sie mich verfolgen.«

»Genau. Ich bin Ihnen zu *Smack Talk* gefolgt.«

»Reiner Zufall!«, beharre ich.

»Aber der Rest nicht?«

Schulterzuckend gehe ich ein Stück weiter. »Ich sage ja nur, dass es ziemlich merkwürdig ist, wenn wir uns in einer so großen Stadt alle fünf Minuten über den Weg laufen.«

Er fährt sich mit der Hand durch den Bart, der keineswegs sein überhebliches Grinsen verdeckt.

»Können wir irgendwohin gehen und reden?«, fragt er mit geneigtem Kopf. »Ganz kurz. Es wird nicht lange dauern, aber ich finde, wir sollten die Sache klären.«

»Da gibt es nichts zu klären«, widerspreche ich. »Hören Sie einfach auf, mir zu folgen.«

Er senkt das Kinn auf die Brust und streicht sich durch die dunklen Haare, ehe er meinen Blick sucht. Seine Augen sind leuchtend aquamarinblau und für einen Moment lenken sie mich ab und ich vergesse meine Abwehrhaltung.

»Fünf Minuten«, bittet er. »Ich muss mich nur vergewissern, dass Sie keine verrückte Stalkerin sind.«

Seufzend mustere ich ihn von oben bis unten. »Na schön. Aber nur, weil ich das Gleiche über Sie rausfinden will.«

Die Schlange bewegt sich weiter und plötzlich bin ich schon fast dran. Anscheinend haben die Leute vor mir alle zusammengehört. Gott sei Dank.

»Gut. Dann treffen wir uns bei *Gilberto's*. Das ist zwei Blocks nördlich, an der Ecke«, schlägt er vor.

»Ich muss erst noch meinen Auftrag beenden. Sagen wir in einer halben Stunde?«

»Der Nächste!«, ruft der Kassierer.

Ich drehe mich um, spüre aber trotzdem noch Aces bedeutungsschweren und unverfrorenen Blick im Rücken. Ich stelle den Makeup-Entferner auf die Theke, ziehe mein Portemonnaie heraus und erledige meinen Einkauf, wobei ich auf den Kassenzettel und eine Tüte verzichte.

Anschließend renne ich die Straße hinauf zu Helena. Als ich zurückkomme, hat sie sich die Haare bereits zu einem modernen französischen Knoten aufgesteckt und sie trägt wieder das sexy kleine Schwarze, aus dem sie sich vor nicht allzu langer Zeit noch verzweifelt herausgeschält hat.

Als wir fertig sind, wirft sie einen Blick aus dem Fenster. Unten wartet ein gelbes Taxi.

»Das ist für mich.« Sie holt tief Luft und streicht sich mit den Händen über die Hüften. Dann lächelt sie breit. »Zu viel Schein?«

Lachend nicke ich. »Ein bisschen.«

Sie schraubt das Lächeln ein wenig zurück.

»So ist es genau richtig«, lobe ich und packe meine Sachen zusammen. Ein Blick auf mein Handy verrät mir, dass mir noch zehn Minuten bis zum Treffen mit Ace bleiben. »Viel

Glück heute Abend mit Brad. Denken Sie daran, was wir besprochen haben. Falls Sie zu nervös werden, dann wahren Sie einfach so lange den Schein, bis er zum Sein wird.«

Helena kommt zu mir herüber und schlüpft in sexy Stilettos, in denen ihre Beine noch länger wirken. Sie schlingt die Arme um mich und ich atme ihr sinnliches Sandelholzparfüm ein.

»Danke«, flüstert sie.

Ich packe meine Sachen zusammen und mache mich auf den Weg zum *Gilberto's*. Während mein Herz aus unbekanntem Grund wie wild schlägt, wird mir bewusst, dass ich mich heute Abend womöglich an meinen eigenen Rat halten muss.

10. KAPITEL

Ace

Ich klopfe auf den abgenutzten Holztisch im Hinterzimmer der Bar meines Kumpels. Eine Glasplatte bedeckt eine Vielzahl von Bierkronkorken in den verschiedensten Farben und von allen Marken. Ich bin direkt von der Drogerie hierhergegangen, weil ich vor dem Gespräch mit Aidy noch was trinken wollte.

»Brauchst du noch irgendwas?« Gilberto streckt den Kopf in das Privatzimmer.

Ich betrachte mein Bier, das zweite heute Abend. »Nein, ich bin versorgt.«

»In Ordnung. Ich schicke sie her, sobald ich sie sehe.« Gil verschwindet und ich blicke auf mein Handy. Gleich wird sie hier sein und ich bin unschlüssig, ob ich ihr vorsichtig auf den Zahn fühlen soll, warum sie immer in meiner Nähe auftaucht, oder ob ich ihr geradeheraus damit drohen soll, dass ich sie anzeige, wenn sie mich weiter stalkt.

Mit Stalkern habe ich bereits reichlich Erfahrung.

Frauen haben mir ihre Slips mit der Post geschickt oder

mir Tausende Dollar für mein Sperma geboten. Frauen, mit denen ich nie geschlafen hatte, haben behauptet, ich wäre der Vater ihrer Kinder und wollten, dass das Gericht einen Vaterschaftstest anordnet. Das schlimmste Erlebnis war jedoch, als eine geistig gestörte Frau während einer Reihe von Auswärtsspielen in meine Wohnung eingebrochen ist. Jedes Mal, wenn ich weg war, hat sie tagelang darin gewohnt, meine Seife und mein Shampoo benutzt, meine Klamotten getragen, in meinem Bett geschlafen. Erst als ich einmal früher als geplant zurückkam, habe ich sie erwischt. Ich werde nie das Gefühl vergessen, als mir einer meiner Nachbarn berichtete, meine Freundin wäre oben, und dass er gar nicht gewusst hatte, dass ich auf *solche* Mädchen stand.

Mit »solche« meinte er absolut und vollkommen gaga.

Die hat eine Zeit lang für ihr Stalking gesessen, und seither bin ich besonders misstrauisch, was meine übertrieben loyalen weiblichen Fans angeht.

Die Minuten vergehen und ich spüre, wie eine neue Energie den Raum erfüllt. Als ich aufblicke, sehe ich Aidy im Türrahmen stehen. Sie sieht noch genauso aus wie vor einer halben Stunde. Ihre blonden Haare sind wellig, seitlich gescheitelt und hinter ein Ohr gesteckt. Ein Träger ihres Tanktops hängt ihr über die Schulter, als sie sich mir gegenübersetzt.

Sie hat sich nicht neben mich gesetzt. Das ist ein gutes Zeichen.

Sie stellt ihren Makeup-Koffer auf den Stuhl neben sich, verschränkt die Hände auf dem Tisch und starrt geradeaus. Ich komme mir vor wie zum Direktor bestellt.

»Also?«, fragt sie. »Was haben Sie zu Ihrer Verteidigung zu sagen?«

Schnaubend fahre ich mit dem Finger an meiner Bierflasche hinab und blicke sie an.

»Im Ernst?«, will ich wissen. »So wollen Sie das angehen?«

»Warum? Wollten Sie mir erst noch was zu trinken spendieren? Nichts für ungut, aber ich lasse mich normalerweise nicht von verrückten Fremden einladen.«

Ich bin eher belustigt als beleidigt. »Inzwischen kann man uns ja wohl kaum noch als Fremde bezeichnen. Das waren jetzt was, vier Begegnungen innerhalb von drei Tagen?«

»Sie zählen also mit.« Ihre blauen Augen strahlen in dem dämmrigen Licht und sie versucht, ein Lächeln zu unterdrücken. »Und Sie rechnen die Sache mit dem Tagebuch am Montag dazu.«

»Also geben Sie zu, dass Sie das waren.«

»Ich habe es nie abgestritten.« Ihr Blick hält meinen fest, als ob sie sich weigert, wegzusehen. »Wenn wir schon genau sein wollen.«

»Entschuldigung.« Gil steht in der Tür. »Darf ich Ihnen etwas zu trinken bringen?«

Sie fährt sich mit der Zunge über die Unterlippe und streicht sich eine blonde Strähne aus dem Gesicht. »Ja, einen Cranberrysaft mit Wodka, bitte.«

»Kommt sofort.« Gil verschwindet und Aidy grinst, obwohl sie versucht, es hinter einer Wand aus goldblonden Haaren zu verbergen.

»Tut mir leid«, sage ich, »aber das ist mir alles ein bisschen viel Zufall. Vor zwei Tagen muss ich Sie vor meiner Wohnung vertreiben und jetzt stolpere ich überall, wo ich hingehe, über Sie. In diesem Bezirk wohnen knapp zwei Millionen Menschen. So etwas passiert einfach nicht.«

Sie legt sich die Hand auf die Brust und aus irgendeinem verrückten Grund werfe ich einen schnellen Blick auf ihren Ringfinger, an dem sich jedoch nichts metallisch Glänzendes befindet.

»Glauben Sie nicht, dass mir das auch komisch vorkommt?«, will sie wissen.

»Keine Ahnung. Sie nehmen das alles sehr ruhig hin.«

Sie verzieht einen Mundwinkel nach oben. »Ich nehme die meisten Dinge ziemlich ruhig hin, aber das können Sie nicht wissen, weil wir immer noch Fremde sind, nicht wahr? Und falls ich mal ausflippe, dann ganz sicher nicht vor meinen Stalkern. Die würden das viel zu sehr genießen.«

»Du liebe Zeit. Wie viele Stalker haben Sie denn schon gehabt?«

»Nur einen. Im Sommer nach meinem Highschoolabschluss.« Sie zuckt mit den Schultern.

Gil kommt herein, legt einen Bierdeckel vor sie hin und stellt das Cocktailglas darauf.

»Danke.« Sie schenkt ihm das liebenswerteste Lächeln, das ich je gesehen habe. Als ihr Blick wieder auf mich fällt, verblasst es. »Was ist mit Ihnen? Haben Sie auch Stalker oder sind Sie lieber selbst derjenige, der andere verfolgt?«

Schmunzelnd fahre ich mir mit der Hand über den Mund. Ihre kirschfarbenen Lippen teilen sich gerade weit genug, damit sie einen kleinen Schluck nehmen kann. Sie zuckt nicht mal mit der Wimper, was viel heißen will. Gilberto ist für seine starken Drinks bekannt.

»Ich habe das Gefühl, dass ich bereits seit knapp zehn Minuten hier bin und wir haben nichts erreicht.« Sie stellt das Glas zurück auf den Untersetzer und neigt den Kopf. »Wir können entweder weiter hier sitzen und so tun, als ob wir uns nicht über den Tisch hinweg angaffen, oder wir können …«

»Ich *gaffe* nicht.« Mit zusammengezogenen Brauen lehne ich mich zurück. »Ich gaffe nie.«

»Schön. Beäugen.«

»Beäugen mache ich genauso wenig.«

»Abchecken«, schlägt sie vor. »Checken Sie Menschen ab?«

»Wer sagt, dass ich Sie abchecke? Vielleicht versuche ich ja nur, aus Ihnen schlau zu werden«, widerspreche ich.

»Aus mir schlau werden?« Sie lacht lauthals auf und bedeckt den Mund mit der Hand. »Das ist süß. Jetzt versuchen Sie, mich anzubaggern.«

»Was? Nein!« Ich runzle die Stirn. Das hier läuft überhaupt nicht so, wie es soll. Irgendwie ist das Gespräch aus dem Ruder gelaufen und ich bin nicht sicher, ob ich es wieder in die richtige Spur bringen kann.

Sie nimmt einen weiteren Schluck und blickt zur Tür, während sich die Bar allmählich mit Stammkunden füllt. »In Ordnung. Wenn Sie das sagen. Dann sehen Sie vermutlich alle Menschen auf diese Art und Weise an.«

»Auf welche Weise?«

Sie wendet sich wieder mir zu, zieht die Brauen hoch und deutet auf mich. »So eindringlich und grüblerisch. Als ob sie gerade ganz stark nachdenken. Und manchmal bleibt Ihr Blick hier hängen«, sie deutet auf den winzigen Brustansatz, der im Ausschnitt ihres Tops sichtbar ist, »oder hier«, sie fährt sich über die Lippen, »oder hier.« Aidy streicht sich über die nackte Schulter und zieht den Träger hoch. »Sie sind nicht gerade subtil, Ace. Und Sie haben Glück, dass ich mich ein wenig geschmeichelt fühle, so schräg das auch ist.«

»Ich entschuldige mich.« Ich räuspere mich und straffe die Schultern. »Mir war nicht bewusst, dass ich ... Sie so intensiv anschaue.«

Sie lehnt sich zurück und kneift die Augen ein Stück zusammen, als ob sie prüfen will, inwieweit es mir mit meiner Entschuldigung ernst ist.

»Ich hab Sie nicht herbestellt, um Sie anzubaggern«, erkläre ich.

Sie verschränkt die Arme. »Ich weiß. Sie haben mich herbestellt, um mich zu beschuldigen, dass ich Ihnen folge, was das absolute Gegenteil von Anbaggern ist, und ich glaube, das haben wir schon bereits vor zehn Minuten festgestellt.«

Aidys Blick fällt auf mein Kinn, wandert weiter zu meiner Schulter und folgt dann dem Umriss meines Bizeps, bevor er auf meinen verschränkten Händen landet.

»Sie sind also Pitcher?«, will sie wissen.

»War«, korrigiere ich. »Ich *war* Pitcher.«

»Ich interessiere mich nicht für Sport.« Sie greift nach ihrem Glas, hebt es an ihre vollen Lippen und nimmt einen kleinen Schluck. Ihr Cocktail ist immer noch fast voll. Nichts an Aidy wirkt unsicher oder nervös, das muss ich anerkennen, und wenn die Umstände anders wären ...

»Für gar keinen Sport?«, hake ich nach.

Sie schüttelt den Kopf. »Ich war mal bei einem Yankee-Spiel. Es war okay. Das Bier und die Hotdogs waren gut.«

Ich nehme einen Schluck von meinem Bier und stelle fest, dass ein seltenes Lächeln meinen Mund umspielt, während ich sie ansehe. Glücklicherweise verdeckt der Bart das meiste davon. Ich habe noch nie eine Frau kennengelernt, die gleichzeitig liebenswert, sexy und kompromisslos direkt ist wie Aidy. Sie versucht nicht, mich zu beeindrucken. Sie stürzt nicht einen Drink nach dem anderen hinunter. Verdammt, sie versucht nicht mal, mich zu verführen, obwohl der Träger ihres Tops ihr aus unerfindlichem Grund immer wieder von der Schulter rutscht.

Ich denke, ich kann mit ziemlicher Gewissheit sagen, dass Aidy Kincaid keine Stalkerin ist.

Ich atme aus und beobachte sie über den Tisch hinweg, während sie die Barbesucher draußen mustert. Alles an ihr wirkt geschmeidig und selbstbewusst, von der Art, wie sie geht, bis hin zu ihrer Atmung.

Mir wird warm und ich werde müde. Ich könnte den ganzen Abend hier sitzen und mit diesem paradoxen Hitzkopf quatschen, aber ich muss morgen früh raus und darf nicht mit Augenringen und Bieratem auftauchen.

»In Ordnung.« Ich schlage mit der Hand auf den Tisch und stehe auf.

»Oh.« Aidy sieht aus ihren blauen Augen neugierig zu mir auf. »Das war's? Sie haben sich also davon überzeugt, dass ich keine Gefahr für Ihre Sicherheit darstelle?«

Ich ziehe eine Braue hoch. »Ich denke schon, ja. Was ist mit Ihnen? Haben Sie jetzt auch ein besseres Gefühl?«

Sie hängt sich ihre kleine Handtasche um und stellt den Makeup-Koffer auf den Tisch. »Ja, ich glaube schon.«

Wir gehen zum Eingang und einen Moment lang überlege ich, ob ich anbieten soll, den Koffer für sie zu tragen, aber dass irgendein Klugscheißer mit einem Smartphone ein Bild davon schießt, wie ich Makeup durch eine Bar schleppe, ist das Letzte, was ich brauche. Bei meinem Glück würde das

Foto innerhalb eines Tages viral gehen. Außerdem glaube ich sowieso nicht, dass Aidy meine Hilfe akzeptieren würde.

Als wir die Bar verlassen, empfängt uns kühle Abendluft. Aidy steht einige Meter von mir entfernt, aber trotzdem fällt mir auf, dass sie mir genau bis unters Kinn reicht.

»Alles, was diese Woche passiert ist, war wirklich Zufall. Das schwöre ich«, bekräftigt sie noch einmal.

Ich schiebe die Hände in die Hosentaschen.

Eine gefühlt endlos lange Minute stehen wir einfach so da und blicken uns an.

»Oh, Mist.« Sie schabt mit dem Fuß über den Gehweg. »Ich hab vergessen, meinen Drink zu bezahlen.«

Ich winke ab. »Der Besitzer ist ein Kumpel von mir. Die Getränke waren gratis.«

Ihre Miene ist immer noch besorgt. »Sind Sie sicher? Ich kann schnell noch mal reingehen und …«

»Nein, es ist alles in Ordnung.«

Aidy stößt den Atem aus, wobei sich ihre Schultern heben und senken. »Und bevor ich gehe, sollen Sie wissen, dass ich dieses Tagebuch wirklich vor Ihrer Tür gefunden habe. Ich habe das meiste davon gelesen, und mich dann schuldig gefühlt, weil es sehr persönlich ist und mir gar nicht gehört, deshalb wollte ich es zurückbringen.«

Ich schüttle den Kopf und zucke mit den Schultern. »Die Leute legen dauernd Sachen auf meiner Treppe ab.«

Sie leckt sich über die vollen Lippen, neigt den Kopf und sieht zu mir auf. Ihre blauen Augen funkeln. Es wäre gelogen, wenn ich sagen würde, dass wir uns hoffentlich nie wiedersehen.

Während des vergangenen Jahres hat mein Leben in einer

grauen Leere gesteckt, und zum ersten Mal seit langer Zeit hat sich diese Woche der Nebel lang genug gelichtet, dass ich die Sonne sehen konnte.

»Es war jedenfalls sehr interessant, Sie kennenzulernen, Ace. Falls wir uns nicht wiedersehen, hoffe ich, dass … alles gut für Sie ausgeht.« Sie umfasst den Träger ihrer Handtasche und verzieht die Lippen zu einem trägen Lächeln. Bevor sie geht, zwinkert sie mir noch einmal zu, als wolle sie sagen, wir sind jetzt miteinander im Reinen, und ich stehe da, die Hände in den Taschen und beobachte, wie sie hinter einer Gruppe gut gekleideter Upper East Sider verschwindet.

Heute Abend liegt eine schwüle Feuchte in der Luft, als ob es bald regnen wird. Die Blätter an einem nahe gelegenen Ahornbaum rascheln. Ich gehe nach Hause. Allein. Und frage mich, was wohl passiert wäre, wenn wir ein wenig länger geblieben wären.

Vielleicht nichts.

Doch das werde ich nie erfahren.

11. KAPITEL

Aidy

»Glaubst du, du wirst ihn noch mal wiedersehen?« Wren schüttet kochendes Wasser in zwei Tassen und packt zwei Beutel Kamillentee aus. Ich habe ihr gerade alles über den Termin bei Helena erzählt und mich auch ausführlich über das Zusammentreffen mit Ace in der Drogerie und unser Treffen danach ausgelassen.

Ich setze mich auf einen Küchenstuhl, beuge mich vor und stütze das Kinn in die Hände.

»Angesichts dieser Woche würde ich sagen, alles ist möglich.«

»Du hattest einen aufregenden Abend.« Meine Schwester setzt sich mir gegenüber und schiebt mir eine Teetasse zu.

Ich nicke und puste auf meinen ziehenden Tee. Mein Atem erzeugt lauter kleine Wellen und ein Dampfwölkchen steigt auf.

Wren stützt ebenfalls das Kinn auf. »Denkst du immer noch, dass er das Tagebuch geschrieben hat?«

Ich nicke. »Wobei ich mir nicht mehr ganz sicher bin.«

»Wenn es wirklich seins wäre, würde er es nicht unbedingt zurückhaben wollen? Es steht sehr viel Persönliches drin. Warum sollte er es so hartnäckig verleugnen?«

Ich zucke mit den Schultern. »Aus Stolz vielleicht? Womöglich war es ihm zu peinlich, es zurückzufordern? Einige Einträge sind sehr detailliert. Rendezvous in allen Einzelheiten. Da würde ich auch nicht vor einer völlig Fremden, die das alles gelesen hat, zugeben wollen, dass ich das geschrieben habe.«

»Er ist also ein Promi, aber es macht ihm gar nichts aus, dass sich seine geheimen Aufzeichnungen in den Händen einer x-beliebigen Frau befinden?«

Ich grinse. »Hey, wenn er sie zurückhaben will, hat er schließlich meine Telefonnummer. Ich werde jedenfalls bezüglich dieses Buchs nichts unternehmen. Er muss sich keine Sorgen machen.«

»Ja, aber weiß er das?«

Ich schüttele den Kopf. »Vermutlich nicht, aber er kann mich gern danach fragen, falls er sich wirklich deswegen Gedanken macht.«

Wren trinkt schlückchenweise ihren Tee und starrt über meine Schulter hinweg ins Leere. »Glaubst du, er meldet sich noch mal?«

»Eher nicht.« Ich fahre mit dem kleinen Finger über den Rand meiner Tasse. »Wir haben beide das gesagt, was uns wichtig war. Es war nicht so, als hätten wir uns für irgendwann später mal verabredet.«

»Du siehst traurig aus.«

Ich blicke auf und schüttle den Kopf. »Ich bin überhaupt nicht traurig. Warum auch?«

»Ich habe ja auch nicht behauptet, dass du traurig bist, sondern dass du traurig *aussiehst*.«

Ich gehe hinüber zur Spüle und wasche meine Tasse aus. »Ich nehme an, ich wollte eine Art Abschluss.«

»Abschluss?« Wren lacht und verschluckt sich. »Was wolltest du denn abschließen?«

Ich starre auf das glänzende, fleckenlose Spülbecken und ziehe das Kinn zur Brust. »Ich habe so eine enge Verbindung zu diesen Aufzeichnungen gespürt. Ich war so fasziniert von der Liebesgeschichte zweier Fremder. Ich wollte wissen, wie sie endet, denn im Tagebuch steht dazu nichts.«

»Dann hättest du das Tagebuch häufiger erwähnen und ihm ein paar Fragen stellen müssen. Du hattest seine volle Aufmerksamkeit und hast stattdessen lieber mit ihm geflirtet«, behauptet Wren.

»Ich habe nicht geflirtet«, protestiere ich. »Ich hab versucht ihm zu beweisen, dass ich kein durchgeknallter Stalkerfan bin. Und sobald ich das geschafft hatte, war es zu spät, das Gespräch so zu drehen, dass wir nicht wieder am Ausgangspunkt landen … und er mich für eine Irre hält.«

Wren steht auf und schlurft in ihren zerfledderten Häschenhausschuhen, die sie bereits seit ihren Collegetagen besitzt, durch die Küche.

»Dann, Schwesterchen«, sagt sie und legt einen Arm um meine Schultern, »musst du wohl damit leben, dass du es nie erfahren wirst.«

Ich stoße den Atem aus und nicke. Wren hat recht, ich muss mich davon befreien und akzeptieren, dass ich die Antwort niemals erfahren werde. Und dass es mich letztendlich auch nichts angeht.

Aber das ist leichter gesagt als getan.

Ich wünsche meiner Schwester eine gute Nacht, hole mein Handy aus der Handtasche und gehe in mein Zimmer, um mich bettfertig zu machen. Dort schalte ich die Nachttischlampe ein, nehme das Tagebuch vom Tisch und lege mich aufs Bett. Aufmerksam blättere ich das Buch durch, als ob mich gleich ein riesiger Hinweis anspringen wird.

Als ich bei der hinteren Umschlagseite angekommen bin, bemerke ich ein winziges Stückchen weißes Papier unter dem Einband. Keine Ahnung, warum ich es bisher übersehen habe, vielleicht war es zu gut versteckt. Als ich daran ziehe, rutscht es heraus.

Es scheint eine Art Brief zu sein, und bei genauerer Betrachtung erscheint mir die Handschrift definitiv weiblich.

Mein Liebster,
was gestern Nacht passiert ist, war unglaublich. Noch nie hat mich die Liebe eines Mannes in die Knie gezwungen und mich alle Wahrheiten hinterfragen lassen, von denen mein Herz sicher war, sie zu kennen. Nachdem du fort warst, habe ich weinend in der Bibliothek gesessen. Meine Tränen waren für uns und für ihn. Ich habe geweint, weil mein Herz ganz genau weiß, dass diese Sache letztendlich kompliziert werden wird und keiner von uns unbeschadet daraus hervorgehen kann.
Ich liebe dich so sehr. Aber ich liebe auch ihn so sehr.
Selbst an unseren schlechten Tagen ist meine Verbindung zu ihm für die Ewigkeit und bruchfest. Und an meinen schlechtesten Tagen ist meine Liebe zu dir ein dauerhaftes, wirres Knäuel.

Mein Liebster, einer von euch besitzt mein Herz und der andere meine Seele. Ich liebe und brauche euch beide auf eine Weise, die niemand je verstehen wird.

Ich bin eine egoistische Frau, das weiß ich. Ich werde nicht so tun, als würde ich deine Liebe verdienen. Oder seine. Manchmal wünsche ich mir, einer von euch würde erkennen, dass ich nicht halb so viel wert bin wie ihr glaubt. Und manchmal stelle ich mir vor, dass du über mich hinwegkommst. Aber schon allein der Gedanke, dass einer von euch eine andere Frau auch nur mit demselben Blick ansieht wie mich, macht mich rasend vor Eifersucht.

Du bist ein Dummkopf, weil du mich liebst, Schatz.

Und ich bin schlecht, weil ich es zulasse.

Wie geht es jetzt mit uns weiter?

Für immer die Deine,

K.

12. KAPITEL

Ace

Beinahe ein Jahr lang habe ich mir ihr Foto nicht mehr angesehen.

Ich stehe vor dem Schrank im Flur, schalte das Licht ein und blicke hinauf zu dem Schuhkarton im obersten Regal.

Es ist, als befände sich unsere Vergangenheit in dieser Schachtel. Oder zumindest unsere Erinnerungen. Manchmal kämpfe ich mit der Erkenntnis, dass das, was wir hatten, aus und vorbei ist und niemals wiederkehren wird, obwohl es sich anfühlte, als würde es für immer halten.

Selbst in schlechten Zeiten war ich felsenfest davon überzeugt, dass sie mich mit unfehlbarer Intensität liebte.

Ich war mir zu einhundert Prozent sicher, dass wir unser Leben gemeinsam verbringen würden, dass es niemanden gab, der besser zu mir passte.

Ich habe geglaubt, ein Leben ohne sie würde sein, als versuche man, unter Wasser zu atmen.

Wie sich herausstellte, war ich nichts weiter als ein Dummkopf gewesen.

Am meisten ärgere ich mich über mich selbst, weil ich ihren leeren Versprechungen geglaubt habe.

Ich ziehe die Schachtel heraus. Sie ist viel kleiner als in meiner Erinnerung, aber vielleicht ist das auch eine Metapher für unsere Beziehung. Allerdings bin ich heute Abend viel zu erschöpft, um ausführlich darüber nachzudenken. Ich nehme den Karton unter den Arm und gehe damit zum Kamin.

Es ist Juni und die Klimaanlage läuft auf Hochtouren, aber es scheint mir ein guter Zeitpunkt für ein Feuer zu sein.

Ich knie mich hin und nehme den Deckel ab. Dann betrachte ich das Foto, das ganz oben auf einem Stapel Liebesbriefe, Karten und den kitschigen Erinnerungsstücken liegt, von denen ein verliebter Mann einmal geglaubt hat, sie würden etwas bedeuten.

»Kerenza.« Obwohl ich nicht genau weiß, warum, spreche ich ihren Namen laut aus.

Er fühlt sich fremd in meinem Mund an, doch vor Vertrautheit zieht sich meine Brust zusammen.

Auf dem Foto sitzt sie auf einem Segelboot unmittelbar vor Martha's Vineyard. Kerenza trägt nichts weiter als einen smaragdgrünen Stringbikini, ihre Sommerbräune und ein verschmitztes Funkeln in den veilchenblauen Augen. Ihre glänzenden schwarzen Haare sind locker zu einer Art Knoten aufgesteckt und sie lächelt breit für die Kamera.

Für mich.

Damals waren wir glücklich und in seliger Ungewissheit über unser Schicksal. Wir lebten von einem Tag in den nächsten, in dem gegenseitigen Verständnis, dass wir hoffnungslos, unsterblich, auf immer und ewig ineinander verliebt waren.

Zumindest habe ich das geglaubt.

Ich beuge mich vor und drücke den Knopf unten am Kaminsims. Ich muss mich so weit strecken, dass mir die Schulter wehtut. Flackernd erwacht ein Feuer zum Leben und ich schiebe das Gitter zur Seite. Mit zwei Fingern werfe ich Kerenzas Foto in die Flammen. Das hätte ich schon längst tun sollen.

13. KAPITEL

Aidy

»Ace hat heute Morgen nach dir gefragt.«

Ich höre auf, mein köstliches, medium gebratenes Filet Mignon zu kauen und werfe Topaz über den Tisch hinweg einen Blick zu. Sie hat den Mund zu einem Grinsen verzogen und ihre Augen funkeln mutwillig.

Ich kaue den Bissen zu Ende, was eine Ewigkeit zu dauern scheint. »Wie bitte?«

»Ja«, bestätigt sie und sieht hinaus auf den Gehweg, wo Passanten vorbeilaufen. Es ist ein wunderschöner Freitag, wie geschaffen für ein zwangloses Mittagessen mit einer meiner besten Freundinnen. Und sie lässt einfach so eine riesige Bombe platzen? Als wäre nichts dabei? »Er hat sich erkundigt, wie es dir geht.«

Ich greife nach meinem Wasserglas. »Und was hast du ihm gesagt?«

Topaz grinst breit. »Ich habe ihn gefragt, warum er das wissen will.«

»Du hast ihm aber nichts von dem verraten, was ich dir

erzählt habe, oder?«, will ich wissen und spule in Gedanken zum Vorabend zurück, als ich sie auf den neuesten Stand gebracht habe. Daraufhin hat sie mir unterstellt, für ihn zu schwärmen, und ich habe zugegeben, dass ich ihn zwar für unglaublich attraktiv halte, er mir aber viel zu mürrisch sei, und dann habe ich schnell das Thema gewechselt.

Sie tut so, als würde sie ihre Lippen mit einem Reißverschluss verschließen. »Das hätte ich niemals getan.«

»Gut.« Ich atme aus und versuche, mir ein Stück Steak abzuschneiden. Allerdings benutze ich dazu die stumpfe Seite des Messers und sehe mich schnell um, ob es jemand bemerkt hat.

»Ich hab ihm geraten, dich mal einzuladen oder so. Ihr beiden wärt ein echt süßes Pärchen.«

»Topaz.« Mein strafender Ton sagt alles. Ich lege die Gabel zur Seite.

»Er meinte, er will es sich überlegen.«

»Topaz.« Ich schlage mir die Hände vors Gesicht. Sie weiß ganz genau, was ich von ihrer Einmischung bei diesen Dingen halte. Sicher wollte er nur nett sein und ihr sagen, was sie hören wollte. Männer wie Ace, Profisportler, gehen mit Supermodels und Schauspielerinnen und langbeinigen europäischen Promis aus. Außerdem habe ich ihr doch gestern Abend gesagt, dass er mir viel zu mürrisch ist. Ich habe es mir zum Lebensmotto gemacht, das Leben nicht zu ernst zu nehmen, und Ace tut so, als würde es ihm körperliche Schmerzen bereiten, mal zu lächeln.

Wir sind wie Feuer und Wasser.

»Was?«, schnaubt Topaz, als hätte sie nichts falsch gemacht. »Ich hab dir einen Gefallen getan.«

»Du weißt, dass ich keine Zeit für Verabredungen habe.«

»Wer genügend Zeit hat, um auf Instagram dreißigsekündige Makeup-Tutorials zu posten, deren Bearbeitung Stunden gedauert hat, hat auch Zeit für Verabredungen.« Topaz zieht die Brauen hoch. »Wollte ich nur mal gesagt haben.«

»Das ist beruflich«, erkläre ich. »Für mein Geschäft.«

»Auf jeden Fall findest du ihn scharf, er hält dich für heiß, also habe ich euch beiden einen Gefallen getan«, beharrt sie. »Eines Tages wirst du mir dafür dankbar sein.«

»Warte, warte, warte. Spul mal zurück. Er hält mich für heiß?«

»Das hat er zumindest angedeutet.« Topaz zuckt mit den Schultern, trinkt einen Schluck von ihrem Mojito und lächelt einen attraktiven Mann im Anzug an, der vorbeigeht und ihr einen interessierten Blick zuwirft.

»Wie angedeutet? Drück dich mal ein bisschen präziser aus. Ich brauche Einzelheiten.« Das ist der frustrierendste Teil davon, mit Topaz befreundet zu sein. Ihr Informationen zu entlocken erfordert Strategie. Man muss vorsichtig sein und wissen, wo man die Lücken füllen muss, denn sie ist manchmal flatterhaft, vergesslich und ihre Geschichten sind völlig unzusammenhängend.

Sie lacht. »Angedeutet im Sinne von Keine Ahnung. Wir haben über dich gesprochen und ich habe ihm erzählt, dass du nach meinem Umzug hierher eine meiner ersten Freundinnen warst, und dass du lieb und witzig bist und keine dieser Kühe, die nur an ihrem sozialen Aufstieg interessiert sind, von denen es in New York nur so wimmelt.«

»Okay, und weiter?« Ich beuge mich ungeduldig vor, weil sie immer noch nicht meine Frage beantwortet hat.

»Und dann habe ich gesagt, dass du sowohl innere wie auch äußere Schönheit besitzt, und er hat geantwortet, dass das heutzutage eine seltene Kombination sei.«

Ich lasse die Schultern sinken. »Das ist nur eine allgemeine Beobachtung, Topaz. Damit hat er nicht zwangsläufig etwas angedeutet.«

»Du hast mich nicht ausreden lassen«, erwidert sie zwinkernd. »Und dann habe ich gefragt: ›Finden Sie nicht auch, dass sie absolut umwerfend aussieht?‹ Woraufhin er meinte: ›Zweifellos.‹«

Mein Herz pocht wie wild, bevor es sich wieder auf ein mäßiges Tempo herunterfährt.

»Vermutlich wollte er nur nett sein«, kommentiere ich.

»Aidy, jetzt ist nicht der richtige Zeitpunkt für Bescheidenheit.« Topaz verdreht die Augen. »Außerdem führst du dich auf, als ob ich hier eine Ehe arrangiere. Ich hab ihn lediglich dazu gebracht, zuzugeben, dass du ein sexy kleines Ding bist und ihn dann in die richtige Richtung geschubst.«

»Wenn er nicht anruft, dann weiß ich, dass er nur höflich sein wollte. Versprich mir bitte, dass du ihn nicht mehr damit belästigst, okay? Himmel, du bist ja schlimmer als meine Mutter. Die versucht jedes Mal, wenn ich sie besuche, mich mit den Söhnen ihrer Freundinnen zu verkuppeln.«

Topaz lacht. »Kein Problem. Ich werde ihn sowieso nicht mehr sehen. Heute war sein letzter Tag als Gastmoderator. Am Montag ist Antoine wieder da.«

Ich bekomme ein leicht flaues Gefühl im Magen, das sich nicht leugnen lässt. Ich nehme das Besteck in die Hand, wende meine Aufmerksamkeit wieder meinem Filet zu und wechsle das Thema.

Bisher habe ich keinen einzigen Gedanken daran verschwendet, was ich sagen soll, falls Ace mich um ein Date bittet. Denn bis zu diesem Moment war die Wahrscheinlichkeit, dass er mich aus heiterem Himmel anruft und sich mit mir verabreden will, geradezu nicht existent. Sich mit jemandem zu verabreden, ganz zu schweigen von einem Date mit ihm, habe ich momentan überhaupt nicht auf dem Schirm. Dafür habe ich viel zu viel mit meiner Arbeit zu tun, und ich bin nicht unbedingt einsam oder auf der Suche.

Und ja, Ace ist ein unglaublich attraktiver Mann, aber er strahlt etwas Düsteres und Gequältes aus, und ich bin mir sicher, dass wir lächerlich zusammen aussehen würden.

Nachdem wir bezahlt haben, sieht Topaz auf ihr Handy. »Bäh, dieser Typ, mit dem ich in Aruba war, schreibt mir seit unserer Rückkehr pausenlos Nachrichten.«

»*Dieser Typ*?«, wiederhole ich. »Ich dachte, ihr seid zusammen? Jetzt ist er nur noch *dieser Typ*?«

Sie verdreht die Augen. »Die Sache ist in Aruba ein bisschen aus dem Ruder gelaufen.«

»Inwiefern denn? Und warum hast du nichts gesagt?«

Topaz steckt sich ihre lavendelfarbenen Haare hinters Ohr und beugt sich vor. »Eines Nachts hat er sich betrunken, aber richtig. Er hat mir gesagt, dass er mich liebt. Aidy, wir sind erst seit zwei Monaten zusammen. Wenn er jetzt schon glaubt, dass er mich liebt, obwohl wir noch nicht mal den Punkt in unserer Beziehung erreicht haben, wo wir die Badezimmertür offen lassen, wenn der andere darin ist, dann stimmt etwas nicht mit ihm.«

»Vielleicht weiß er einfach, dass du die Richtige bist?«, frage ich. »So was spürt man.«

»Oder er ist verrückt.« Topaz schiebt ihren Stuhl zurück, steht auf und hängt sich den Riemen ihrer Tasche um. »Außerdem klammert er mir zu sehr. Ich brauche mehr Freiraum. Er ist so übergriffig.«

»Und da wunderst du dich, warum du Single bist.« Ich stupse sie mit der Schulter an und wir verlassen das Bistro.

»Es ist nichts falsch daran, Single zu sein«, behauptet sie grinsend. »Das Leben ist kurz. Da draußen gibt es einen Haufen begehrte Junggesellen, die nur darauf warten, sich mit mir zu amüsieren, und ich will nichts versäumen. Betrachte es als eine Riesenauswahl an Eiscremesorten, und ich will alle Geschmacksrichtungen probieren, bevor ich sterbe.«

»Welche Geschmacksrichtung war der letzte?«

Topaz hebt einen Finger an den Mundwinkel. »Vanille. Ohne jeden Zweifel.«

Wir erreichen die Straßenecke, von der aus ich in südlicher Richtung weitergehen muss und sie nach Norden. Ich ziehe sie in die Arme.

»Wenn er mich nicht anruft, werde ich mir wie die größte Versagerin der Welt vorkommen. Das ist dir bewusst, oder?«, flüstere ich ihr ins Ohr.

Sie drückt mich fest und lacht. »Er wird anrufen.«

»Ich weiß nicht mal, ob ich mit ihm ausgehen würde. Eigentlich ist er nicht wirklich mein Typ.«

»Doch, du wirst mit ihm ausgehen.«

14. KAPITEL

Ace

Ich weiß nicht mal mehr, wann ich mich zum letzten Mal mit einer Frau verabredet habe. Je weiter ich in Gedanken zurückgehe, desto undeutlicher kann ich mich erinnern. Für sehr lange Zeit gab es nur Kerenza für mich. Alles davor ist Hintergrundrauschen und seither gab es nur Dunkelheit und Leere.

Ich habe zugelassen, dass sie mich zerstört.

Darauf bin ich nicht besonders stolz.

Es ist Samstagabend und ich sitze in meinem Ledersessel, das Handy in der Hand. Ich wische mit dem Daumen über das Display und gehe in Gedanken noch mal mein Gespräch mit Topaz am Morgen in der Maske durch. Sie ist sehr quirlig, stammt also eindeutig nicht aus Manhattan, und redet wie ein Wasserfall. Sie ist die Art Mensch, die ich nur in kleinen Dosen ertragen kann, weil es mir sonst schnell zu viel wird. Doch bei einem unserer vielen Gespräche hat sie Aidy erwähnt, und seither muss ich ständig an Aidy denken.

Ich habe zu meiner Zeit genügend Frauen gekannt, um zu

wissen, dass sie nur in den seltensten Fällen Gutes übereinander zu sagen haben, erst recht, wenn es um Männer geht. Doch Topaz hat endlos davon erzählt, wie nett und schön Aidy ist, innerlich wie äußerlich, und dann hat sie mich überrumpelt und mir vorgeschlagen, ich solle mal mit ihr ausgehen. Da ich nicht unhöflich sein wollte, habe ich so getan, als würde ich es mir überlegen.

Dabei weiß ich verdammt genau, dass ich kein Mann zum Verabreden bin. Nicht in dem Zustand, in dem ich mich befinde.

Aidy ist eine wunderschöne Frau. Sie wirkt fröhlich und zufrieden. Jemand wie ich würde sie nur herunterziehen, und ich bin mir ziemlich sicher, dass ich in der vergangenen Woche nicht den allerbesten Eindruck bei ihr hinterlassen habe. Sie hätte jedes Recht, meine Einladung abzulehnen, falls ich eine aussprechen würde.

Ich scrolle durch meine Kontaktliste, rufe ihren Eintrag auf und damit auch ihre letzte und einzige Nachricht an mich. Ich habe die Worte »Fick dich ins Knie« noch nicht mal richtig gelesen, als ein Anruf eingeht und das Display schwarz wird.

Es ist Matteo, einer meiner jüngeren Brüder. Ich habe seit Monaten nichts von ihm gehört.

»Alessio«, begrüßt er mich. Er gehört zu den wenigen, die sich nie dazu durchringen konnten, mich bei meinem Spitznamen zu rufen, aber ihm lasse ich das durchgehen. »Wie läuft's, *fratello maggiore*? Bist du zu Hause?«

»Ja.« Ich lehne mich zurück und überkreuze die Beine, stütze die Ellbogen auf die Seitenlehnen und fahre mir durch den Bart.

Ich habe nicht nur monatelang nicht mit Matteo gesprochen, er hat mich auch seit kurz nach dem Unfall nicht mehr gesehen.

»Ich bin beruflich in der Stadt«, erklärt er und ich höre das Lächeln aus seiner Stimme heraus. Matteo ist ein aufstrebender Schauspieler mit einem klassischen Schönling-Gesicht. Er lebt in Los Angeles und übernimmt kleine Rollen, wann immer er sie kriegen kann. »Nur für einige Tage. Hast du Lust, dich mit mir zu treffen? Ich bin mit den Leuten zusammen, mit denen ich diese Werbung drehe, und einer von denen hat Beziehungen zu einem Club. Er kriegt uns dort rein.«

Ich schüttle den Kopf und schnaube durch die Nase. Es ist noch nicht allzu lange her, dass mein Name die Türen von Clubs geöffnet und VIP-Listen über den Haufen geworfen hat. Es gab mal eine Zeit, da wollte mich jeder Besitzer in seinem Club haben, damit ich seine Getränke trinke und seine Gäste unterhalte.

Schon lustig, wie schnell die Menschen sich dem Nächstbesten zuwenden.

»Wir haben uns eine ganze Weile nicht gesehen«, fügt Matteo hinzu. »Ob du es glaubst oder nicht, mir fehlt deine dumme Visage.«

Ich fahre mit den Fingerspitzen über die Narbe, die unter meinem Bart versteckt ist. »Ach ja?«

»Geh mit uns aus«, bittet er. »Ich weiß, dass du zu Hause sitzt, Alessio. Niemand hört mehr was von dir. Du bist nur noch ein Schatten deiner selbst, dabei hast du was Besseres verdient. Lass … lass das, was passiert ist, nicht dein Untergang sein. Lass nicht zu, dass sie dir das antut.«

Da hat Matteo recht.

»Ich komme in einer Stunde vorbei. Meinst du, du bist bis dahin fertig?«, fragt er.

Shit.

Na schön.

Meinetwegen.

Es ist ja nicht so, als hätte ich heute Abend was Besseres zu tun.

»Ja«, antworte ich.

Matteo lacht. »Gut, gut. *Molto bene.*«

* * *

Noch vor einem Jahr hätte ich in diesem Club nicht mal tot vom Geländer hängen wollen.

Pulsierende Musik.

Blinkende Lichter.

Frauen, die mit weißem Pulver an der Nase aus der Toilette stolpern.

Ich blicke hinüber zu meinem Bruder. Er grinst von einem Ohr zum anderen und ist stolz darauf, dass uns zur Abwechslung mal seine Beziehungen eine Tür geöffnet haben. Und zumindest das gönne ich ihm.

»Wir gehen in die VIP-Lounge«, schreit er über den Club Remix eines wirklich schlechten Popsongs, den ich noch nie zuvor gehört habe. Matteo deutet auf einen kleinen Raum, der blau beleuchtet und mit einem roten Samtseil abgesperrt ist.

Im Taxi auf dem Weg hierher hat er erwähnt, dass wir mit einigen Leuten von der Unterwäschewerbung feiern würden, die er heute Morgen gedreht hat: Beleuchter, Visagisten und einige Produktionsassistenten. Ich gebe zu, dass ein kleiner, bemitleidenswert neugieriger Teil von mir sich fragt, ob wohl auch Aidy Kincaid zu dieser Gruppe gehört.

Dabei weiß ich es besser.

Die Branche ist riesig und diese Stadt sehr groß.

Die Chancen, dass ich diese Woche schon wieder auf sie treffe, sind gering.

Je näher wir dem VIP-Raum kommen, desto mehr blicke ich mich nach bekannten Gesichtern um.

Nur für den Fall der Fälle, aber sie sind mir alle fremd.

Aidy ist nicht dabei, was mich erleichtert. Ich wäre enttäuscht gewesen, wenn sie an solchen Orten abhängen würde.

Ich lasse mich in einen Samtsessel sinken, nehme mir ein sauberes Glas von einem Tisch in der Nähe und schenke mir aus der Riesenflasche Champagner ein, die in einem Eiskübel vor mir steht.

»Was feiern wir denn?«, frage ich die Frau neben mir.

Sie klimpert mit den Wimpern und verzieht den Mund zu einem betrunkenen Grinsen, während sie eine Schulter zum Ohr hochzieht. »Hallo, mein Hübscher.«

Sie beugt sich zu mir vor und versucht, mich mit ihrem glasigen Blick zu erfassen.

»Wie heißt du?«, will sie wissen.

Verdammt. Hätte ich gewusst, dass sie sofort zu meiner allerbesten Freundin werden will, hätte ich den Mund gehalten.

»Alessio«, antworte ich und sehe hinüber zu Matteo, der an der Wand lehnt, die Hemdsärmel bis zum Ellbogen aufgerollt, und mit Schlafzimmerblick eine langbeinige Blondine anbaggert.

Es ist schon lange her, dass ich mich jemandem mit richtigem Namen vorgestellt habe, aber ich will nicht riskieren, dass sie mich an meinem Mononym erkennt, so als wäre ich das männliche Sportlergegenstück zu Cher oder Madonna.

»Alessio«, sagt sie. »Das klingt verdammt heiß. Gefällt mir. *Alessssio.*«

Nach ihrem Namen frage ich gar nicht erst, und ich sehe sie auch nicht lange genug an, um herauszufinden, ob ihre Haare braun, blond oder rot sind. Unter den blinkenden Lichtern funkeln sie sowieso in allen Regenbogenfarben. Genau wie ihre Haut. Die könnte sogar blau sein, aber es interessiert mich kein bisschen.

Ich bin nicht hergekommen, um jemanden abzuschleppen, und ich werde ganz sicher niemanden mit nach Hause nehmen.

Ich bin nur hier, um ein wenig Zeit mit meinem Bruder zu verbringen und für eine Weile meinen Gedanken zu entfliehen.

Matteo zieht sein Handy aus der Tasche.

Wir sind noch keine fünf Minuten hier und schon tauscht er Telefonnummern aus.

Einen Moment später verlässt die Blondine die VIP-Lounge und mein Bruder kommt zu mir herüber und lässt sich in den Sessel neben mir fallen.

»Schamlos«, kommentiere ich und trinke einen Schluck Champagner.

Matteo grinst und präsentiert die Eine-Million-Dollar-Grübchen, mit denen er geboren wurde. Zumindest hat unsere Mutter sie immer so genannt. Sie hat ihm gesagt, dass die Grübchen ihn eines Tages berühmt machen und ihm eine Menge Geld einbringen würden.

Ich glaube zwar nicht, dass das schon passiert ist, aber Matteo wird es zweifellos immer weiter versuchen.

So ist das bei uns Amato-Brüdern.

Zumindest bei den meisten von uns.

Wir erkennen, was wir wollen, und dann verfolgen wir dieses Ziel mit unnachgiebiger Entschlossenheit. Wir sind nicht in der Lage, aufzuhören, bis das Leben dazwischenfunkt. Bis es körperlich unmöglich wird, weiterzumachen.

»Es ist nicht das, wonach es aussieht«, behauptet er und lässt den Blick über die wunderschönen Frauen um uns herum schweifen. »Nur ein bisschen netzwerken.«

»Okay.«

»Im Ernst. Auf Vorsprechen kannst du pfeifen, Alessio. Es geht ausschließlich darum, wen man kennt.« Er schenkt sich ein Glas Champagner ein. »Niemand bekommt mehr eine Rolle, weil er bei einem Casting vorgesprochen hat. Es geht einzig und allein darum, mit wem du schläfst.«

»Also gehst du mit dieser langbeinigen Blondine ins Bett und landest dafür eine Rolle im nächsten Film von Michael Bay?«

Matteo beugt sich vor und stützt die Ellbogen auf die Knie. Das Hemd schmiegt sich an seinen muskulösen Oberkörper, den er sich über viele Stunden lang in einem Fitnessklub in L.A. antrainiert hat.

»Sie ist die Tochter eines Produzenten«, erklärt er. »Das hier ist nicht Baseball, Alessio. Mit Leistung und Trefferquoten kommt man hier nicht weiter. Man kriecht anderen in den Arsch. Man schläft, mit wem einem geraten wird zu schlafen. Und dann hofft man inständig, dass diese reichen Arschlöcher so viel Anstand haben, ihr Wort zu halten.«

»Worüber redet ihr Jungs da?« Die Betrunkene von eben lässt sich auf meinem Schoß nieder. Sie schlingt mir einen Arm um den Hals und presst ihre Wange an meine.

Matteo wendet sich ab, damit ich sein amüsiertes Grinsen nicht sehe.

»Wisst ihr was? Ihr beiden seht beinahe wie Brüder aus.« Sie ist völlig verblüfft. »Hat euch das schon mal jemand gesagt?«

»Wir sind Brüder, Schätzchen.« Matteo tätschelt ihr das Knie, wie ein Erwachsener einem Kind.

Die Frau kichert, lehnt sich zurück und rutscht beinahe von meinem Schoß.

Ich werfe meinem Bruder einen vielsagenden Blick zu, beuge mich zu ihm hinüber und frage: »Wo hast du denn die hier aufgetrieben?«

Matteo verdreht die Augen. »Sie war beim Dreh dabei. Ihre Aufgabe war es, alle Falten aus der Unterwäsche zu bügeln, die wir gemodelt haben.«

Ich trinke mein Glas aus, stelle es auf den Tisch und verkünde, dass ich jetzt einen echten Männerdrink brauche. Das beschwipste Mädchen schmollt, lässt sich alle Zeit der Welt, um von meinem Schoß zu krabbeln, doch endlich mache ich mich auf den Weg zur Bar.

»Hey«, sagt der Barkeeper, und seine Augen leuchten auf, als er mich sieht. »Dich kenne ich.«

Ich halte den Kopf gesenkt. So viel zum Thema, dass der Bart und die flackernden Lichter im Club heute Abend meine Identität verschleiern.

»Du bist dieser Baseballspieler. Ace, richtig? Ich bin ein Riesenfan. Echt ein Riesenfan.«

»Danke.« Ich vermeide Augenkontakt.

»Was kann ich dir bringen?«, will er wissen.

Ich bestelle einen guten Whisky Sour und setze mich auf einen Hocker, während er einschenkt. Eine Minute später schiebt er mir das Glas zu und winkt ab, als ich ihm einen Zwanzigdollarschein geben will.

»Geht aufs Haus«, sagt er und beugt sich über seine Seite der Bar. Die Lichter flackern über sein rundes Gesicht und spiegeln sich in der Brille mit dem dicken Rand.

»Sicher?«

»Definitiv. Wir sind froh, dich hierzuhaben, Ace. Deine Getränke sind heute Abend gratis.«

»Danke.« Ich schenke ihm ein schmallippiges Lächeln, das er vermutlich sowieso nicht sehen kann, und gehe zurück zur Lounge.

Als ich meinen Whisky geleert habe, fühle ich mich so gut wie schon lange nicht mehr. Ich habe nie besonders viel getrunken, weil ich immer jederzeit die Kontrolle über mich behalten wollte. Außerdem musste ich auch dann in Form bleiben, wenn ich nicht gerade gespielt und mich von Dingen wie Quinoa und Grünkohl ernährt habe.

Ich bin vielleicht nicht mehr ganz so durchtrainiert wie früher, aber die Muskeln sind immer noch da, wie gerippte, stählerne Erinnerungen daran, dass ich einmal in der Lage zu Strikeouts und Speedballs mit Geschwindigkeiten von 100 Meilen pro Stunde war.

Wärme fließt wie in Zeitlupe durch meine Adern und ich lasse mich tiefer in den Samtsessel sinken, die Augen halb geöffnet und auf den pulsierenden Rhythmus und die sich wiegenden Körper in der Menge konzentriert. Zum ersten Mal seit langer Zeit existiere ich einfach. Auf eine gute Art und Weise.

Ich befasse mich nicht mit der Vergangenheit.

Ich fixiere mich nicht auf das große Fragezeichen hinter meiner Zukunft.

Ich bin einfach nur … hier.

Nach einer Weile verliere ich jegliches Zeitgefühl.

Ich weiß auch nicht mehr, wie viele Drinks ich bestellt habe.

Um zwei Uhr morgens finde ich mich zu Hause wieder, auf meinem Bett, ohne eine Erinnerung daran, wie ich hierhergekommen bin, obwohl Matteo sicherlich etwas damit zu tun hatte. Schon lustig, wie sich die Dinge verändert haben. Früher war immer ich der große Bruder und habe auf meine jüngeren Geschwister aufgepasst, damit sie nicht in Schwierigkeiten gerieten. Ich war immer der Verantwortliche, während unsere Mom zwei Jobs nachging.

Ich verkrieche mich unter die unordentlichen Laken und spüre das kühle Glas meines Handydisplays. Um mich herum dreht sich alles immer schneller, als säße ich auf einem Karussell, von dem ich absteigen will, es aber nicht kann. Genau deshalb hasse ich es, betrunken zu sein.

Ich halte mir das Handy vors Gesicht. Das helle Licht in dem ansonsten dunklen Raum tut meinen Augen weh.

Für einen kurzen Moment vergesse ich die unchristliche Uhrzeit und überlege, ob ich Aidy anrufen soll. Ich sollte mich bei ihr entschuldigen. Dafür, dass ich sie »verrückt« genannt habe. Wenn hier jemand verrückt ist, dann ich. Seit dem vergangenen Jahr bin ich nicht mehr ich selbst. Sie sollte wissen, dass ich nicht so bin. Und ich möchte dem sommersprossigen Jungen eine Autogrammkarte schicken. Er hat nichts falsch gemacht, und das ist das Mindeste, was ich für ihn tun kann.

Vielleicht liegt es am Alkohol, aber irgendwie möchte ich nicht länger ein Arsch sein.

Nicht mehr herzlos.

Ich drehe mich auf die Seite und umklammere das Handy. Mit halb geschlossenen Augen greife ich hinüber auf die kalte, leere Seite meines Betts. Dann stecke ich die Hände unter mein Kissen und schließe die Augen.

Das Zimmer dreht sich.

»Hallo?« Aus weiter Ferne höre ich eine gedämpfte Frauenstimme. »Ace?«

Das muss ein Traum sein.

15. KAPITEL

Aidy

Bewaffnet mit einer braunen Papiertüte voller Lebensmittel, die ich den ganzen Weg von Chelsea hergeschleppt habe, klopfe ich am Sonntagmorgen um kurz vor zehn an die Tür von 942 Lexington Avenue.

Die Tüte fühlt sich inzwischen schwerer an und ich bin mir sicher, dass der Boden gleich nachgeben wird. Glücklicherweise entdecke ich gerade noch rechtzeitig die Klingel.

Ich drücke wieder und wieder darauf und bekomme beinahe ein schlechtes Gewissen deswegen. Er muss einen fürchterlichen Kater haben. Allerdings hat er mich auch um zwei Uhr morgens aufgeweckt, also sind wir jetzt quitt.

Eine Sekunde später wird die Tür aufgerissen und vor mir steht Ace, der sich den Schlaf aus den Augen reibt. Seine Haare stehen in alle Richtungen ab, und als er die Hand hebt, um die Augen vor der blendenden Sonne zu schützen, rutscht sein Shirt ein Stück hoch und enthüllt einen Anflug der dunklen Spur, die geradewegs zu der schwindenden morgendlichen Ausbuchtung in seiner Hose führt.

»Guten Morgen!«, begrüße ich ihn in meinem fröhlichsten Mary-Poppins-Ton.

»Was machst du hier?«, will er wissen.

»Mich rächen?« Ich blicke hinab auf die Lebensmittel in meinem Arm und dann wieder zu ihm auf. »Außerdem habe ich gedacht, du willst vielleicht reden?«

Ace kneift die Augen ein Stück zusammen und kratzt sich am Kopf.

»Du hast mich heute Morgen um zwei Uhr angerufen, weißt du nicht mehr?«, frage ich.

Er blinzelt nicht, sondern starrt mich einfach nur an.

»Vermutlich nicht absichtlich«, fahre ich fort. »Ich glaube, du bist versehentlich auf eine Taste gekommen oder so. Du klangst ziemlich weggetreten. Als wärst du unglaublich besoffen.«

Ace stößt den Atem aus und mustert mich eindringlich.

»Kannst du dich daran erinnern, was du letzte Nacht gesagt hast?«, forsche ich nach.

»Nein. Nicht mal daran, dass ich mit dir gesprochen habe.« Er macht einen Schritt nach hinten, fasst nach der Tür und bedeutet mir, reinzukommen. »Was hast du denn da?«

»Ich hab angenommen, dass du heute Morgen echt verkatert bist, daher hab ich ein bisschen was eingekauft. Gatorade, Eier, Schinkenspeck. Brot und Orangensaft. Ich habe keine Ahnung, was du so isst. Vielleicht bist du ja Veganer. Richtig gut geplant hab ich das nicht …«

Wir stehen im Eingangsbereich seines Stadthauses. Ace schließt die Tür und beobachtet mich immer noch aufmerksam. Die Treppe hinter ihm scheint zum Hauptteil des Hauses zu führen, aber bei seiner ablehnenden Körpersprache stellt sich mir die Frage, ob er mich dort überhaupt haben will.

»Oh, Mist.« Ich deute nach oben. »Hast du Besuch?«

Ich hätte die Möglichkeit in Betracht ziehen müssen, dass er nicht allein ist. Vielleicht hat er am Vorabend jemanden mit nach Hause genommen. Obwohl, dann hätte sie schon völlig bewusstlos sein müssen, denn sie hat nicht den geringsten Laut von sich gegeben, während er fast eine Stunde lang betrunken in sein Handy gequatscht hat.

»Nein«, sagt er, bewegt sich aber immer noch nicht. »Es ist niemand hier.«

»Ich verstehe.« Mein Blick fällt auf seine Schultern und die Muskeln, die sich unter dem weißen T-Shirt mit V-Ausschnitt abzeichnen. »Wenn du mich nicht hierhaben willst, ist das völlig in Ordnung. Ich lasse dir die Sachen da und du kannst damit machen, was du willst. Verfüttere sie an die Katzen in der Nachbarschaft, das ist mir egal. Ich dachte nur …«

»Worüber haben wir letzte Nacht gesprochen?« Er stützt die Hände in die Hüften und schiebt die Finger unter den Bund seiner navyblauen Jogginghose.

»Über eine Menge.«

Die Tüte rutscht mir aus der Hand und ist schon beinahe an meinem Körper hinab auf den Boden geglitten, als er sie auffängt. Dabei streift seine Hand meine Hüfte und meine müden und zitternden Arme sind ihm sehr dankbar für die Entlastung.

Ace nickt in Richtung Treppe. Ich ziehe die Schuhe aus und folge ihm. Als wir oben angekommen sind, habe ich große Mühe, nicht mit offenem Mund zu staunen.

Das Haus ist schick.

Besser als schick.

Es ist modern und trendig.

Ich atme den Geruch nach Gewürzen, Leder und Tabak ein und sehe mich ausgiebig um. Der Boden, der sich sehr hart und kalt unter meinen Füßen anfühlt, scheint aus einer Art Design-Beton zu bestehen, und die Küche ist offen. Die Kücheninsel, der Mittelpunkt, ist mit Backsteinen verkleidet und hat eine Edelstahloberfläche. Der Kühlschrank ist riesig; da passt genügend rein, um ein kleines Dorf zu versorgen, und in einem Regal stehen ordentlich sortiert glänzende Töpfe und Pfannen. Darüber befinden sich die Kochutensilien.

Diese Küche lässt keinen Zweifel daran, dass Ace weiß, wie man kocht.

Mein Fehler. Ich hätte nie daran zweifeln sollen.

Er stellt die Tüte auf die Arbeitsplatte und holt die Eier und den Orangensaft heraus, während ich mir unbeirrt den Rest seiner Wohnung ansehe.

In der hinteren Ecke befindet sich ein Kamin, der mit verwitterten Backsteinen verkleidet ist. Darauf stehen wie zufällig angeordnet Namen, die ich von hier aus nicht lesen kann. Davor befindet sich eine Sitzgruppe aus Leder, und eine Strickdecke mit Zopfmuster hängt über einem der Ledersessel. Auf dem Tisch steht eine eingeschaltete Lampe, die ein wenig Licht spendet, aber jedes Fenster in diesem luxuriösen Haus ist verdunkelt.

Schweigend sehe ich zu, wie er die Lebensmittel auspackt, und frage mich, wie viele Frauen wohl schon vor mir hier gestanden haben. Wenn ich raten müsste, würde ich sagen, er lässt nicht sehr viele Menschen hier rein.

Das Haus ist wie er – hart. Dunkel. Von Mauern umgeben.

»Ich wollte dir eigentlich Frühstück machen«, sage ich atemlos und ein wenig nervös.

Denn plötzlich wird mir bewusst, wie albern es war, heute Morgen einzukaufen und die Sachen den ganzen Weg hierherzuschleppen, weil ich dachte, er wüsste meine Bemühungen zu schätzen. Doch falls er sich tatsächlich nicht an unser Gespräch erinnert, wirkt das alles hier ein wenig lächerlich.

»Möchtest du, dass ich gehe?«, frage ich, weil er mir immer noch nicht geantwortet hat.

Ace hält beim Auspacken inne und fängt meinen Blick auf. »Nein. Bleib. Wir können gemeinsam frühstücken und danach erzählst du mir ganz genau, worüber wir letzte Nacht gesprochen haben.«

16. KAPITEL

Ace

»Ich stelle mich schnell unter die Dusche.« Ich trage meinen Teller zur Spüle. »Du brauchst nicht aufzuräumen, lass einfach alles stehen und mach es dir bequem.«

Aidy betupft sich die Winkel ihrer rubinroten Lippen mit der Serviette und schluckt den letzten Bissen ihres Omeletts hinunter.

»Wenn ich zurückkomme, reden wir!«, rufe ich, bevor ich den Flur hinab verschwinde. Beim Frühstück haben wir nicht gesprochen. Ich habe sie beim Kochen beobachtet und dann haben wir schweigend Seite an Seite gegessen. Ganz sicher rieche ich nach Alkohol und benutztem Bettzeug und das will ich ihr nicht länger zumuten.

Nach dem Duschen trockne ich mich schnell ab und ziehe eine Jeans und ein graues T-Shirt über. Mit den Fingern kämme ich mir die Haare zurück. Sobald ich sicher bin, dass ich nicht mehr rieche, als hätte ich die Nacht auf einer Müllhalde verbracht, verlasse ich das Bad.

»Bist du fertig?«, frage ich und sie zuckt zusammen.

Sie steht am Kamin und hat die Fotos betrachtet, von denen eine bunte Auswahl in verschiedenen Größen dort steht. Die meisten davon sind von Familienmitgliedern, aber es sind auch einige Bilder von mir mit Spielern von den Firebirds darunter.

»Ich dachte, wir könnten ein bisschen frische Luft schnappen. ›Besprechungsspaziergang‹ hat mein alter Trainer das immer genannt.«

»Okay.« Sie lächelt. Ihr Blick fliegt noch ein letztes Mal zum Kaminsims, wo ein Bild von mir und meinen vier jüngeren Brüdern steht, dann dreht sie sich zu mir um. »Gehen wir.«

Die Straßen sind beinahe verwaist. Ich mag, wie die Stadt sich am Wochenende leert. Man weiß erst, wie wichtig Raum zum Atmen ist, wenn man ihn bekommt. Auch an den Feiertagen ist es so – Labor Day, vierter Juli, Memorial Day. Dann fahren alle in die Hamptons oder nach Cape Cod. Ich hingegen bleibe lieber hier und genieße die entvölkerte Stadt, bis alle zurückkehren.

»So«, sagt sie.

Unsere Schuhe machen leicht schlurfende Geräusche auf dem Gehweg.

Aidy schiebt die Hände in die Taschen ihrer weißen Jeansshorts. Die Bluse ist schulterfrei. Allmählich glaube ich, dieser Look ist Absicht.

»Verrätst du mir, was ich gesagt habe?«, frage ich.

Hoffentlich habe ich mich nicht über Kerenza ausgelassen.

Sie zieht einen Mundwinkel nach oben. »Ich weiß gar nicht, wo ich anfangen soll. Du hast eine Menge erzählt. Ich wusste gar nicht, dass du so viel reden kannst.«

Ich massiere mir die Schläfen und ziehe scharf den Atem ein. Was auch immer ich gesagt habe, muss sie veranlasst haben, heute herzukommen, denn mir fällt kein anderer Grund ein, aus dem sie mit Frühstück und einem offenen Ohr an meiner Tür auftauchen würde.

»Du warst bei allem ziemlich vage«, beginnt sie. »Meistens. Eigentlich bist du bei nichts wirklich in die Tiefe gegangen.«

Gott sei Dank.

»Zuerst hast du dich entschuldigt, weil du mich angerufen hast.« Sie lacht. »Es hat eine Weile gedauert, bis du kapiert hast, dass du nicht träumst. Und dann hast du gesagt, du hättest ein schlimmes Jahr hinter dir, und dass du in letzter Zeit gar nicht mehr du selbst warst. Dass es dir leidtut, so ein Arschloch zu sein.«

Erleichtert atme ich aus. Okay. Das ist nicht so schlimm, wie ich befürchtet hatte.

»Du hast auch erwähnt, dass du einige schlechte Entscheidungen getroffen hast und vieles bedauerst, aber auch da bist du nicht genauer geworden.« Sie wählt ihre Worte langsam und vorsichtig. »Nach unserem Gespräch hab ich dich gegoogelt. Ich meine, ich war sowieso hellwach und sehr neugierig. Ich habe herausgefunden, dass du vor ungefähr einem Jahr einen Autounfall hattest, bei dem deine Schulter an fünf Stellen gebrochen ist, und du dich deshalb vorzeitig aus dem Profisport verabschieden musstest.«

Ich kann kaum glauben, dass sie erst jetzt im Internet nach mir gesucht hat, aber das ist auch sehr erfrischend.

»Ja«, bestätige ich mit zusammengepressten Zähnen. »Das ist im Großen und Ganzen, was passiert ist.«

»Ich habe nicht die geringste Ahnung, was genau du bedauerst«, erwidert sie, »und ich traue mich beinahe nicht, danach zu fragen. Obwohl du mir vermutlich sowieso nichts verraten würdest. Außerdem geht es mich gar nichts an. Aber du wirkst sehr unglücklich, und ich bin ziemlich sicher, dass es etwas damit zu tun hat. Was ich sagen will – falls du darüber reden willst, werde ich dir zuhören.«

Darauf antworte ich nichts. Ich kenne sie nicht gut genug, um ihr zu erklären, was ich getan habe oder ihr das volle Ausmaß meiner Reue zu verdeutlichen. Sie reicht tief. Tiefer als der Schnitt in meinem Gesicht und das Loch in meiner Seele.

»Dann haben wir darüber gesprochen, dass du seit deinem Abschied vom Sport das Gefühl hast, auf der Stelle zu treten, und dass du nicht so recht weißt, was du jetzt tun sollst, weil Baseball für so lange Zeit dein ganzes Leben war«, setzt sie hinzu.

»Das hab ich gesagt?«

Aidy stupst mich mit dem Ellbogen an. »Oh ja.«

»Ich, äh …« Ich streiche mir die Haare zurück und räuspere mich. »Normalerweise rede ich nicht darüber.«

»Vermutlich bist du deshalb immer so angespannt.« Aidy zieht die Hände aus den Taschen und ballt die Fäuste. »So bist du. Wütend. Hart. Aber du musst lockerer werden.« Sie öffnet die Fäuste und streicht mit einer Hand meinen Arm entlang, der sich unter ihrer Berührung versteift. »Sogar dein Arm ist ganz verkrampft.«

Eine ältere Frau, die einen Zwergspitz Gassi führt, geht an uns vorbei, lässt den Blick zwischen uns hin- und herschweifen und schenkt uns ein breites Lächeln. Sie glaubt, wir wären zusammen, was ich zum Totlachen finde, denn wir beide nebeneinander müssen wirken, als ginge die Sonne mit einer Regenwolke spazieren.

»Bevor du aufgelegt hast«, sagt Aidy, »hast du gemeint, du möchtest nicht mehr länger herzlos sein. Vielleicht war das übertrieben dramatisch, so gut kenne ich dich nicht, aber ich halte dich nicht für herzlos, Ace. Zumindest nicht, soweit ich das einschätzen kann. Grantig? Sicher. Mürrisch? Definitiv. Aber du bist nicht herzlos. Ein herzloser Mensch würde keine Reue für das empfinden, was er getan hat, und ein herzloser Mensch hätte mir ganz sicher keine Nachricht geschrieben und gefragt, ob er dem kleinen Jungen mit den Tränen in den Augen ein Autogramm schicken darf.«

Meine Schultern fühlen sich leichter an und ich blicke hinab auf Aidy und ihre Hände, die wild gestikulieren, während sie spricht. Sie steckt sich wiederholt eine Strähne hinters Ohr, doch die weigert sich, dort länger als ein paar Schritte weit zu blieben. Es scheint Aidy jedoch nicht zu stören.

Inzwischen haben wir den Block umrundet und sind zu meinem Haus zurückgekehrt, wo wir im Schatten eines rotblättrigen Ahornbaums stehen bleiben.

»Habe ich sonst noch was gesagt?«, erkundige ich mich.

Aidy wendet mir das Gesicht zu, das Kinn hochgereckt und die Brauen zusammengezogen.

»Nein. Das war's. Du warst hackevoll und musstest einfach mal alles rauslassen, denke ich. Obwohl ich nicht weiß, warum du dir dafür mich ausgesucht hast.«

Sie lacht, und ich pflichte ihr bei. Ich habe nicht die geringste Ahnung, warum ich sie angerufen habe, obwohl mir heutzutage auch nicht gerade eine breite Auswahl an Gesprächspartnern zur Verfügung steht. Vermutlich, weil man sich so unkompliziert mit ihr unterhalten kann. So jemanden habe ich nicht mehr in meinem Leben.

Im Lauf der Jahre habe ich bei viel zu vielen Menschen zugelassen, dass sie mir entgleiten, und diejenigen, die im vergangenen Jahr Kontakt zu mir gesucht haben, habe ich fortgeschickt, weil ich davon überzeugt war, dass sie ohne mich besser dran wären.

Ich habe einige beschissene Dinge in meinem Leben getan, und einige schlechte Entscheidungen getroffen.

Doch jetzt stehe ich hier und betrachte Aidy, die sich auf die Lippe beißt und mich ansieht, als ob sie das lebende, atmende Monster in mir nicht sieht, und das verleiht mir einen Funken Hoffnung, den ich vor heute nicht besessen habe.

Diese Frau, dieses Sonnenscheinchen, glaubt nicht, dass ich herzlos bin.

Ich atme tief aus und schiebe die Hände in die Taschen, weil ich in den Fingern plötzlich einen Drang spüre, an den ich mich schon fast gar nicht mehr erinnern konnte.

Ich möchte sie berühren.

Ich möchte ihre weiche Haut unter meinen Händen spüren. Ich will diesen Schmollmund kosten, der jedes Mal, wenn ich sie sehe, in einem anderen Farbton glänzt. Ich möchte ihre Haare um meine Hände wickeln, sie gegen die Wand drücken und meine Lippen auf ihre pressen.

Und einen irrationalen Sekundenbruchteil lang möchte ich wissen, wie es ist, sie so sehr zu lieben, dass es körperlich wehtut.

17. KAPITEL

Aidy

»Was hältst du von dem hier?« Als ich von Ace zurückkomme, knallt mir Wren eine Hochzeitszeitschrift hin.

Verwirrt reiße ich mich zusammen, nehme das glänzende Heft in die Hand und blättere bis zu der mit einem Eselsohr markierten Seite in der Mitte. Das Kleid ist mit Spitze bedeckt, rückenfrei, langärmelig und hat einen Rockteil in traditioneller A-Linie.

»Es passt zu dir«, erkläre ich meiner Schwester.

»Erinnert es zu sehr an Kate Middleton?«, will sie wissen. »Die Leute sollen nicht denken, dass ich versuche, sie zu kopieren. Es ist schon schlimm genug, dass wir von hinten gleich aussehen. Gott, warum kann ich nicht wenigstens den Hintern von Pippa haben?«

»Ich hab es dir doch gesagt, du musst mehr Kniebeugen machen.« Ich klopfe mir auf den Hintern und streife die Schuhe ab.

»Also, wie ist es gelaufen?«, erkundigt sich Wren. »Ich nehme an, er hat sich über das Frühstück gefreut?«

»Rutsch rüber, Kumpel«, bitte ich Enzo und klaue ihm seinen Platz auf der Couch. »Er konnte sich nicht daran erinnern, dass wir gestern miteinander gesprochen haben.«

Meine Schwester starrt mich ungläubig an. »Was?«

»Keinerlei Erinnerung.« Ich lehne mich zurück und atme tief aus. »Also hab ich dagestanden wie eine Verrückte.«

Wren kichert.

»Das ist nicht lustig«, beschwere ich mich.

»Doch. Zum Totlachen.«

Auch Enzo kichert, obwohl ich mir nicht ganz sicher bin, ob er überhaupt weiß, worüber. Wren leckt sich den Zeigefinger und schlägt eine neue Seite in einer der siebenhundert Hochzeitszeitschriften auf ihrem Schoß auf.

»Aber es war trotzdem okay«, fahre ich fort. »Er hat mich reingebeten. Ich habe uns Omelettes gemacht und dann sind wir spazieren gegangen.«

Meine Schwester sieht mich aus zusammengekniffenen Augen an. »Ihr seid spazieren gegangen? Das ist … goldig.«

»Er hat es Besprechungsspaziergang genannt.«

»Das ist sogar noch goldiger.« Sie blättert um. »Hat er Topaz erwähnt? Und das Date?«

Ich zupfe an einem losen Faden auf der Sofalehne. »Nein. Ich glaube nicht, dass er überhaupt den Wunsch hat, sich mit mir zu verabreden. Ich vermute, er weiß nicht so recht, was er von mir halten soll.«

»Ha. Häufig weiß nicht mal ich, was ich von dir halten soll, und ich kenne dich schon dein ganzes Leben lang.«

»Egal, es macht nichts. Wer hat schon Zeit für Verabredungen, richtig?« Ich stehe auf und strecke die Arme über den Kopf.

»Genau, Dates und Beziehungen sind was für totale Loser ohne Hobbys.« Wren schnalzt mit der Zunge, zwinkert mir zu und lässt den funkelnden Diamantring an ihrem linken Ringfinger aufblitzen.

»So habe ich das nicht gemeint.«

Ich beuge mich hinab und strubbele durch Enzos unordentliche Haare. »Okay, ich beantworte jetzt ein paar E-Mails und ruh mich ein bisschen aus. Bitte, bitte, hör auf damit, mir Links zu Brautkleidern zu schicken. Wenn du meine Meinung hören willst, weißt du, wo du mich findest. Jedes Mal, wenn ich in letzter Zeit meinen Posteingang leere, tauchen plötzlich fünf neue E-Mails auf, alle von dir.«

»Ich bin im Hochzeitsplanungsmodus«, verteidigt sie sich. »Willkommen in deinem Leben für das nächste halbe Jahr.«

Ich lache und freue mich, dass meine Schwester sich endlich benimmt wie eine richtige Braut. Chauncey ist ein toller Kerl und perfekter für sie und Enzo, als ihr bewusst ist. Ich gehe in mein Zimmer, nehme das Tagebuch und schlage es an einer x-beliebigen Stelle auf.

Ich will mich von der Tatsache ablenken, dass sich in sechs Monaten alles verändern wird. Nicht nur für Wren und Enzo, sondern auch für mich.

Wir haben darüber nachgedacht, mit Glam2Go zu expandieren und es auch in anderen Städten als New York anzubieten. L.A. steht seit jeher als Nächstes auf unserer Liste, und es ergibt sowieso am meisten Sinn. Bei all diesen Produktionsfirmen, Schauspielern, Schauspielerinnen und Realityshow-Hausfrauen hätte eine gute Visagistin dort eine ganze Menge zu tun.

Ich liege auf dem Bauch, stütze den Kopf in die Hand und überfliege die Seite vor mir.

Heute Abend wurden wir beinahe erwischt. Es war erschreckend und gleichzeitig aufregend, meine Hand über ihrem Mund, während ich immer noch tief in ihr gesteckt habe und wir uns beide atemlos im Schlafzimmerschrank versteckten.

Womöglich bin ich egoistisch, aber ich wünsche mir fast, wir wären erwischt worden. Er würde sie hassen, wenn er uns entdeckt hätte. Mich auch. Aber es würde diesen ganzen Nonsens endgültig beenden und sie könnte endlich mit dem Mann zusammen sein, der sie am meisten liebt. Dem Mann, der sie am meisten verdient.

Ich will mich nicht immer nur heimlich mit ihr treffen, ich will sie an meinem Arm präsentieren. Ich möchte sie frei und offen lieben dürfen. Sie stolz vorzeigen. Ich will sie heiraten. Ich will den Rest meines Lebens mit ihr verbringen.

Aber das kann ich nicht, solange er sie nicht ein für alle Mal gehen lässt.

18. KAPITEL

Ace

Ich habe den ganzen Tag lang an Aidy gedacht.

Genau genommen denke ich schon drei Tage lang an sie, seit sie am Sonntagmorgen mit einem Armvoll Lebensmittel bei mir geklingelt hat wie eine Verrückte.

Ich sitze in einem Straßencafé an der Lower East Side. Bisher war ich noch nie hier, aber der Gedanke an Kaffee klang verlockend. Die Kellnerin erinnert mich an Aidy. Zumindest ihre Haare. Sie lächelt weniger und sucht auch nicht so viel Blickkontakt. Ihre Schultern sind bedeckt, und aus irgendeinem komischen Grund lässt mich das Aidys Schultern vermissen.

Shit.

Wer hätte gedacht, dass mal der Tag kommen würde, an dem ich beim Gedanken an Schultern steinhart werden würde. Verdammt sei Aidy Kincaid und ihr Repertoire an schulterfreien Blusen. Ich schätze, wenn man seit mehr als einem Jahr keinen Sex mehr hatte, braucht es nicht viel, um angetörnt zu werden.

Ich scrolle durch die Kontakte in meinem Handy und halte inne, als ihre Nummer erscheint.

Ich könnte ihr eine Nachricht schreiben.

Doch wie ich mich kenne, würde ich dann hier sitzen, aufs Display starren und auf die Bestätigung warten, dass sie meine Nachricht gelesen hat, und dann würde ich erwartungsvoll die kleinen hüpfenden Punkte betrachten und nervös auf ihre Antwort lauern wie ein einsamer, bemitleidenswerter Loser.

Also reiße ich mich zusammen und rufe sie an. Falls sie nicht rangeht, gut. Ich werde ihr keine Nachricht hinterlassen und sie wird nie erfahren, was ich wollte, sofern sie mich nicht zurückruft. Das ist mir immer noch lieber als das Risiko, dass sie meine Nachricht liest, aber ignoriert.

Ich will mir nicht vorkommen wie ein Trottel.

Beim zweiten Klingeln geht sie ran. »Hallo.«

Ich räuspere mich. »Aidy.«

Aidy lacht. »Du klingst überrascht, dass ich den Anruf angenommen habe.«

Das bin ich.

»Nein, nein«, behaupte ich. »Ich wollte nur wissen, ob du Lust hast, dich vielleicht auf einen Kaffee mit mir zu treffen.«

Sie schweigt.

Mir bleibt die Luft weg.

»Oh, äh … ja. Wann?«

»Jetzt.«

Einige endlose Sekunden lang sagt sie nichts.

»Wo?«, erkundigt sie sich.

»Arcadia Steam. Das ist bei …«

»Ich weiß, wo das ist. In einer Viertelstunde, okay?«

In Ordnung.

***

»Hey.« Ihre Stimme begrüßt mich schon, bevor ich sie sehe. Ich drehe mich um, den Blick auf ihre Schultern gerichtet, die tragischerweise an diesem ungewöhnlich kühlen Spätjunitag bedeckt sind. Aidy setzt sich mir gegenüber und greift nach der Speisekarte. »Ich liebe dieses Bistro. Die ganze Nachbarschaft ist toll. Topaz und ich kommen oft zum Mittagessen her.«

»Ich bin zum ersten Mal hier.«

Sie blättert um. »Was bringt dich denn den ganzen Weg in diese Gegend?«

»Ich hatte einen Fototermin.«

Aidy hält inne und sucht meinen Blick. »Oh, wirklich? Wofür?«

»Das *American Athlete*-Magazin.« Ich sage das beiläufig, als wäre es keine große Sache, und für jemanden wie Aidy ist es das vermutlich auch nicht, aber jeder Sportler in diesem Land würde seinen rechten Arm dafür hergeben, um auf dem Cover von *American Athlete* zu landen.

»Cool. Bringen die einen Artikel über dich?«

»Mein alter Agent versucht, mich wieder ins Gespräch zu bringen. Er ist auch derjenige, der mich zu der Gastmoderation bei *Smack Talk* überredet hat. Er ist davon überzeugt, ich könnte eine Art Comeback hinlegen, und glaubt, ich wäre immer noch in Behandlung. Leider muss ich ihm sagen, dass dieses Ding hier nutzlos geworden ist.«

Ich fasse mir auf meine verletzte Schulter.

»Den vollen Bewegungsumfang bekomme ich nie wieder zurück«, erkläre ich. »Ich habe gerade zehn Monate intensive Physiotherapie hinter mir und was das Werfen angeht, hat es kaum etwas gebracht.«

»Das ist frustrierend.« Sie beugt sich vor.

Ich nicke.

»Welches Comeback hat dieser Lou denn für dich geplant?«, fragt sie.

Schnaubend schüttele ich den Kopf. »Wer weiß? Er hat manchmal die seltsamsten Ideen. Leider hofft er auf ein Wunder, das niemals geschehen wird.«

»Sag niemals nie.«

»Das Mindeste, was ich für meine Fans tun kann, ist ihnen zu zeigen, dass es mich noch gibt.« Ich trinke einen Schluck von meinem Kaffee und sehe aus dem Augenwinkel, dass die Kellnerin kommt. Sie nimmt Aidys Bestellung auf, einen heißen Tee mit Milch und Zucker, und schlurft davon. »Trinkst du keinen Kaffee?«

»Nur, wenn ich spätabends noch arbeiten muss«, sagt sie und fährt sich mit den Händen über die Oberschenkel, als wäre ihr kalt. Sie hat einen langärmeligen, grauen Pullover an, der beinahe durchsichtig ist, und ihre Jeans schmiegt sich an ihre Kurven. »Ist es zu fassen, wie kalt es ist? Dabei haben wir Juni. Eigentlich müssten wir nur so dahinschmelzen, aber ich kann gar nicht aufhören, zu zittern.«

Gestern war es heiß, heute ist es kalt. Dieser Monat kann sich nicht entscheiden, was er will, und ich kann ihm das gut nachfühlen.

»Wir können reingehen«, biete ich an.

»Nein, sobald mein Tee kommt, wird mir warm.« Ihre Zähne klappern und sie schlingt sich die Arme um den Körper.

»Du brauchst keine Märtyrerin zu sein. Na los.« Ich stehe auf, nehme meine Kaffeetasse in die eine Hand und strecke die andere Aidy hin.

Zuerst zögert sie, doch dann schiebt sie ihre Hand in meine. Für eine Sekunde bleibt mir die Luft weg. Ich hatte völlig vergessen, wie gut es sich anfühlt, jemanden zu berühren. Eine Hand zu halten. Das kurze, spannende »Was-wäre-wenn« zu genießen.

Ich führe sie nach innen und wir setzen uns an einen kleinen Tisch für zwei in der Ecke, weit weg von der Tür.

»Danke«, sagt sie.

Zwischen uns stehen eine flackernde Kerze und eine weiße Vase mit einer einzelnen rosafarbenen Nelke. Es ist beinahe romantisch hier drin.

»Bitte schön.« Unsere Kellnerin bringt ein kleines Tablett mit Aidys Tee, Milch und Zucker.

»Ist das Wetter zu fassen?«, fragt Aidy uns beide. »Hoffentlich bleibt es nicht das ganze Wochenende über so.«

»Ich glaube, es soll wärmer werden.« Die Kellnerin klemmt sich das Tablett unter den Arm. »Kann ich Ihnen sonst noch etwas bringen?«

»Nein, danke, wir sind versorgt.« Aidy lächelt.

»Warum? Was hast du denn am Wochenende vor?«, erkundige ich mich, sobald die Kellnerin gegangen ist.

»Da ist doch der vierte Juli. Nationalfeiertag«, antwortet sie.

Das war mir völlig entfallen. Wenn man ein Leben ohne

Termine hat, fließen die Tage und Wochen irgendwie ineinander über, und ohne Familie in der Nähe sind Feiertage nichts weiter als die üblichen, verdammt endlosen Tage.

»Richtig«, erwidere ich. »Hast du was geplant?«

Aidy rührt Milch in ihren Tee, bis er die Farbe von cremigem Karamell hat. Dann fügt sie einen Hauch Zucker hinzu, rührt erneut und trinkt einen Schluck. Die Kombination aus Tee und Milch hat mich noch nie so richtig überzeugt, aber so wie sie das hier zusammenmischt, sieht es gut aus.

»Normalerweise sitze ich mit Wren und Enzo auf dem Dach unseres Hauses, und wir beobachten das Feuerwerk von dort aus. Aber dieses Jahr geht Enzo zu seinem Dad und Wren ist bei Chauncey und sieht sich das Feuerwerk mit Chaunceys Eltern an.« Sie umfasst die weiße Teetasse und pustet auf die dampfende Flüssigkeit. »Sie hat mich eingeladen, aber ich möchte nicht das fünfte Rad am Wagen sein, verstehst du? Das ist ihre neue Familie. Sie sollen ein bisschen Zeit miteinander verbringen können, um sich besser kennenzulernen und so.«

»Wer ist Chauncey?«

»Wrens Verlobter. In einem halben Jahr ist die Hochzeit. Ihm gehört die Pizzeria, Finnegan's.«

»Machst du Witze? Das ist eins meiner Lieblingsrestaurants. Die Pizza mit Corned Beef und Kohl ist …«

»Widerlich«, unterbricht sie mich. »Ich hab Chauncey echt gern, aber manche Dinge auf seiner Speisekarte sollten nicht für den menschlichen Verzehr zugelassen sein. Krautrouladenpizza? Lammeintopf auf Pizza? Wer denkt sich denn so was aus?«

»Was isst du denn dort?«

»Meistens Käsepizza, manchmal welche mit Pepperoniwurst. Er lässt mich von der Kinderspeisekarte bestellen.«

Aidy nimmt einen weiteren Schluck und sieht sich in dem kleinen Bistro um. Je näher wir der Abendessenszeit rücken, desto voller wird es.

»Was machst du denn dann am Wochenende?«, hake ich nach. »Wenn Wren und Enzo nicht da sind?«

Sie richtet sich auf und senkt den Blick. »Keine Ahnung. Darüber habe ich noch nicht nachgedacht. Arbeiten vielleicht.«

»Ich fahre in mein Haus am See«, sage ich, und bevor ich es mir ausreden kann, lade ich sie ein. »Du kannst gerne mitkommen.«

Ungläubig sieht sie mich aus ihren blauen Augen an und kämpft ein Lächeln nieder. »Was? Ist das dein Ernst?«

»Ja.«

»Bist du sicher?« Sie neigt den Kopf.

Ich nicke. »Ja. Ich wollte eigentlich allein fahren, aber wenn du nichts vorhast, kannst du gerne mitkommen.«

»Wo ist es? Und was machst du dort?«

»In Rixton Falls«, beantworte ich ihre Frage. »Nördlich von hier. Und ich will mich einfach entspannen. Angeln, Kanufahren. Mir das Feuerwerk über den Wasserfällen ansehen.«

Aidy presst die vollen Lippen zusammen und lächelt verhalten. Dabei bildet sich eine Falte zwischen ihrer Oberlippe und ihrer Nase, die mir zuvor so noch nicht aufgefallen ist, aber sie ist sehr niedlich.

»Möchtest du mitkommen?«, frage ich. »Ich kann dich am Freitag abholen und Sonntag zurückbringen.«

»Ja«, sagt sie. »Gern.«

19. KAPITEL

Aidy

»Wie kommt ihr da noch mal hin?« Wren steht am Freitagnachmittag kurz vor zwei in meiner Tür.

»Er leiht sich ein Auto.« Ich schließe den Reißverschluss an meinem übergroßen Koffer. Er ist für eine sieben- bis achttägige Reise ausgelegt, und ich weiß natürlich, dass ich nur zwei Tage fort sein werde, aber ich bin gern vorbereitet. Erst recht, wenn ich keine Ahnung habe, was mich erwartet.

»Wo ist dieses Rixton Falls gleich noch mal?«

»Einige Stunden nördlich von hier.«

Ich setze mich auf den Koffer, um den Inhalt platt zu drücken, damit ich den Reißverschluss zuziehen kann. Immer noch kann ich kaum fassen, was hier passiert, und ich werde es vermutlich erst glauben, wenn wir die Interstate entlangfahren und ich mir Gedanken darüber mache, wie wohl an diesem Wochenende das Verhältnis von Spaß zu Peinlichkeit aussehen wird.

Ich bin noch nie mit jemandem verreist, den ich kaum kenne. Im Grunde befinden wir uns immer noch irgendwo im Stadium zwischen Freunden und Fremden. Zumindest ist Ace eine Person des öffentlichen Lebens, daher bin ich mir zu neunundneunzig Komma neun Prozent sicher, dass er kein heimlicher Serienmörder ist, der mich zerstückeln und an die Fische verfüttern will.

»Bist du sicher, dass du meine Termine am Wochenende übernehmen kannst? Es sind sechs Stück«, erinnere ich Wren. »Vier davon bei Stammkunden. Zwei Neukunden.«

Wrens Augen funkeln und sie verschränkt die Arme. »Ich hab das im Griff. Mach dir deswegen keine Sorgen. Fahr einfach mit deinem supersexy Baseballspielerfreund nach Ricksville Falls und amüsiert euch.«

»Rixton Falls«, korrigiere ich sie. »Und er ist nicht mein Freund. So weit ich weiß, schlafen wir in getrennten Zimmern und ich begleite ihn als platonische Freundin.«

»Ha.« Wren klopft sich aufs Bein. »Richtig. Du begleitest ihn als platonische Freundin, weil er lieber mit einer x-beliebigen Frau angeln fährt, die er vor einer Woche kennengelernt hat, als mit einem seiner alten Baseballkumpel.«

Gutes Argument, also halte ich die Klappe.

Trotzdem habe ich keinerlei Erwartungen an diese Reise.

Ich fahre lediglich mit, weil er mich eingeladen hat und es nach Spaß klingt.

Als wir noch Kinder waren, gehörte meinen Eltern ein Seehaus in den Ozark Mountains. Jeden Sommer, so um diese Zeit herum, befällt mich Sehnsucht danach.

»Erinnerst du dich noch an das Haus am Prairie Rose Drive?«, frage ich Wren.

Sie richtet sich auf, einen wehmütigen Blick in den Augen. »Wie könnte ich das vergessen?«

»Mom, es klopft an der Tür.« Enzo quetscht sich hinter meiner Schwester durch.

Shit.

Ich hatte keine Ahnung, dass er raufkommt.

Außerdem ist er zu früh.

Wren mustert mich leicht amüsiert darüber, dass ich vermutlich völlig umsonst in Panik verfalle, und legt einen Arm um Enzos Schultern.

»Hast du alles für den Besuch bei deinem Dad eingepackt?«, fragt sie.

»Noch nicht. Tut mir leid, Mom. Ich mache es jetzt.«

Er hasst packen, aber er geht liebend gern zu seinem Dad. Lorenzo mag vielleicht seine Probleme haben und er war ein mieser Partner für meine Schwester, aber Enzo freut sich immer riesig auf die Wochenenden bei seinem Vater.

Sie gehen den Flur entlang und dann in unterschiedliche Richtungen davon, und ich nehme mir einen Moment, atme tief ein und tausche all meine Sorgen gegen Begeisterung aus.

Es wird ein schönes Wochenende werden, das spüre ich.

Ich rolle meinen Koffer den Flur entlang. Mein Herz schlägt so laut, dass es mir in den Ohren dröhnt. Eine Hitzewelle rast durch meinen Körper, als ich um die Ecke biege und Ace in der Tür stehen sehe, die Hände in die Taschen seiner tiefsitzenden Jeans vergraben und die gebräunten, muskulösen Arme in einem weißen T-Shirt mit V-Ausschnitt.

»Hi«, begrüße ich ihn und frage mich, warum ich mich plötzlich so schüchtern aufführe.

»Hey.« Sein Blick wirkt heute ein wenig entspannter. Das ist mir auch schon am Mittwoch im Bistro aufgefallen. »Bist du fertig?«

Er entdeckt meinen Koffer und bückt sich danach.

»Was hast du denn alles dabei? Du weißt, dass es sich bloß um zwei Tage handelt, richtig?« Er nimmt den Griff und zieht ihn wie eine Kurzhantel auf sich zu. »Himmel. Das Ding wiegt doch mindestens fünfundzwanzig, dreißig Kilo?«

»Quatsch.« Ich winke ab.

»Ich hab ihr gleich gesagt, dass sie viel zu viel eingepackt hat.« Wren wirft mir einen vielsagenden Blick zu und geht mit ausgestreckter Hand zu Ace hinüber. Da merke ich, dass ich die beiden einander noch gar nicht richtig vorgestellt habe. Gott, manchmal führt sie sich auf wie unsere Mutter. Und genau jetzt sieht sie sogar wie unsere Mutter aus. »Hi, ich bin Wren. Aidys Schwester.«

Ace schüttelt ihr die Hand. »Schön, dich kennenzulernen, Wren.«

Ich überprüfe die Uhrzeit auf meinem Handy. »Wollen wir los? Ich bin sicher, dass wir irgendeinen Stau umgehen wollen. Keine Ahnung. Ist schon lange her, seit ich mit dem Auto irgendwohin gefahren bin.«

»Viel Spaß, ihr beiden«, wünscht uns Wren. »Ruf mich an, wenn ihr angekommen seid, Aidy.«

Wir gehen hinunter und Ace schleppt meinen Koffer zu seinem Auto, das illegalerweise in einer Gasse neben unserem Haus geparkt ist. Ich erkläre ihm, dass er ein Rebell ist und dass ich das an ihm mag. Er lächelt beinahe.

Beinahe.

Es wird ein schönes Wochenende werden.

Ich kann es spüren.

***

Auf der Fahrt nach Rixton Falls erfahre ich mehrere neue Dinge über Alessio Amato.

1. Er mag Classic Rock.
2. Seine Lieblingssnacks beim Autofahren sind rote Grapefruchtlimo und Schokorosinen, was ich absolut widerlich finde, aber da er auch keine abfälligen Bemerkungen über mein Lakritz und das Ginger Ale gemacht hat, habe ich meine Meinung für mich behalten.
3. Er ist ein auffällig vorsichtiger Fahrer. Er blinkt immer beim Spurwechsel, hält das Tempolimit ein, das volle Programm. Ich nehme an, das hat etwas mit seinem Autounfall im letzten Jahr zu tun.
4. Er ist Skorpion, was mich nicht besonders überrascht. Und er hat keinen zweiten Vornamen.
5. Er ist sehr wettbewerbsorientiert und aufs Gewinnen aus. Noch nicht mal beim Monopoly hat er bisher verloren.
6. Auf der Highschool hatte er mal einen ganzen Monat lang Hausverbot, weil er eine Art Wettring betrieben hat. Laut ihm erkennen die meisten Leute gar nicht, wie lukrativ das Wetten auf Highschool-Sport sein kann.
7. Sein Lieblingsbuch ist *Große Erwartungen*.
8. Er ist der älteste von fünf Brüdern.

Ace setzt den Blinker und ich sehe auf die Uhr am Armaturenbrett. Wir sind seit knapp zwei Stunden unterwegs. Er verlässt die Interstate an der Ausfahrt »Rixton Falls/Saint Charmaine«. Ich habe seit mehreren Kilometern keine Toilette gesehen und meine Blase ist voller Ginger Ale, aber weil ich viel zu aufgeregt bin, um etwas zu sagen, leide ich still.

»Hast du Hunger?«, fragt er, als wir auf eine unbefestigte Straße einbiegen, die zu einer Stadt namens Blueshank führt. Laut dem Ortseingangsschild wohnen hier 1081 Menschen. »Da vorne ist ein kleiner Laden. Wir nehmen uns dort Vorräte fürs Wochenende mit. Pack ein, worauf du Lust hast.«

Wir parken auf dem kleinen Vorplatz und steigen aus. Mir tun die Beine weh und das Herumlaufen fühlt sich toll an. Er hält mir die Ladentür auf und die Kassiererin sieht mit einem Pokerface von ihrer Zeitschrift auf, als sie die Türglocke bimmeln hört.

»Hallo.« Ace winkt ihr freundlich zu und sie erwidert die Geste, ehe sie sich wieder ihrer Zeitschrift widmet.

Ich blicke mich nach der Toilette um und atme erleichtert auf, als ich ganz hinten ein Schild entdecke. Ich entschuldige mich, erledige, was es zu erledigen gibt, und bin in Rekordgeschwindigkeit zurück, um zu bewundern, wie viel er bereits in den Korb gelegt hat.

Ich entdecke Brot und eine Reihe von Gewürzen, frisches Obst und Gemüse, sogar eine Packung Müsli, aber kein Fleisch.

»Was fehlt?«, will er wissen.

»Nichts. Ich hab mich nur gefragt, wo das Fleisch ist.«

Ace grinst. »Wir sind zum Angeln hier, Aidy. Wir essen, was wir fangen.«

»Natürlich.« Genau wie früher mit Dad in den Ozarks. »Dann brauchen wir noch Öl und Panade.«

***

Als wir etwa eine Viertelstunde später auf einen Kiesweg einbiegen, weiß ich nicht genau, was mich erwartet. Der Horizont vor uns wirkt nebelverhangen und überall stehen Kiefern. Je mehr wir uns einer Lichtung nähern, desto deutlicher erkenne ich die Wasserfälle, von denen mir Ace auf der Fahrt hierher erzählt hat.

An einer Kreuzung hält er an und biegt auf eine zweispurige, unbefestigte Einfahrt ein, die zu einem Blockhaus am See mit einer großen, überdachten Veranda, grünem Dach und einem Steg führt, welcher das Haus mit dem kleinen See dahinter verbindet.

Wir halten auf einem eingefahrenen, improvisierten Parkplatz neben einer grauen Hütte. Ace schaltet den Motor aus. »Wir sind da.«

Ich gehe nach hinten und hole die Lebensmittel und Ace schnappt sich unser Gepäck. Ein Dach aus grünen Baumkronen spendet uns Schatten und der Himmel über uns ist angefüllt vom Gezwitscher der Vögel.

»Das hier erinnert mich unglaublich an unser früheres Seehaus«, sage ich. »In den Ozarks. Als wir noch Kinder waren.«

Ich folge Ace zum Eingang, warte, bis er aufgeschlossen hat, und als ich über die Schwelle trete, werde ich von einem Schwall muffigen, köstlichen Geruchs empfangen. Es ist die Art von Geruch, die normale Menschen vielleicht eklig finden, aber für jemanden, der die Sommer seiner Kindheit mit Angeln und Campen verbracht hat, ist es einfach nur himmlisch.

»Wir hatten sogar genau so eine Decke.« Ich stelle die Lebensmittel auf den Bauerntisch und renne hinüber zum Ledersofa vor dem Kamin. Dort streiche ich über die Decke aus zusammengestrickten Quadraten in Schwarz, Orange und Gelb.

»Meine Mutter hat die gemacht«, erklärt er. »Allerdings ist das schon einige Jahrzehnte her.«

»Es ist verrückt, wie sehr mich dieser Ort an meine Kindheit erinnert. Wir haben jeden Sommer mehrere Monate am See verbracht. Camping. Angeln. Wandern. Ich hatte schon ganz vergessen, wie sehr mir dieses Gefühl gefehlt hat.«

»Fährst du heute noch manchmal hin?« Ace beginnt, die Lebensmittel einzuräumen, und ich gehe hinüber, um ihm zu helfen.

»Nein.« Ich hole einen Laib Brot aus einer der Tüten. »Wir mussten das Haus verkaufen, als ich siebzehn war.«

»Das tut mir leid.«

Ich zucke mit den Schultern. »Das muss es nicht. So was gehört zu den Dingen, die passieren, wenn dein Vater seine Familie für eine andere Frau verlässt. Mom konnte sich nicht beide Häuser leisten, also mussten wir uns von dem am Prairie Rose Drive verabschieden.«

Ich spüre seinen Blick auf mir. »Du sagst das so beiläufig.«

»Was? Soll ich traumatisiert sein? Verbittert? Mein Vater war ein Arsch. Als Vater war er ganz tauglich, ich meine, er hat seine Aufgabe recht gut gemeistert. Aber er war ein lausiger Ehemann. Ohne ihn war Mom besser dran.« Ich packe das Brot weg und hole ein Stück Butter aus der Tüte hervor. »Es war nicht leicht für uns, nachdem er fort war, aber wir haben es durchgestanden. Gemeinsam. Und ich würde mir einen Bärendienst erweisen, wenn ich jetzt automatisch annehmen würde, dass jeder Mann ein fremdgehender Drecksack wie mein Vater ist.«

Ace nimmt mir die Butter aus der Hand und legt sie in den Kühlschrank. »Wir sind hier fertig. Ich zeig dir jetzt dein Zimmer.«

20. KAPITEL

Ace

»Das willst du anziehen?« Ich klopfe mit den Fingern auf die Armlehne des Ledersessels, der sich schon seit Generationen in meiner Familie befindet. »Ich dachte, du wärst schon mal angeln gewesen.«

Aidy blickt auf ihre Beine in der fransigen, abgeschnittenen Jeans hinab, die tief auf ihren Hüften sitzt, und zieht an dem weißen Tanktop, das nur wenig der Fantasie überlässt.

Ich will mich ja nicht beschweren.

Nichts würde ich lieber tun, als diesen Anblick den ganzen Abend über zu genießen.

»Was stimmt denn nicht mit meinen Klamotten?«, fragt sie.

»Du siehst aus, als ob du gleich zum Abendessen der Moskitos werden willst. Die werden dich da draußen bei lebendigem Leib auffressen.«

Lächelnd holt Aidy etwas aus ihrer Tasche. »Darauf bin ich vorbereitet.«

Sie spritzt sich eine gelbliche Flüssigkeit auf die Haut und verreibt sie rasch. Ein durchdringender Duft aus verschiedenen Pflanzenextrakten steigt mir in die Nase und ich muss husten.

»Was zum Teufel ist das denn?«, will ich wissen und wedele mir mit der Hand vor dem Gesicht herum.

»Ein biologisches Mückenspray«, erklärt sie. »Die Chemiekeulen sind echt umweltschädlich, also benutze ich das hier.«

Ich würge beinahe meine halbe Lunge heraus. »Was ist denn da drin?«

Sie hält sich die Flasche vors Gesicht und liest das Etikett laut vor. »Zitronengrasöl, Minze, Lavendel, Citronella, Rosmarin, Nelke und Eukalyptus.«

»Und das funktioniert?«

Aidy nickt. »Ganz wunderbar. Möchtest du was davon?«

»Nein danke.« Ich gehe zur Tür und ziehe mir ein altes Paar Stiefel über, das ich dort immer stehen habe.

»Wird dir denn in dem Aufzug nicht zu warm?«, erkundigt sie sich. »Du bist gekleidet wie ein Holzfäller, und draußen sind es dreißig Grad.«

Ich blicke zum Küchenfenster hinaus bis zum Ende des Stegs. »Ich werde vielleicht schwitzen, aber nicht aufgefressen werden.«

Aidy geht an mir vorbei, legt eine Hand um meinen Bizeps und drückt zu. »Ich weiß nicht. Auf mich wirkst du ziemlich lecker, und du kennst das Sprichwort: Wo ein Wille ist, ist auch ein Weg. Das bisschen Flanell wird diese kleinen Biester nicht davon abhalten, dich für ihr Abendbrot zu halten. Bist du sicher, dass du nichts von meinem Spray möchtest?«

»Ich verzichte. Lieber schwitze ich als wie eine Apotheke zu riechen.«

»In Ordnung.« Aidy schnalzt mit der Zunge und hebt die Hände. »Dann werde ich das Thema jetzt fallen lassen.«

Ich schnappe mir die beiden Angeln, die ich vorhin neben die Hintertür gestellt habe. Zuvor habe ich Aidy ihr Zimmer gezeigt und ihr ein wenig Zeit zum Umziehen gegeben. Aidy nimmt den gelben Angelkasten. Ich hole den Styroporbehälter mit den lebenden Ködern aus dem Kühlschrank und wir machen uns durch die Hintertür auf den Weg zum Steg.

Das Rauschen des nahe gelegenen Wasserfalls übertönt beinahe das Zirpen der Grillen. Es gibt keinen Ort auf der Welt, an dem ich momentan lieber wäre, und obwohl ich ursprünglich allein übers Wochenende herkommen wollte, genieße ich tatsächlich Aidys Gesellschaft.

Sie gehört nicht zu diesen nervigen Gästen, die eingeschüchtert herumstehen und darauf warten, dass du ihnen erlaubst, das Klo zu benutzen. Aidy hat keine Bedenken, es sich gemütlich zu machen.

»Wie schwer war der größte Fisch, den du je gefangen hast?«, fragt sie. »Sei ehrlich.«

»Ein zwölf Kilo schwerer Seewolf«, antworte ich, ohne zu zögern. Das ist zwar nicht rekordverdächtig, aber größer als ein durchschnittlicher Fisch dieser Art.

»Cool.«

Der Garten fällt zum See hin ein wenig ab und das Gras wird zu Stein. Aidy trägt Flip-Flops und versucht, mit dem Angelkasten unter dem Arm das Gleichgewicht zu halten, also greife ich instinktiv nach ihrer Hand. Sie verschränkt ihre Finger mit meinen, bis wir das felsige Gelände durchquert haben. Für einen Sekundenbruchteil klopft mein Herz heftig. Als wir den Steg erreichen, lässt sie mich los.

Jedes Mal, wenn sie über eine verwitterte Bohle geht, machen ihre Sandalen ein schmatzendes Geräusch, und ich höre sie leise summen.

»Oh, schau mal.« Sie deutet auf den See hinaus. »Eine Schar Segelboote.«

»Eine Schar?« Ich lache.

»Keine Ahnung, wie man das richtig nennt. Das sind mindestens acht oder neun. Veranstalten die eine Regatta?«

»Vermutlich.«

Wir erreichen das Ende und setzen uns hin. Aidy zieht die Flip-Flops aus und stellt sie zur Seite. Sie lässt die Füße baumeln, die gerade so das Wasser berühren.

»Es ist überraschend warm.« Sie beugt sich vor und steckt die Hand hinein. »Und klar.«

»Dieser See hat keinen Zufluss«, erkläre ich und beobachte, wie sich ein Moskito auf ihrem nackten Oberschenkel niederlässt. Ich scheuche ihn weg. »Er ist geschützt. Er gehört zu den Seen mit dem klarsten Wasser im ganzen Bundesstaat.«

»Danke.« Sie reibt sich mit der Handfläche über ihr Bein. Dann holt sie ihr Spray aus der Hosentasche, trägt noch ein wenig davon auf und ich verkneife mir einen Kommentar.

Ich stehe auf und befestige die Köder an den Haken, reiche ihr eine Angel und werfe meine aus.

»Willst du die ganze Zeit stehen bleiben oder setzt du dich zu mir?«, fragt sie und sieht sich um, ehe sie die Schnur auswirft. »Es kommt mir komisch vor, wenn du stehst. Ich fühle mich dabei wie ein Kind. Und dass du so groß bist, macht es noch schlimmer.«

Ich hocke mich hin. »Besser so?«

Aidy stößt mich mit der Schulter an. »Ja.«

Beinahe sofort fängt ihr rotweißer Schwimmer an zu zappeln.

»Ich glaube, ich hab was«, verkündet sie und fährt die Schnur langsam ein. »Oh ja.«

Sie spult schneller, wickelt und zieht und wickelt und zieht, bis ein kleiner Blauer Sonnenbarsch aus dem Wasser auftaucht, der an ihrem Haken baumelt. Er zappelt herum und sie greift vorsichtig danach.

»Oh, wie winzig er ist«, sagt sie und entfernt behutsam den Haken aus seinem Maul. Dann beugt sie sich vor und wirft ihn zurück.

Auch an meiner Angel spüre ich jetzt einen Zug, und zwar einen kräftigen. Ich verschwende keine Zeit, spule die Schnur auf und freue mich innerlich, als ich am Ende einen ziemlich großen Sonnenbarsch entdecke. Der lässt sich prima braten. Noch ein paar mehr davon, und unser Abendessen ist gesichert.

Ich hole den Stringer aus der Angelbox und beobachte aus dem Augenwinkel, wie Aidy einen Köder an ihrem Haken befestigt. Einen kurzen Augenblick lang überrollt mich eine Erinnerung. Einmal habe ich Kerenza hierher mitgenommen, obwohl ich nur zu gut wusste, dass sie nicht der Freilufttyp war. Sie hasste das Wasser. Sie hasste die Moskitos und die nach Kiefern duftende Luft. Sie hasste die Grillen und fand die Stille geradezu verstörend. Die meiste Zeit über hat sie sich nach drinnen verkrochen, wo sie vor einem Ventilator saß, in der neuesten Ausgabe der »Vogue« geblättert und bei jeder sich bietenden Gelegenheit über das fehlende Funknetz gejammert hat.

»Du bist also der älteste von fünf Brüdern?«, fragt Aidy unverhofft.

»Ja.«

»Ich kann mir überhaupt nicht vorstellen, fünf Söhne zu haben. Wahrscheinlich würde ich verrückt werden. Meine Tante hatte drei Jungs. Früher habe ich auf sie aufgepasst; sie waren völlig aufgedreht. Es war der reinste Wahnsinn. Keine Ahnung, wie deine Eltern das geschafft haben, aber sie haben meinen größten Respekt.«

Ich grinse vor mich hin und nicke. »Ja. Wir waren ziemlich wild. Aber unsere Mutter hat uns meistens auf Spur gehalten.«

»Was ist mit deinem Dad?«

Ich starre auf einige kleine Wellen im Wasser. »Er war nicht wirklich präsent. Und wenn er mal da war, war er besoffen.«

Aidy dreht sich zu mir herum. »Das tut mir leid.«

Ich zucke mit den Schultern und tue es ab. »Ist okay. Inzwischen lebt er schon lange nicht mehr. Als ich auf die Junior Highschool kam, hat seine Leber aufgegeben. Ganz ehrlich, ich weiß nicht mehr viel von ihm. Es fühlt sich an, als wäre das alles schon sehr lange her.«

»Genauso geht es mir manchmal mit meinem Dad«, gibt sie zu. »Aber ihn gibt es noch. Er lebt in Kansas City mit seiner neuen Familie.«

»Neue Familie?«

»Ja. Nachdem er Mom verlassen hat, hat er keine Zeit verschwendet, uns zu ersetzen«, erklärt sie. »Er hat sogar weitere Kinder mit seiner neuen Frau gezeugt, beides Mädchen. Jedes Jahr zu Weihnachten schicken sie eine Karte, und wenn er sich an unsere Geburtstage erinnert, ruft er auch manchmal an, aber im Großen und Ganzen haben wir nicht mehr viel miteinander zu tun.«

»Das ist furchtbar. Du bist seine Tochter.«

Aidy lacht. »Ja, wenn man es laut ausspricht, klingt es ziemlich furchtbar. Verdammt, er ist wirklich ein Arschloch.«

»Hast du Kontakt zu deinen Halbschwestern?«

Sie schüttelt den Kopf. »Ich hab sie nur einige wenige Male getroffen. Ihre Mutter hält sie an der kurzen Leine. Sie ist eine dieser Helikopter-Moms, lässt sie niemals aus den Augen. Das macht es ziemlich schwierig, jemanden richtig kennenzulernen, verstehst du?«

Ich stecke einen weiteren Wurm an meinen Haken und lache schnaubend. »Als Kind wollte ich immer eine dieser Helikopter-Moms haben. Keine Ahnung, warum. Vermutlich wünschen wir uns einfach immer das, was wir nicht haben können.«

»Da hast du recht.«

»Solange ich zurückdenken kann, hat meine Mutter immer zwei Jobs gehabt. Sie hat es nie zu einem meiner Spiele geschafft. Abends gab es meistens irgendein Fertiggericht. Ab unserem achten Geburtstag mussten wir uns jeweils um unsere eigene Wäsche kümmern.«

»Interessant.« Ich spüre ihren Blick auf mir ruhen. »Ich bin sicher, sie hat getan, was nötig war, um euch zu versorgen. Es kann nicht billig sein, fünf heranwachsende Jungs zu verpflegen.«

»Bestimmt nicht. Sie war eine tolle Mutter«, bestätige ich. »Hat niemals einen Geburtstag oder Feiertag vergessen. Sonntags hat sie gekocht und die halbe Nachbarschaft eingeladen. Sie hat uns ermutigt, unsere Träume zu verwirklichen, egal wie lächerlich sie gewirkt haben. In all diesen Jahren war sie einfach im Überlebensmodus.«

»Wie geht es ihr heute? Ich hoffe, sie hat nur noch eine Arbeitsstelle?«

Ich lache. »Ja. Sie ist inzwischen in Rente. Weil sie fünfunddreißig Jahre lang als Lehrerin gearbeitet hat, bezieht sie eine Pension. Mit dem abendlichen Kellnern hat sie aufgehört, sobald mein jüngster Bruder die Highschool abgeschlossen hatte. Inzwischen geht es ihr gut.«

»Wo stammst du her?«, will sie wissen.

»Jersey.«

»Du hast gar keinen Akzent.«

»Wir sprechen nicht wie Mafiosi«, sage ich. »Außerdem sind wir zum Großteil in Ohio aufgewachsen. Nach Jersey sind wir erst nach dem Tod unseres Vaters gezogen. Mom hatte Familie dort.«

Aidy richtet sich ruckartig auf. »Ich habe wieder einen. Dieser hier fühlt sich größer an.«

Sie zieht einen weiteren Sonnenbarsch an Land, nimmt ihn vorsichtig vom Haken und befestigt ihn am Stringer.

»Stehst du deinen Brüdern nahe?«, erkundigt sie sich.

Ich schüttele den Kopf. »Nicht so nah wie früher. Wir sind ausgeflogen und haben uns in fünf verschiedenen Gegenden niedergelassen.«

»Wo leben deine Brüder denn?«

»Überall. Seattle. Los Angeles. Chicago. Beim vierten wissen wir es nicht so genau. Er bleibt meistens nicht sehr lange an einem Ort.«

»Wren und ich sind schon unser ganzes Leben lang unzertrennlich«, berichtet sie. »So richtige Geschwisterrivalität hat es bei uns nie gegeben. Als wir Teenager waren, dachten die Leute, mit uns stimmt etwas nicht, weil wir uns so gut verstanden haben.«

»Das ist definitiv nicht normal.«

»Wir stehen uns ungewöhnlich nah.« Aidy seufzt, blickt geradeaus und atmet tief aus. »Es wird komisch sein, wenn sie verheiratet ist. Dann werde ich zum ersten Mal seit vielen Jahren nicht mehr mit ihr zusammenwohnen, aber ich glaube, das wird mir guttun. Ich muss auf eigenen Beinen stehen, mein eigenes Ding machen. Allein leben. Gefällt es dir, allein zu wohnen? Du kommst mir vor wie der Typ, der das mag.«

»Ist das gut oder schlecht?«

Sie zuckt mit den Schultern. »Keins von beidem?«

Die Sonne geht allmählich unter und taucht das Wasser in Blau-, Grün- und Orangetöne. Die Ufer sind mit dichten Büschen und Bäumen überwuchert und von hier bis zum nächsten Haus ist es mindestens eine halbe Meile.

Ich habe nicht immer allein gelebt, aber ich mag meine Privatsphäre. Offensichtlich lässt sich das nicht leugnen.

»Hast du hier schon mal nackt gebadet?«, fragt sie und sieht hinauf zum dämmrigen Himmel.

»Noch nie.«

»Was?« Überrascht lächelt sie mich an. »Du machst Witze, oder?«

»Normalerweise komme ich allein her«, erkläre ich. »Es wäre komisch, wenn ich mich ganz allein nackt ausziehen und schwimmen würde, meinst du nicht?«

Aidy schüttelt den Kopf und dabei fallen ihr dicke blonde Strähnen ins Gesicht. »Finde ich nicht. Ich würde es tun.«

»Ich hab das Gefühl, dass du eine Menge Dinge tun würdest, die für mich nicht infrage kämen.«

»Spring rein!«, fordert sie mich auf und lässt den Blick zwischen mir und dem Wasser hin- und herwandern. »Zieh dich aus und spring rein.«

»Du bist ja verrückt.«

Sie stupst mich an die rechte Schulter, und das schmerzt, aber ich sage nichts, denn wenn sie mich berührt, blende ich den Schmerz aus. Und die Vergangenheit. Jetzt bin ich hier, in der Gegenwart. Im Augenblick. Und betrachte das Gesicht eines der schönsten Freigeister, die ich je gesehen habe.

Gott, ich wünsche, ich könnte sein wie sie. Sorglos. Locker.

Aber das wird nie passieren.

Also gebe ich mich stattdessen damit zufrieden, *bei* ihr zu sein.

Zumindest für das Wochenende.

»Zieh dich aus«, sagt sie, als wäre das keine große Sache. »Ich schau auch nicht hin, falls du schüchtern bist.«

Spöttisch neige ich den Kopf. »Ich bin nicht schüchtern. Glaub mir Aidy, das gewöhnt man sich sehr schnell ab, wenn man knapp zehn Jahre lang den Großteil seiner Zeit in Umkleidekabinen verbringt.«

»Schön. Dann los. Ich mache mit.« Aidy stellt ihre Angel ans Geländer des Stegs und steht auf. Bevor ich auch nur protestieren kann, hat sie ihre Shorts aufgeknöpft und zieht sich das Tanktop über den Kopf.

Ein pinkfarbener Spitzen-BH bedeckt ihre vollen Brüste und ihr Bauch ist weich und glatt und auf eine weibliche Art muskulös. Sie schält sich aus den Shorts und enthüllt dabei einen tief auf den Hüften sitzenden Slip. Ich kann nicht mehr geradeaus denken oder reden. Alles ist wie erstarrt, während ich den Blick nicht von diesem wunderschönen Geschöpf nehmen kann, das beinahe nackt am Ende meines privaten Stegs steht.

»Na los.« Ihre Finger gleiten unter den winzigen Bund ihres schwarzen Spitzenslips. »Worauf wartest du noch?«

Ich stehe auf, stelle meine Angel zur Seite und hole tief Luft. Den ganzen Tag schon habe ich den Blick nicht von ihr nehmen können, halb nackt hin oder her, und jetzt, wo sie so vor mir steht, ist es verdammt noch mal unmöglich geworden.

In dem Flanellhemd, das ich trage, ist mir wahnsinnig heiß, und ein kurzes Bad im See wäre wunderbar, aber ich habe mir geschworen, mich das ganze Wochenende über wie ein perfekter Gentleman zu benehmen. So komisch es vorhin war, als ich Aidy das Gästezimmer gezeigt habe, ich glaube, sie weiß es zu schätzen, dass ich sie nicht hierhergebracht habe, um sie auf schleimigste Art anzubaggern. Ich bin sicher, das passiert ihr zu Hause schon häufig genug.

Was nicht heißen soll, dass ich nicht scharf auf Aidy Kincaid wäre.

Aber ich genieße auch ihre Gesellschaft; meistens macht Sex die Dinge irgendwie peinlich, und ich bin noch nicht bereit, das, was auch immer es ist, was uns verbindet, davon beeinträchtigen zu lassen.

Beinahe höre ich Matteos Stimme in meinem Kopf, die mir rät, mich zu verhalten wie ein Mann und einfach mitzumachen. Aber ich bin nicht Matteo.

Auch keiner meiner anderen Brüder. Gott sei Dank.

In unserer Jugend habe ich uns immer mit fünf verschiedenen Kontinenten verglichen. Jeder von uns hatte seine eigene

Persönlichkeit und seine Gewohnheiten, und meistens war ein Waffenstillstand oder eine Vereinbarung nötig, damit wir miteinander klarkamen. Auch jetzt, als Erwachsene, hat sich nicht viel daran geändert.

»Denkst du immer noch darüber nach?«, fragt Aidy mit hochgezogener Braue. Als sie ihren Slip auszieht, schlucke ich schwer. Den Blick nicht von ihrem Gesicht zu nehmen, ist eins der schwersten Dinge, die ich je getan habe.

Scheiß drauf.

Ich knöpfe das Hemd auf und spüre, wie sich mein Unterleib regt, als sie die BH-Träger über ihre zierlichen Schultern streift. Dann hakt sie den BH auf und wirft ihn zur Seite. Mit einem »Ta da!« stützt sie die Hände in die Hüften.

»Ich finde es sehr merkwürdig, dass du noch nicht mal versucht hast, mich abzuchecken«, sagt sie.

»Es ist nicht so, dass ich es nicht will.«

Sie zieht einen Mundwinkel hoch. »Warst du schon immer so ein perfekter Gentleman?«

Unsere Blicke treffen sich und entzünden den Funken, der schon die ganze Zeit geschwelt hat. Ich hole scharf Luft.

»Nein.« Ich werfe das Hemd zur Seite und beschäftige mich jetzt mit meinem Gürtel. Aidys Blick fällt auf meinen Bauch und folgt dort den Linien und Muskeln, die ich während des vergangenen Jahres standhaft weiter trainiert habe. Trotz meiner Schulterverletzung habe ich alles dafür getan, um in Form zu bleiben und nicht den Körper zu verlieren, auf den ich mein ganzes Leben lang hingearbeitet habe. »Nicht immer, Aidy.«

Sie schluckt. »Gut zu wissen, Ace.«

Und ohne Vorwarnung springt sie ins Wasser und spritzt

dabei mich und den Rand des Stegs voll. Einige Sekunden später taucht sie auf und streicht sich die nassen Haare zurück.

Sie lacht ausgelassen und tritt einige Meter vor mir Wasser. »Das Wasser ist super. Schwing deinen störrischen Hintern hier rein, bevor ich noch etwas Abgedrehtes tue.«

»Ist das eine Drohung oder ein Versprechen?« Ich ziehe die Stiefel aus, dann die Jeans, und als ich am Bund meiner Retropants ziehe, beobachte ich, wie ihr Blick zu der Ausbuchtung darunter wandert. Das hier ist verrückt. Diese Frau ist verrückt. Ich hole tief Luft, entferne das letzte Kleidungsstück und stehe am Rand des Stegs, das warme Holz unter den Füßen.

Zum ersten Mal seit langer Zeit denke ich nicht.

Ich handle einfach.

Zwei Sekunden später tauche ich unter. Umschlossen vom Seewasser trete ich auf der Stelle. Als ich zum Atmen auftauche, sehe ich als Erstes ihr lächelndes Gesicht.

Aidy lacht und spritzt mich voll, bevor sie näher zu mir heranschwimmt.

»Ich wusste, dass ich dich dazu überreden kann«, sagt sie.

»Ganz schön großspurig.«

»Entschlossen. Hartnäckig. Nicht großspurig.« Ihr Körper taucht ein Stück auf und wird in die Sonnenuntergangsfarben getaucht. Je näher ich komme, desto besser erkenne ich die dunklen Wimperntusche-Ringe unter ihren Augen. Sogar jetzt noch ist sie verdammt schön. Sie leuchtet von innen heraus. »Ist das nicht das tollste Gefühl der Welt?«

»Die World Series zu gewinnen ist das tollste Gefühl der Welt«, widerspreche ich. »Einen Fünfjahresvertrag zu unterschreiben ist das tollste Gefühl der Welt.«

»Du weißt, was ich meine«, winkt sie ab, bevor sie die Hand wieder ins Wasser taucht. »Hoffen wir nur, dass nicht ein Fisch vorbeikommt und deinen für einen Köder hält.«

»Soll das heißen, mein Schwanz ist so klein wie ein Wurm?« Ich kneife die Augen zusammen.

Aidy lacht. »Nein, nein, nein. Ich hab ihn gesehen. Er ist eher so groß wie fünfzig Würmer zusammen.«

Ich strecke ihr die Zunge heraus. »Vielen Dank für das Kopfkino.«

Sie wird rot. »Nein, ich meinte nur ... er ist nicht ... er hat eine gute ... Ich meinte, man kann ihn keinesfalls mit einem Wurm verwechseln. Vielleicht mit einem ziemlich großen Fisch? Fische fressen andere Fische, richtig?«

»Können wir bitte aufhören, in diesem Kontext über meinen Schwanz zu reden?«

»Worüber würdest du denn gern sprechen?«, will sie wissen und wirkt dankbar für den Themenwechsel.

Das Geräusch von Stimmen und das Brummen eines Bootsmotors dringen über das Wasser und lenken meine Aufmerksamkeit nach links. Einige Personen kommen in einem kleinen Boot auf uns zu. Diese Bucht ist ziemlich einsam und abgeschieden von den anderen Häusern, aber es handelt sich immer noch um einen öffentlichen See, und da wird auch gelegentlich geangelt und Boot gefahren.

»Shit«, entschlüpft es mir, als ich das Logo des Naturschutzrings an der Bootsseite entdecke. Bei diesen Männern handelt es sich höchstwahrscheinlich um Harold und Eddie. Ich kenne die beiden schon jahrelang, seit ich dieses Haus gekauft habe, und ich habe definitiv nicht vor, sie einen Blick auf meinen ganz privaten Köder werfen zu lassen. Ich möchte ihnen gern auch zukünftig noch in die Augen schauen können.

»Was?«, fragt Aidy und folgt meinem Blick.

»Los, los, los!« Ich schwimme in Richtung Steg und sie folgt mir. »Ich kenne diese Leute. Lass uns schnell hier verschwinden.«

Wir erreichen die kleine Leiter. Ich klettere zuerst hinauf und reiche ihr dann meine Hand. Schnell sammeln wir unsere Kleidung auf und sprinten zum Haus. Auf den Steinen stürzen wir beinahe. Doch kurz darauf spüre ich Gras unter den Füßen und das fühlt sich himmlisch an, und die Hintertür kommt in Sichtweite.

Sobald wir hindurchgestürmt sind, lassen wir uns nackt, nass und nach See riechend gegen die Wand fallen.

Wir lachen, und für mich ist es das erste Mal seit langer Zeit. Als ich ihre Brüste mit den harten Knospen an meinem Oberkörper spüre, bleibt mir die Luft weg.

Sie steht mit dem Rücken zur Wand und unsere Körper berühren sich.

Ich habe keine Ahnung, wie das passiert ist. Vielleicht war es unvermeidbar. Keiner von uns rührt sich, atemlos, und genauso schnell, wie es gekommen ist, verblasst unser Lächeln und wird durch etwas völlig anderes ersetzt.

Sie fährt mit den Fingerspitzen meinen Arm entlang und folgt den Adern, die über meinen Bizeps führen. Ihr Blick fällt auf meine Brust, dann sieht sie mir wieder ins Gesicht.

Aidy fährt sich mit der Zunge über die Unterlippe. Eine stumme Einladung, und ich atme ihren erdigen Geruch ein.

»Gott, wie wunderschön du bist.« Meine Worte klingen

rau, mein Herz hämmert. Und meine Selbstbeherrschung? Existiert nicht mehr. Ich umfasse ihr Gesicht und presse meinen Mund auf ihren.

21. KAPITEL

Aidy

Ich zittere, aber mein Körper brennt lichterloh.

Die Wärme von Aces Körper verhindert nicht den Schauer, der mich ergreift, als er mich küsst. Ich stehe gegen die Wand gedrückt, eine seiner Hände liegt an meinem Gesicht, die andere an meinem unteren Rücken. Mit den Fingerspitzen fahre ich über die pulsierenden Adern an seinen muskulösen Armen, und die Hitze seines Mundes lässt mir die Knie weich werden.

Ich öffne die Lippen und heiße seine Zunge willkommen. Sein Bart ist rau an meiner Haut, aber ich genieße viel zu sehr seine Berührung, um mir darüber Gedanken zu machen. Er löst seinen Mund von meinem und zieht mit den Lippen eine Spur Küsse meinen Hals hinab. Millionenfaches Prickeln überreizt meine Nerven und unwillkürlich lächle ich.

Er streicht meinen Körper entlang bis zu meinen Hüften und schiebt meine Beine auseinander, während seine Hände weiter südlich wandern.

Ich atme aus und wühle meine Hände durch seine nassen, nach See riechenden Haare.

Das hier war nicht geplant.

Nichts davon.

Das Nacktbaden war eine spontane Idee, um Ace aus seinem Panzer zu holen. Er hat sich heute so gentlemanhaft benommen, dass ich nie mit dieser Wendung gerechnet hätte.

Ich meine, er hat mich im Gästezimmer einquartiert, was ich eindeutig als »Wir werden an diesem Wochenende definitiv nicht miteinander schlafen« interpretiert habe.

»Oh Gott.« Seine Zunge zwischen meinen Beinen lässt mich erschauern und bringt meine Gedanken wieder zurück in die Gegenwart.

Er drückt seine Finger sanft und rhythmisch gegen mich, und ich habe das Gefühl, unter Strom zu stehen.

Ace lässt die Zunge kreisen und seine Finger erkunden, und sein Bart kratzt an der empfindlichen Haut meiner Oberschenkelinnenseiten. So viele unterschiedliche Empfindungen stürzen auf mich ein, dass ich kaum noch einen klaren Gedanken fassen kann.

Aber Momente wie dieser sind vermutlich auch nicht fürs Denken gemacht, sondern fürs Handeln.

Genießen.

Erleben.

Ich stütze mich mit den Händen an der Wand hinter mir ab, damit ich nicht unter der Zunge dieses Adonis dahinschmelze.

»Du zitterst ja«, stellt er fest, als er den Kopf hebt. Seine blaugrünen Augen suchen meinen Blick. Ace fährt mit den Händen über die Gänsehaut auf meinem Bauch. »Hier.«

Er steht auf, nimmt mich bei der Hand und führt mich zum Kamin. Auf dem Boden davor liegt ein Teppich, und ein Korb mit Decken steht in der Nähe. Ace nimmt eine Packung Streichhölzer vom Kaminsims, hockt sich hin und zündet ein Feuer an.

Leises Knacken und Knistern begleitet die Wärme, die uns kurz darauf umhüllt, und ich entspanne mich.

Er dreht sich zu mir um; unsere Blicke treffen sich. Dann breitet er eine Decke über dem Teppich aus und reicht mir eine zweite. Etwas Unausgesprochenes liegt in der Luft. Ein Einvernehmen vielleicht? Er versucht nicht, mich zu verführen. Er bemüht sich nicht um Romantik. Doch keiner von uns kann leugnen, dass gerade etwas Magisches passiert.

»Leg dich hin, Aidy«, sagt er und blickt hinunter auf den kuscheligen Platz zu unseren Füßen.

Er nimmt meine Hand und hilft mir, dann lässt er sich selbst zwischen meinen Schenkeln nieder. Sein Bart kratzt an meiner Haut, also spreize ich die Beine weiter und öffne mich ihm vollständig.

In den darauffolgenden Minuten verschlingt mich Ace wie ein kurz vor dem Verhungern stehender Mann. Seine Finger erkunden jeden Zentimeter von mir, und mit seinen sanften und gleichzeitig zielstrebigen Berührungen nimmt er meinen Körper in Besitz.

Ich setze mich auf und lege ihm die Hände auf die Schulter. Er hält inne und kommt hoch auf die Knie.

»Was ist?«, will er wissen.

»Jetzt bin ich dran«, bestimme ich. Ich streichle über seine Brust, spüre das beständige Klopfen seines Herzens und drücke ihn nach hinten.

Sein Blick lässt meinen keinen Moment lang los.

Ich beuge mich über ihn und nehme zum ersten Mal bewusst in Augenschein, wie Alessio Amato bestückt ist. Mir stockt der Atem.

Genau wie der Großteil vom Rest seines prachtvollen Körpers ist sein Glied nicht klein.

Eher das Gegenteil.

Ich fahre mit der Zunge einmal komplett über die ganze Länge und schließe die Lippen um die Spitze.

Aces Stöhnen dringt an mein Ohr und mischt sich unter das leise Knacken des Feuers.

Inzwischen ist mir mehr als warm; mein Körper steht praktisch in Flammen, jede Zelle brennt von innen heraus.

Nach einer Weile schiebt er die Finger in meine Haare und dirigiert meinen Rhythmus. Offensichtlich ist er ein Mann, der gern die Kontrolle behält.

»Aidy.« Mein Name ist ein Flüstern auf seinen Lippen.

Ich lasse seine Länge durch meine Lippen gleiten und sehe über seine ausgeprägten Bauchmuskeln hinweg zu ihm auf. »Ja?«

Er zieht mich auf sich und plötzlich sind wir uns gefährlich nah. Eine kleine Bewegung, und er wäre in mir. Ich bin mir nicht sicher, ob einer von uns beiden versuchen würde, das zu verhindern.

Ace streicht mir übers Gesicht und fährt mit dem Daumen über meine Unterlippe. Lächelnd lege ich meine Hand auf seine. Er soll wissen, dass ich das hier genieße. Ich möchte nicht, dass es aufhört. Ich habe Spaß daran, seinen Körper zu erkunden und die Welt da draußen zu vergessen.

»Was ist?«, frage ich.

»Nichts. Schon gut.«

Er legt mir die Hände auf die Hüften und ich setze mich rittlings auf ihn. Ich fühle, wie hart er ist, und bemühe mich, nicht daran zu denken, wie gern ich ihn jetzt in mir spüren würde.

Aces Blick fällt auf meinen Oberkörper. Bei jedem Atemzug heben sich meine Brüste. Ich streiche mir die Haare hinter die Ohren und lege mich auf ihn, bis wir uns wieder überall berühren. Mir gefällt es so, eingehüllt von seiner Wärme und gefangen in seinem Blick.

Ich fühle mich geborgen.

Sicher.

Als ob ich hierhin gehöre.

Ich ziehe meine Beine neben ihm hoch und reibe mich an ihm, nur so, aus Spaß, um ihn ein bisschen anzuheizen. Auf seinen Lippen schmecke ich eine Spur meiner Erregung.

»Aidy«, wiederholt er seufzend. »Ich habe mir geschworen, an diesem Wochenende nichts bei dir zu versuchen.«

»Das ist sehr nobel von dir.« Ich lege ihm die Hände auf die Brust und drücke mich ein wenig nach oben.

»So bin ich nicht«, beharrt er.

»Was meinst du?«

»Ich schlafe eigentlich nicht mit Frauen, in die ich nicht verliebt bin. Frauen, die ich kaum kenne. Das bin ich nicht. So war ich nie«, sagt er und fährt mit den Händen meinen Körper entlang, bis er meinen Hintern umfassen kann. »Aber du bist sexyer als alle Frauen, die ich kenne. Und du bist irgendwie anders. Wenn ich nicht innerhalb der nächsten drei Sekunden in dir sein kann, drehe ich durch.«

Seine Augen funkeln und verhehlen seine Absicht nicht.

Grinsend reibe ich mein Becken an seiner Härte und beuge mich für einen weiteren Kuss vor. Seine linke Hand streicht mir über den Rücken bis hoch in meinen Nacken und wühlt sich dann in meine Haare.

»Dann schlaf mit mir, Ace«, bitte ich, »weil ich das wirklich, wirklich gern möchte.«

Sanft schiebt er mich von sich, steht auf und geht hinüber ins Nebenzimmer. Ungeniert betrachte ich seinen muskulösen Hintern beim Hinausgehen. Ob es bei Baseballspielern eine Voraussetzung für den Job ist, so einen knackigen Hintern zu haben?

Als er zurückkehrt, hält er eine kleine Verpackung zwischen zwei Fingern. Die Hitze zwischen meinen Schenkeln flammt erneut auf und ich werde von Minute zu Minute feuchter, während ich ihm dabei zusehe, wie er dem Prachtstück zwischen seinen Beinen die Gummihülle überzieht. Dass wir das jetzt tatsächlich tun, dass wir gleich Sex miteinander haben werden, dringt endlich zu mir durch, und mir stockt der Atem.

Ich lege mich auf den Rücken und erschauere, als er sich über mir ausstreckt. Mit der rechten Hand umfasst er den Ansatz seines Glieds. Dann holt er tief Luft und bringt sich in Position. Voller Erwartung spanne ich mich an.

Ace drückt seinen Mund auf meinen und ist mit einer schnellen, geschmeidigen Bewegung in mir. Ich atme aus und entspanne mich. Unsere Blicke halten einander gefangen. Rhythmisch gleitet er über mich, fasst unter meine Oberschenkel und zieht sie hoch, damit er noch tiefer in mich eindringen kann. Seine Stöße werden härter und schneller, er spannt die Kiefermuskeln an und schließt die Augen.

Die Hände an seinen Wangen, passe ich mich ihm an und beobachte, wie sich seine Brust- und Armmuskeln wölben, während er sich im ältesten Rhythmus der Welt bewegt.

Ace schlägt die Augen auf und küsst mich noch einmal, ehe er sein Gesicht an meiner Halskuhle verbirgt. Unsere Körper reagieren willig auf jeden Zungenschlag und federleichte Berührungen. Ich habe keine Ahnung, wie viel Zeit inzwischen vergangen ist, aber ich möchte nicht, dass das hier endet.

Die ganze Nacht über könnte ich hier liegen, unter ihm, neben dem warmen Feuer.

Ich spüre, wie er sich anspannt. Er ist gleich so weit, genau wie ich.

Er hat die Hände in meine Haare geschoben, dirigiert meine Lippen auf seine und küsst mich so leidenschaftlich, dass es sich gleichzeitig wunderbar spielerisch und verzweifelt liebevoll anfühlt. Die Reibung unserer Körper schickt mich über die Klippe – stöhnend grabe ich ihm die Fingernägel in seine muskulösen Arme.

Ein letzter Stoß, und er kommt tief in mir.

Nach Luft schnappend liegen wir anschließend da, unsere Körper immer noch vereint.

Ich streiche mir die Haare aus der feuchten Stirn und blicke lächelnd zu ihm auf.

Er lächelt nicht.

Aber das ist nichts Neues, weil er das praktisch nie tut.

Stattdessen zieht er sich aus mir zurück, rollt sich auf die Seite und legt den Arm um mich. Weil ich mit dem Rücken zu ihm liege, kann ich weder seinen Gesichtsausdruck erkennen noch versuchen zu erraten, was er denkt. Ich traue mich nicht, danach zu fragen, also schweige ich und schwelge in süßem Nachglühen.

Aus unerklärlichem Grund muss ich an das Tagebuch denken. Mir fällt ein Eintrag etwa in der Mitte des Buchs ein, bei dem in allen Einzelheiten ein Wochenende voller ungehemmtem Sex beschrieben wird. Ich meine, davon gibt es eine Menge in dem Buch, aber bei diesem Eintrag war etwas anders. Darin wurde ein Kamin erwähnt und ein Bärenfell, was ich damals ziemlich abgelutscht und klischeehaft fand, aber wer bin ich denn, dass ich darüber richten sollte?

Ich ziehe die Decke unter uns ein wenig hoch und fahre mit der Hand über das Fell darunter. Es ist leicht rau, farblich irgendwo zwischen braun und schwarz.

Kein Zweifel. Es ist Bärenfell.

22. KAPITEL

Ace

Am Samstagmorgen ist sie schon vor mir wach. Ich höre, wie sie in der Küche herumkramt und nach einem lauten, metallischen Klirren unterdrückt flucht. Falls sie versucht, leise zu sein, ist sie damit kläglich gescheitert, aber das ist nicht ihre Schuld. Die Hütte ist klein. Und es ist sowieso an der Zeit, aufzustehen.

Ich schlage die Decke zurück und mache mich auf den Weg zum Badezimmer im Flur.

Gestern Abend habe ich zum ersten Mal seit Kerenza wieder mit jemandem geschlafen.

Ich hatte angenommen, es würde mir schwererfallen. Ich dachte, es würde sich mechanisch und automatisiert anfühlen, als ob man zwar die richtigen Bewegungsabläufe ausführt, aber mehr auch nicht. Ich hätte nicht erwartet, dass ich sie so sehr begehren würde. Ich hätte nicht gedacht, dass meine Hände jeden Zentimeter ihres weichen Körpers erforschen wollten oder meine Zunge sich noch am nächsten Morgen nach ihr sehnen würde.

Mein Schwanz ist steinhart, und das liegt vielleicht teilweise daran, dass ich gerade aufgewacht bin, aber auch die Erinnerungen an die vergangene Nacht, an Aidy und das, was wir getan haben, tragen ihren Teil dazu bei.

Vom Bad aus gehe ich in Richtung Küche, wo mich der Duft nach Eiern und Toast begrüßt.

»Oh, hey.« Sie dreht sich eine Millisekunde lang zu mir um, bevor sie sich wieder dem Herd und der Aufgabe widmet, einen Pfannenwender zwischen zwei Eier zu schieben.

»Brauchst du Hilfe?«, biete ich ihrem Rücken an.

»Nein, danke.«

Keine Ahnung, ob das hier so eine unangenehmer-Morgen-danach-Sache ist, ob sie es bedauert, mit mir geschlafen zu haben oder ob sie einfach ein Morgenmuffel ist, aber gestern Abend habe ich sie nach dem Sex noch im Arm gehalten, bis ich ihren Magen knurren hörte.

Danach haben wir uns angezogen und ich hab die Barsche geholt, ausgenommen und zum Abendessen gebraten.

Da hat Aidy sich eigentlich noch so benommen, als wäre alles in Ordnung. Sie hat eine Weile am Feuer gelesen, und ich saß auf der Veranda und habe den Grillen gelauscht, weil ich in der Stadt keine Gelegenheit dazu habe, aber jetzt kommt es mir vor, als wolle sie nichts mit mir zu tun haben.

»Ist alles okay?« Ich räuspere mich und setze mich ans Kopfende des Tisches.

»Hm, hm«, macht sie und hält mir immer noch den Rücken zugewandt.

Ich beobachte, wie sie unser Frühstück auf zwei Teller lädt, und gehe in Gedanken noch einmal Schritt für Schritt die Ereignisse des Vorabends durch.

Nichts davon war geplant.

Ich hoffe, das weiß sie.

Ich habe sie nicht hierhergebracht, um mit ihr zu schlafen.

Ich habe nicht auf eine Gelegenheit gewartet, um sie zu küssen oder auszuziehen, und ganz sicher war ich mit der Sex-vorm-Kamin-Sache nicht auf Romantik aus.

»Aidy«, beginne ich, weil ich keine weitere Sekunde dieser unangenehmen Stimmung aushalte. »Gestern Abend …«

Sie dreht sich zu mir um, die Teller in den Händen, und als ich ihr Gesicht sehe, verstumme ich.

Es ist feuerrot.

Beinahe wie bei einem Sonnenbrand.

Allerdings nur um ihren Mund und das Kinn herum. Die Röte zieht sich über ihren Hals hinunter bis zu ihrem Schlüsselbein.

»Hier.« Sie stellt einen Teller vor mich hin. Sie vermeidet Blickkontakt und umklammert fest ihre Gabel, als sie sich setzt.

»Ach du Scheiße, was ist denn mit deinem Gesicht passiert?« Sobald ich die Frage gestellt habe, wird mir alles klar. Ich streiche mir über den Bart.

Aidy sieht mich über den Tisch hinweg aus großen Augen an und fasst sich vorsichtig an die feuerrote Haut. »Ist es wirklich so übel?«

»Es sieht … wie eine Allergie aus.«

Seufzend blickt sie auf ihren Teller. »Ich nehme an, dass ich es überschminken kann, aber falls du mich noch einmal küssen möchtest, musst du dich rasieren.«

Ich bemühe mich, nicht zu lachen. »Tut mir leid. Ich werde ihn nachher stutzen.«

»Nicht stutzen«, widerspricht sie. »Rasieren.«

Ich fahre mir über die linke Wange. Den Bart habe ich mir wachsen lassen, als ich nach dem Unfall im Krankenhaus lag. Anfangs sollte er lediglich die Narbe verdecken und dafür sorgen, dass ich in der Öffentlichkeit nicht gleich erkannt werde. Es war eine Art Maske, die alles versteckte, was ich nicht mehr sehen wollte.

Die Narbe war eine Mahnung.

Sie nicht jeden Tag betrachten zu müssen, hat mich mehr oder weniger gerettet.

»Bitte?« Aidys Miene wird ausdruckslos. »Ich meine, ich habe angenommen, dass du mich vielleicht wieder küssen möchtest. Keine Ahnung, vielleicht irre ich mich ja. Ich möchte keineswegs anmaßend klingen.«

Sie murmelt vor sich hin und stochert in ihrem Rührei. Bei jeder anderen fände ich das nervig und alles andere als liebenswert. Doch an Aidy ist alles bezaubernd und sexy und schrullig. Sie ist definitiv nicht mein Typ. Sie ist völlig anders als die Frauen, denen ich bisher einen zweiten Blick gegönnt habe. Genau genommen weiß ich immer noch praktisch nichts von ihr.

Dass sie mir jetzt in meinem Seehaus gegenübersitzt und ihre Zeit mit mir verbringt, obwohl sie mit jemandem zusammen sein könnte, mit dem sie garantiert deutlich mehr Spaß hätte, ist beinahe ein Wunder, und dessen bin ich mir sehr bewusst.

»Ich möchte dich wieder küssen«, bestätige ich ihr.

Aidy hört auf zu kauen und sieht auf.

»Ich *werde* dich wieder küssen«, ergänze ich.

Sie verzieht die vollen Lippen zu einem erfreuten Halblächeln. »Nun ja, dann weißt du ja genau, was du dafür tun musst.«

Ich streiche mir erneut über den Bart. »Kann ich noch mal darüber nachdenken?«

»Nein.«

»Du hast keine Ahnung, was du da von mir verlangst.« Ich bezweifle, dass ich ihr Mitleid erregen kann, aber einen Versuch ist es wert.

»Dient dein Bart einem bestimmten Zweck?«

»Ja. So etwas in der Art.«

Aidy neigt den Kopf. »Was könnte das sein? Es ist Juli. Du lebst nicht in den Bergen. Du bist teuflisch gut aussehend. Was bewirkt dieser Bart, außer dich wütend und distanziert erscheinen zu lassen und dein charmantes Lächeln zu verstecken, von dem ich glaube, dass ich es seit unserem Kennenlernen höchstens einmal gesehen habe?«

Ich weiß nur zu gut, dass ich nicht häufig lächle, aber zu meiner Verteidigung muss ich sagen, dass das auch früher nicht anders war. Kerenza hat immer gesagt, dass es das Einzige ist, was sie an mir nicht versteht. Warum sollte ein Mann, der jeden Grund der Welt hat, sich zu freuen, sich weigern, zu lächeln? Ich hatte eine Traumkarriere. Besaß die Frau meiner Träume, das Haus meiner Träume. Die ganze Welt lag mir zu Füßen.

Ich habe ihr nie eine vernünftige Antwort darauf geben können, außer, dass ich von Natur aus kein überschäumender Mensch bin und meine Gefühle nicht offen zur Schau trage. So bin ich einfach nicht. Vielleicht bin ich zu ernst, zu intensiv. Vielleicht lebe ich zu ernst und liebe zu stark.

So bin ich immer schon gewesen, es liegt an meinem Charakter. Selbst wenn ich es wollte, könnte ich das vermutlich nicht ändern, und ich bin mir nicht mal sicher, ob ich es überhaupt will.

Ich trage meine Persönlichkeit wie eine Rüstung. Diese Art von Selbstschutz funktioniert für mich. Schon immer.

»Ich habe eine Narbe auf der linken Wange«, bringe ich es kurz und knapp auf den Punkt. »Der Bart verdeckt sie.«

Aidys Blick wird weich und sie lehnt sich zurück. »Ach, das ist alles?«

Schnaubend esse ich meinen Teller leer. »Ja. Das ist alles.«

»Stammt die von deinem Unfall?«

Ich hätte wissen müssen, dass sie Fragen stellen wird.

»Ja.«

»Bestimmt sieht sie nicht so schlimm aus, wie du denkst.«

Ich suche ihren Blick. »Ich möchte sie einfach nicht jeden Tag sehen müssen.«

»Was ist passiert?«, fragt sie vorsichtig. »Wie kam es zu dem Unfall?«

Ich atme bewusst aus und trage meinen Teller zur Spüle. »Ich dachte, du hast es gegoogelt.«

»Hab ich«, bestätigt sie. »Aber du weißt doch, was das für Artikel sind. Hauptsächlich Spekulationen, garniert mit einigen wahren Details aus dem Unfallbericht.«

Ich stehe mit dem Rücken zu ihr und denke darüber nach, ihr die nackte, harte Wahrheit zu präsentieren. Ihr zu sagen, wohin ich an diesem Abend unterwegs war und warum, und was ich vorhatte, sobald ich dort angekommen wäre.

Mein Körper beginnt innerlich zu brennen und mein Atem kommt in schnellen Stößen.

In diesem Moment spüre ich die Wärme ihrer Hand an

meiner Schulter. »Ist schon gut. Du brauchst nicht darüber zu sprechen, wenn du nicht willst.«

Aidy stellt ihren Teller im Spülbecken auf meinen.

»Wollen wir heute Kanu fahren?«, fragt sie.

Meine Schultern entspannen sich und ich drehe mich zu ihr um. »Ja.«

Unsere Blicke treffen sich, und sie lächelt.

»Gut«, sagt sie. »Dann geh ich mich umziehen.«

23. KAPITEL

Aidy

»Warum hast du mir nicht gesagt, dass in meinem Zimmer ein ganzer Schrank voller Brettspiele steht?«, frage ich Ace am Samstagabend und setze mich neben ihn aufs Sofa, auf dem Schoß eine Schachtel mit der Aufschrift *SORRY!*.

»Ach so, die. Die hat einer meiner Brüder vor einigen Jahren hiergelassen.«

»Weißt du, wie lange es her ist, seit ich das zum letzten Mal gespielt habe? Wir müssen unbedingt eine Runde zocken.«

»Das geht nicht«, behauptet er.

Mein Lächeln verblasst. »Warum nicht?«

»Weil ich extrem wettbewerbsorientiert bin«, erklärt er. »Ich gewinne immer. Und ich will nicht, dass du dich mies fühlst, weil ich dich bei *SORRY!* alt aussehen lasse.«

»Ha! *SORRY!* ist mein Spiel, Mr Baseball. Du irrst dich gewaltig, wenn du glaubst, mich bei meinem eigenen Spiel schlagen zu können. Das kann ich nicht zulassen, und das werde ich auch nicht. Vielleicht solltest du dich lieber an die Dinge halten, in denen du gut bist, so wie unwichtige

Fakten zum Thema Sport zum Besten geben oder heiß aussehen.«

Wir waren nach dem Frühstück Kanufahren, und irgendwo zwischen der Mitte des Sees und dem Ende des Sees habe ich eine Lektion in Teamgeschichte der Baltimore Firebirds erhalten.

»Ist das alles, was ich für dich bin?«, schnaubt er. »Ein heißer Sportler mit einem Kopf voller nutzloser Fakten?«

»Mehr oder weniger.« Schulterzuckend nehme ich den Deckel von der Schachtel und baue den Inhalt vor uns auf dem Couchtisch auf. »Ich bin rot, du bist blau.«

»Ich möchte rot sein«, widerspricht er. »Ich bin ein Firebird. Da muss ich rot sein.«

Ich mag diese Seite an ihm. Es ist, als hätte ich die spielerische Facette von Ace herausgekitzelt, von der ich gar nicht wusste, dass sie existiert. Dafür werde ich ihm die roten Spielsteine überlassen.

»Na gut, wenn es sein muss.« Ich tue so, als ob mir das eine Menge ausmacht. »Dann nehme ich eben grün. Denn wenn wir fertig sind, wirst du grün vor Neid sein und dir wünschen, dass du meine *SORRY!*-Fähigkeiten hättest.«

Eine Stunde später haben wir vier Runden gespielt.

Die erste habe ich gewonnen, die zweite er.

Auch die dritte.

Die vierte ging wieder an mich.

Und jetzt sind wir mitten in unserer alles entscheidenden Blitzrunde.

Wir liegen gleichauf und warten beide darauf, unseren letzten Stein ins Haus zu bringen.

Es ist absolut nicht abzusehen, wer gewinnen wird. Noch

nie hat mich ein Spiel so gepackt. Während der vergangenen Viertelstunde habe ich nicht eine Sekunde lang den Blick vom Spielfeld genommen und mir beinahe den linken Daumennagel abgekaut.

Ace dreht die oberste Karte um. Er muss vier Felder rückwärtsziehen.

»Ha!« Triumphierend fuchtele ich mit dem Finger vor seiner Nase herum, als er seine rote Spielfigur nach hinten bewegt.

Stöhnend knetet er die Hände und knackt mit den Gelenken. Er leckt sich über die Lippen, die ich schon den ganzen Tag am liebsten geküsst hätte. Da er sich aber immer noch nicht rasiert hat, habe ich es nicht getan.

Als wir vom Steg zurückkamen, hat er einen Versuch gestartet. Ace hat mich neben der Hintertür an die Wand gepresst, eine wunderbare Hommage an den Vorabend, und mein Gesicht umfasst. Seine Miene, als ich tadelnd mit der Zunge geschnalzt habe, war unbezahlbar. Ich hoffe, dass meine Überzeugungsarbeit in naher Zukunft Früchte tragen wird.

Ich bin dran und ziehe eine zehn, was mich auf sicheres Terrain befördert.

»Home sweet home«, sage ich.

»Dir fehlen immer noch drei Felder«, erwidert er. »Was bedeutet, du brauchst eine eins und eine zwei. Viel Glück damit.«

Ich verdrehe die Augen, straffe die Schulter und werfe ihm einen funkelnden Blick zu, obwohl er natürlich recht hat. Meine Chancen stehen schlecht, erst recht, weil er gerade eine zwölf zieht und damit ebenfalls in seine sichere Zone aufrückt. Er braucht eine zwei, und das war's. Damit würde er unseren kleinen Wettstreit gewinnen und meine Sprücheklopferei von vorhin wäre völlig umsonst gewesen.

Ich drehe die nächste Karte um. Eine sieben. Ich kann die Punktzahl nicht auf die anderen Spielsteine aufteilen, weil die bereits im Haus stehen, also rücke ich nicht.

Ace deckt die folgende Karte auf. Die acht darauf macht seinen Zug wirkungslos.

Meine nächste Karte ist eine zwei, und ich springe beinahe von der Couch, so glücklich bin ich darüber. Er greift nach dem Stapel, aber ich schlage seine Hand weg.

»Ich darf noch mal ziehen, schon vergessen?« Ich reibe mir die Handflächen. Mit geschlossenen Augen drücke ich mir die verschränkten Hände an die Stirn.

»Was machst du denn da?«

»Ich bete zum *SORRY!*-Gott.« Vorsichtig öffne ich die Augen.

»Pff.« Er stößt pfeifend den Atem aus und stützt die Ellbogen auf die Knie.

Langsam greife ich nach meiner hoffentlich letzten Karte, streiche mit den Fingerspitzen darüber und drehe sie in Zeitlupe um.

Es ist eine Eins.

Ich habe gewonnen!

Ein unbändiges Triumphgefühl macht sich in mir breit, während ich meine letzte Figur ins Haus rücke. Mit einem Lächeln, das ich nicht mal unterdrücken könnte, wenn ich es wollte, klettere ich rittlings auf Aces Schoß. Ich bin so glücklich, dass ich ihn küssen könnte.

Also tue ich es.

Mein Bart-Ultimatum habe ich dabei völlig vergessen.

»Wenn ich verlieren musste, damit du mich wieder küsst, dann war es mir das wert«, sagt er, die Stimme tief und hungrig. Er legt die Hände um meine Taille.

»Ich hab nicht nachgedacht«, gebe ich zu. »Meine Meinung zu dem Thema hat sich nicht geändert.«

Vom offenen Fenster her hören wir ein Zischen und Ploppen, das unsere Aufmerksamkeit auf die explodierenden Feuerwerkskörper über dem See lenkt.

Das Feuerwerk habe ich total vergessen. Aber wer kann mir das vorwerfen, wo doch das ganze Wochenende über schon zwischen uns ein Feuerwerk nach dem anderen abbrennt?

»Wollen wir es uns ansehen?«, frage ich.

Ace beißt sich auf die Lippe und nickt. Ich klettere von ihm herunter und schnappe mir eine Decke. Wir gehen durch die Hintertür hinunter zum See. Als wir die steinige Stelle überqueren, nimmt er meine Hand und hält sie fest, bis wir das Ende des Stegs erreicht haben.

Dort breitet er die Decke für uns aus und wir sitzen am Rand, die Füße im warmen Wasser baumelnd. In der Nähe entdecke ich die kleine Flasche mit dem biologischen Mückenspray. Ich sprühe mich damit ein und biete es dann Ace an. Obwohl er anfangs zögert, nimmt er es doch.

Allerdings wird es vermutlich keinen Unterschied machen.

Ich bin mir ziemlich sicher, dass er heute Nacht aufgefressen werden wird. Nicht von den Moskitos, sondern von mir.

Ich lehne mich zurück, kuschle mich in seine Arme und betrachte das Spektakel am Himmel.

»Meine Lieblingsraketen sind die Farbwechsler«, sage ich

und höre an meinem Ohr das beständige Schlagen seines Herzens. »Und deine?«

»Ich mag sie alle«, sagt er mit tiefer, gelassener Stimme. »Ich glaube nicht, dass mir eine bestimmte Sorte besonders gut gefällt.«

»Ach komm schon, du musst doch Lieblingsraketen haben!«

»Die roten, nehme ich an.«

»Das ist langweilig. Die roten sind einfach nur rot. Sie machen nichts Verrücktes wie einige von den anderen.«

»Du hast ganz schön viele Vorurteile.«

»Und du versuchst ja nicht mal, dir eine Lieblingsrakete auszusuchen. Du hast nur die roten genommen, um irgendwas zu sagen.«

Der Himmel leuchtet auf, als die letzte Rakete gleichzeitig in einem Dutzend verschiedener Farben erstrahlt.

»Schön«, gibt er nach. »Die hier. Die hat mir gefallen. Die mit den vielen Farben.«

»Und warum gefällt dir die?«

»Weil sie interessant ist. Unvorhersehbar. Und anders als die anderen Raketen.«

Lächelnd lege ich meine Wange an seine Brust. Die Show geht weiter, die Raketen pfeifen und krachen und ploppen und explodieren über uns und überfluten den Nachthimmel mit Farben und Licht.

Ace dreht sich auf die Seite, sieht mich aus seinen blaugrünen Augen an und legt mir die Hand auf die Hüfte. »Ich will dich so verdammt gern küssen, Aidy.«

»Ich dich auch.« Ich ziehe die Brauen hoch. »Aber …«

Er versucht es.

Mit aller Macht versucht er, mich zu verführen.

Doch ich bleibe standhaft, lege meine Hand an seine Brust und halte einen sicheren Abstand zu seinem Mund. Mein Gesicht brennt endlich nicht mehr so stark und ich habe vorhin beinahe eine halbe Stunde mit Farbkorrekturen und Abdeckstift zugebracht. Ich würde gern vermeiden, dass ich morgen bei unserer Rückkehr in die Stadt aussehe, als hätte ich einen Kirschkuchen direkt aus der Kuchenform gegessen.

»Scheiß drauf.« Ace steht auf und zieht mich hoch.

Lachend will ich wissen: »Was hast du vor?«

Er verschränkt seine Finger mit meinen und führt mich zurück zum Haus. Das Feuerwerk neigt sich dem Ende entgegen. Drinnen geht er mit mir in sein Schlafzimmer. Ich habe nicht hier übernachtet, weil ich nicht wusste, ob er das will. Nach dem Sex war er so still, und ich wollte keine Klette sein.

»Warte hier.« Ace bringt mich zum Fußende des Bettes und verlässt den Raum.

Geduldig warte ich.

Ich sehe mich um. Sein Bett ist auf jeden Fall retro, genau wie der Quilt darauf. Auf der Kommode steht ein signierter Baseball in einem kleinen Glasbehälter und auf dem Nachttisch liegt ein Stapel Bücher, überwiegend Klassiker.

Das Zischen und Ploppen der Raketen draußen ist inzwischen absoluter Stille gewichen. Keine Ahnung, wie viel Zeit inzwischen vergangen ist, aber das wird alles in dem Moment unwichtig, als ich seine Schritte im Flur höre.

Ich wappne mich, blicke zur Tür und entdecke die Vorhut in Form seines Schattens.

Als Ace im Türrahmen erscheint, fällt mir die Kinnlade herunter.

»Küsst du mich jetzt?« Er hat die Hände auf seine schmalen Hüften gestützt und aus seinen Augen blitzt beinahe greifbare Lust.

»Ach du meine Güte.« Schon allein sein Anblick raubt mir den Atem.

Er ist komplett glattrasiert, und ich habe das Gefühl, als sähe ich ihn zum allerersten Mal. Er hat keinerlei Ähnlichkeit mehr mit dem zornigen Mann, der mich den Gehweg entlanggejagt hat. Aces Blick ruht unverwandt auf mir, und seine Brust hebt und senkt sich, während wir reglos verharren.

Ich könnte nicht mal den Blick von ihm nehmen, wenn ich es wollte.

Aber ich will es auch gar nicht.

»Also?«, fragt er.

»Worauf zum Teufel wartest du noch?« Ich springe auf und renne zu ihm hinüber. Die Arme um seinen Hals geschlungen, klettere ich praktisch an seinem muskulösen Körper hinauf.

Ace umfasst meinen Hintern und ich streife mit dem Mund über seine weichen Lippen. Er duftet sauber, nach Rasiercreme und Aftershave. Ich sauge seinen Duft tief in meine Lunge, küsse ihn stärker und vergrabe meine Finger in seinen Haaren.

Als er mich zum Bett trägt, bemerke ich, dass mir seine Narbe gar nicht aufgefallen ist.

Ich war viel zu abgelenkt von seiner Erscheinung, dem attraktiven Fremden vor mir, um mich überhaupt dafür zu interessieren.

Innerhalb von Sekunden liege ich nackt in der Mitte seines Betts. Ich spüre feuchte Wärme zwischen den Beinen und sehne mich nach seiner Berührung. Als er sich auf mich legt, ist er bereits steinhart und hat ein Kondom übergezogen. Ich spreize meine zittrigen Beine für ihn und er beugt sich herab, nimmt eine meiner harten Knospen in den Mund und leckt mit seiner Zunge darüber.

Seine Zunge mag ich am liebsten an ihm.

Und seinen Schwanz.

Und seine Arme.

Und seinen Hintern.

Ich streichle über die Wangen und genieße das glatte Gefühl. Sein Gesicht. Sein Gesicht mag ich am allerliebsten.

Ace sieht zu mir auf; seine aquamarinblauen Augen funkeln in der Dunkelheit.

Seine Augen liebe ich auch. Die wollen wir nicht vergessen.

Er schiebt sich über mich, stützt sich mit einem Arm ab und umfasst mit der anderen sein Glied. Als er mich aufreizend seine Härte an meiner Klitoris spüren lässt, hole ich tief Luft und atme genau in dem Moment wieder aus, als er in mich stößt.

Ein wunderbar befreiendes Gefühl, aber nicht zu vergleichen mit dem, das mich noch erwartet.

Er gleitet in meine feuchte Wärme und wieder heraus, und dann küsst er mich.

Mindestens einhundert Mal; unsere Lippen verschmelzen und unsere Zungen kosten den Geschmack des anderen.

»Können wir das bitte die ganze Nacht lang tun?«, frage ich seufzend an seinem Mund.

Seine Stöße kommen härter. »Du sprichst mir aus der Seele.«

***

Ace öffnet ein Fenster. Die Luft ist stickig, in der Hütte gibt es keine Klimaanlage. Als er zurückkommt, zieht er die Decke vom Bett und legt sich neben mich. Wir liegen auf kühlen Baumwolllaken und der Schweiß auf unseren Körpern wird von der sommerlichen Nachtluft getrocknet.

Er beugt sich über mich, sein Körper klebt an meinem, und schaltet den altmodischen Ventilator neben meiner Bettseite ein. Die kühle Brise fühlt sich eine Zeit lang gut an, aber kurz darauf fange ich an zu frösteln.

»Ist dir kalt?«, fragt er und streckt den Arm aus.

»Jetzt schon«, antworte ich und verschwende keine Zeit, mich an ihn zu kuscheln.

Ich lege meine Wange an seine Brust und lausche auf den beruhigenden Klang seines Herzens.

Keine Ahnung warum, aber ich muss wieder an das Tagebuch denken. Und wie sehr der Mann darin die Frau mit den veilchenblauen Augen geliebt hat. Wie sie ihn für alle anderen verdorben hat. Dass er geschworen hat, nie wieder jemanden auch nur halb so sehr zu lieben, wie er sie liebt.

Sogar jetzt, hier in Aces Armen, spüre ich eine Art unerklärliche Distanz zwischen uns. Natürlich ist die Anziehung noch da, daran gibt es nichts zu rütteln. Die Chemie zwischen uns beweist, dass sich Gegensätze offensichtlich doch anziehen.

Aber ich möchte etwas Tiefergehendes.

Ich möchte mehr von ihm – aber womöglich kann er mir das nicht geben, weil ich mir ziemlich sicher bin, dass ihm das Tagebuch gehört.

Und gleichzeitig hoffe ich egoistischerweise, dass es nicht so ist.

Aber es ist die einzige logische Erklärung.

»Woran denkst du?«, frage ich nach einem Moment des Schweigens.

»An nichts«, erwidert er, ohne zu zögern.

»Man denkt immer an irgendetwas«, behaupte ich und begreife, dass er vielleicht gar nicht an *etwas*, sondern an *jemanden* denkt.

Schweigend liegen wir da, seine Finger berühren die Rückseite meines Arms. Es kitzelt und verursacht mir Gänsehaut, aber es gefällt mir.

»Hast du schon mal jemanden von ganzem Herzen geliebt, Ace?«, will ich wissen.

Meine Wangen brennen.

Shit.

Diese Frage hätte ich nicht stellen dürfen.

Wir haben gerade zum zweiten Mal innerhalb von vierundzwanzig Stunden miteinander geschlafen und schon horche ich ihn zum Thema Liebe aus?

Gütiger Himmel, ich denke dieses Wochenende einfach nicht nach.

Wenn Wren hier wäre, würde sie mich auslachen. Ich trete immer ins Fettnäpfchen.

»Ich meine nicht …«, sage ich in der Hoffnung, noch etwas zu retten, aber der Schaden ist bereits angerichtet. »Ich frage nicht, weil …«

Ace lacht auf. Ein Mal.

»Ich bin nur neugierig«, erkläre ich, »weil du so distanziert wirkst. Ich sehe es in deinen Augen. Ich frage mich, ob du jemals einen Menschen an dich herangelassen hast.«

Mit einem Finger fahre ich ihm über die Brust, direkt über seinem klopfenden Herzen.

»Ein Mal«, sagt er. »Und du?«, dreht er den Spieß um.

»Noch nie.«

Ich spüre, wie er mich in der Dunkelheit anstarrt. »Im Ernst?«

»Angeblich bin ich ein zu großer Freigeist«, erkläre ich. »Vermutlich wollte ich mich nie für längere Zeit binden. Wahrscheinlich bleibe ich nie lange genug mit jemandem zusammen, um mich richtig zu verlieben.«

Er ist still.

Ich weiß nicht genau, ob das gut oder schlecht ist.

»Du fühlst dich gebunden, wenn dich jemand liebt?«, fragt er.

»Früher schon. Keine Ahnung, wie es heute wäre. Es ist schon einige Jahre her, seit ich ernsthaft mit jemandem zusammen war. Ich habe im vergangenen Jahr so viel gearbeitet, dass mir gar keine Zeit für Verabredungen geblieben ist. Ich würde gern den Einen, den Richtigen treffen, verstehst du? Jemanden, der mich so sehr liebt, dass es wehtut. Ich wünsche mir diese überwältigende, süchtig machende Liebe, von der alle immer sprechen.«

Die Art von Liebe, wie sie in diesem Tagebuch beschrieben wird.

»Was ist mit dir?«, erkundige ich mich. »Was ist mit der Frau geschehen, die du geliebt hast?«

Ein leises Stöhnen dringt aus seiner Brust, als täte ihm schon allein der Gedanke an die Antwort weh.

Aber ich muss es wissen.

Ich musste diese Frage stellen.

»Es hat nicht funktioniert«, sagt er.

Ich rolle mich zur Seite und stütze mein Kinn auf seine Brust. »Was ist geschehen?«

»Sie war in zwei Männer verliebt.«

Noch nie zuvor hat man mir das Herz gebrochen. Ich habe keine Ahnung, wie es sich anfühlt oder wie weh das tut. Aber jetzt in diesem Moment spüre ich eine schmerzhafte Enge in der Brust.

Er ist es.

Er muss es sein.

Er ist der Romeo mit dem gebrochenen Herzen.

Er hat die Frau nicht bekommen.

Und wenn das stimmt, wird er niemals wieder eine Frau genauso lieben wie sie.

24. KAPITEL

Aidy

Am Sonntagnachmittag hält Ace vor meiner Wohnung.

Das war's.

Hiermit endet unser unerwarteter, kleiner sexy Wochenendausflug.

Heute Morgen sind wir früh aufgewacht und haben dann eine stille, beschauliche Wanderung mit atemberaubendem Ausblick auf den Rixton Lake unternommen. Auf einem Hügel haben wir Rast gemacht und uns ein Picknickfrühstück schmecken lassen, während wir einer Gruppe Teenager dabei zusahen, wie sie unmittelbar neben dem größten Wasserfall im Bundesstaat ins Wasser sprangen.

Ich habe jeden Moment genossen und mir gewünscht, die Zeit würde langsamer vergehen. Schon lange nicht mehr hatte ich so viel Spaß. Bis zum Ellbogen in Kiefernnadeln, Moskitos und Seewasser zu stecken ist auf eine Art erfrischend, wie man es in der Stadt nicht erlebt. Keine Wellnessbehandlung lässt sich damit vergleichen, eins mit der Natur zu sein, weit weg von Technologie, Trubel und Hektik.

Ace, so wunderbar, faszinierend und mysteriös er auch ist, hat mich das ganze Wochenende über auf Distanz gehalten. Sogar wenn er tief in mir versunken war und sein Mund auf meinem lag, wirkte er merkwürdig verschlossen.

Ich habe den Großteil der Heimfahrt damit verbracht, darüber nachzudenken.

Und es zu akzeptieren.

Ich weiß, dass sich das nicht ändern wird, denn ganz offensichtlich ist er immer noch in die Frau mit den veilchenblauen Augen verliebt, und keine wird ihr je das Wasser reichen können.

Voller Melancholie stoße ich den Atem aus. Er parkt und steigt aus. Wir treffen uns am Kofferraum und er stellt mein Gepäck auf den Bordstein.

»Danke für alles«, sage ich. In meiner Stimme schwingt eine Endgültigkeit mit, die ich nicht absichtlich hineingelegt habe.

Ace stellt sich vor mich und legt mir die Hände auf die Hüften. Unsere Blicke treffen sich, und mir werden schon allein davon die Knie weich, dass ich ihn ansehe. Er sieht gut aus, so glatt rasiert. Bei meiner letzten Google-Suche habe ich schon Fotos von ihm gesehen, auf denen er rasiert war, aber die meisten davon waren Mannschaftsfotos oder Standbilder von Fernsehaufnahmen. Sie waren körnig und aus der Distanz aufgenommen. Ihn so aus der Nähe zu sehen, in seiner ganzen Pracht, löst etwas bisher nie Dagewesenes in mir aus.

Aber das liegt nicht nur an seinem Aussehen.

Im Laufe des Wochenendes habe ich seine stille Kraft lieben gelernt. Seine Intensität. Seine Ernsthaftigkeit. Seine Ruhe.

»Ich hatte eine schöne Zeit«, sage ich. »Danke, dass du mich mitgenommen hast. Es war definitiv eins der besten Wochenenden seit Langem.«

»Dann musst du mich irgendwann mal wieder begleiten.« Er sagt das sehr beiläufig und ich bin verblüfft, weil ich nichts in dieser Richtung erwartet habe.

Ich habe mir ausgerechnet, dass es eine einmalige Sache gewesen ist. Er hat ein Mädchen kennengelernt, sie mit in seine Hütte genommen, war ein paarmal mit ihr im Bett und dann bringt er sie wieder dorthin zurück, wo er sie aufgegabelt hat.

»Das wäre schön«, antworte ich.

»Soll ich dir beim Tragen helfen?«

Ich drehe mich um, blicke zur Tür und dann wieder zu ihm. »Nein, danke, das schaffe ich schon.«

Lächelnd will ich hinübergehen zu meinem Gepäck, doch Ace hält mich am Arm fest und zieht mich zurück zu sich. Dann küsst er mich wortlos.

Am helllichten Tag.

Mitten in Manhattan.

Wo uns jeder sehen kann.

Und es ist nicht einfach nur ein Kuss. Er küsst mich *richtig*.

Ich hoffe inständig, dass dies nicht unser letzter Kuss sein wird, aber ich weiß auch, dass ich mir keine Hoffnung machen sollte.

Ich lecke mir über die Lippen, genieße seinen Geschmack auf meiner Zunge und sehe ihm nach, als er davonfährt. Als ich mein Gepäck in die Wohnung schleppe, fällt mir auf, dass ich meine antike Schmuckschatulle in seinem Wagen vergessen habe. Auf dem Rückweg haben wir in einer kleinen niedlichen Stadt namens Walnut Creek angehalten und einem Antikladen an der Ecke einen Besuch abgestattet. Er hieß »The Yellow Elephant«.

Dort habe ich dieses kleine ovale Schmuckkästchen entdeckt. Es hat einen Deckel aus Glas, kleine filigrane, goldfarbene Füße und ist ringsum mit Jadesteinen besetzt. Ace fand es hässlich, und ich hätte es beinahe aus Trotz gekauft, aber als ich das Preisschild entdeckte, wurde mir schnell klar, dass ich es mir niemals leisten könnte. Es hat mehr gekostet als meine Monatsmiete, also habe ich es zurückgestellt und mich weiter umgesehen.

Als wir eine Weile später wieder ins Auto stiegen, holte Ace es aus seiner Tasche.

Als ich nicht hinsah, hat er es für mich gekauft, dieses Schlitzohr.

Seufzend stecke ich den Schlüssel ins Schloss. Ich werde es mir ein anderes Mal bei ihm abholen müssen.

25. KAPITEL

Ace

BIST DU ZUHAUSE?

Eine SMS von Aidy weckt mich aus meinem Nachmittagsnickerchen. Es ist Mittwoch und drei ganze Tage her, seit ich sie zuletzt gesehen habe. Drei ganze Tage, in denen ich unser gemeinsames Wochenende in Gedanken immer wieder durchgegangen bin. Drei ganze Tage, in denen ich daran gedacht habe, wie sie mich geküsst hat, wie weich sich ihre Haut unter meinen Händen anfühlte und wie süß sie schmeckte.

Es ist offiziell: Ich bin ein mitleiderregend lustgesteuerter Trottel.

Man könnte durchaus sagen, dass ich nahezu süchtig nach dieser Frau bin.

Keine Ahnung, mit welchem Zauber sie mich belegt hat, aber er wirkt.

Ich habe die ganze Woche lang nicht an Kerenza gedacht, und das ist ein Rekord.

Ich ziehe die Decke herunter und stehe auf. Mit verschlafenem Blick lese ich noch einmal ihre Nachricht. Dann gehe ich zum Pinkeln ins Bad und hole mir anschließend eine Flasche Wasser. Innerhalb von Sekunden zu antworten würde mich wie einen lahmen Loser aussehen lassen. Vielleicht bin ich das ja sogar, aber das muss sie nicht unbedingt wissen.

Deshalb gehe ich erst noch in die Waschküche und stelle eine Maschine mit Kochwäsche an.

Als mindestens zehn Minuten vergangen sind, antworte ich und informiere sie, dass ich tatsächlich zu Hause bin.

Nur wenige Sekunden danach reagiert sie: KANN ICH VORBEIKOMMEN?

***

Eine Viertelstunde später klingelt es und Aidy steht vor meiner Tür, ihren Makeup-Koffer in der Hand. Mit der anderen Hand umfasst sie den Träger der Tasche über ihrer Schulter.

»Hallo«, begrüßt sie mich lächelnd. »Ich hatte beruflich in der Gegend zu tun. Daher wollte ich schnell vorbeikommen und die Schmuckschatulle abholen, die ich letzte Woche in deinem Mietwagen vergessen habe.«

Verdammt. Das ist gar kein Besuch, um Zeit mit mir zu verbringen oder um mich zu sehen.

»Ach so. Ja. Die ist oben. Komm rein.«

Während wir die Treppe hinaufgehen, plappert Aidy irgendwas über eine Kundin, die auf pfauenblauem Lidschatten bestanden hat, trotz Aidys Versuchen, sie davon abzubringen.

»Was hast du die ganze Woche so getrieben?«, fragt sie und lehnt sich an meine Kücheninsel.

Sie sieht hübsch aus heute, obwohl das immer so ist. Aber

heute leuchten ihre Haare ein wenig heller, als wäre sie gerade beim Friseur gewesen. Und ihr Makeup ist anders. Allerdings ändert auch das sich immer. Jedes Mal, wenn ich sie sehe, sieht sie ein bisschen anders aus. Sie ist wie die Feuerwerksrakete über dem See am vergangenen Wochenende, die mit den vielen unterschiedlichen Farben gleichzeitig. Man kann Aidy Kincaid nicht irgendwo einordnen oder sie in eine bestimmte Schublade stecken.

»Ich hab der *New York Times* ein Interview gegeben«, sage ich.

»Im Ernst?«

»Ja. Da ich Gastmoderator bei *Smack Talk* war, nehmen sie an, dass ich mein großes Comeback vorbereite.«

»Was hast du ihnen gesagt?«

»Das, was sie hören wollten. Dass ich im Herzen immer ein Baseballspieler bleiben werde, aber nie wieder werfen kann. Dann wollten sie wissen, was ich jetzt vorhabe.«

»Und was hast du geantwortet?«

»In Wahrheit habe ich nicht die geringste Ahnung, wie es jetzt weitergehen soll. Aber mit meiner Antwort habe ich mir vermutlich ein Ei gelegt.«

»Warum?«

»Ich hab ihnen gesagt, das würden sie schon noch erfahren.«

»Oooh.« Aidy zieht die Mundwinkel hoch. »Du hast sie geködert und ihnen einen Cliffhanger serviert. Jetzt musst du etwas wirklich Spektakuläres bringen.«

Ich fahre mir mit der Hand übers Gesicht. Die glatte Haut ist immer noch ungewohnt und meistens komme ich mir völlig nackt vor, aber nach dem vergangenen Wochenende habe ich beschlossen, dass ich Aidy noch einmal küssen muss. Ich muss sie noch einmal haben.

Außerdem sind es nur Barthaare. Die wachsen wieder.

Aidys Blick fällt auf die Narbe an meiner linken Wange. Sie zieht sich schräg über mein Gesicht, ist ungefähr einen halben Zentimeter breit, leicht gewölbt und immer noch gerötet. Natürlich wachsen an dieser Stelle keine Haare mehr, aber der Bart hat sie immer wunderbar versteckt.

Jetzt liegt sie frei und ist mit ihrer auffälligen Farbe eine Einladung an den Rest der Welt, genau dorthin zu starren.

»Ich mag deine Narbe«, sagt Aidy. Das ist das erste Mal, dass sie seit meiner Rasur überhaupt darüber spricht.

»Was?« Ich kneife die Augen ein Stück zusammen und fasse an meine Wange.

»Sie verleiht dir einen Bad-Boy-Look und lässt dich wie einen harten Kerl aussehen. Denn ohne sie wärst du ein Schönling, wenn ich das so sagen darf. Ist nicht böse gemeint, aber du siehst wirklich, wirklich gut aus, und sogar mit der Narbe siehst du immer noch richtig heiß aus, aber sie verschafft dir auch dieses gewisse Extra.«

»Danke.«

»Ich habe jeden Tag mit Menschen zu tun, die sich körperlich unzulänglich fühlen«, fährt sie fort. »Es gibt keinen Menschen auf der Welt, der sein Gesicht vorbehaltlos liebt, und falls doch, dann sind es vermutlich genetisch modifizierte Frankenbeautys aus der Welthauptstadt der Schönheitschirurgie.«

Schmunzelnd ziehe ich einen Barhocker heran und setze mich.

»Die Leute finden alle möglichen Dinge an sich, die sie

hassen können. Große Nasen. Augen, die zu dicht zusammenstehen. Augen, die zu weit auseinanderstehen. Fliehendes Kinn. Hohe Stirn. Keine ausgeprägten Wangenknochen. Zu ausgeprägte Wangenknochen. Zu kleine Nase. Zu große Nase. Glatte Haare. Wellige Haare. Lockige Haare. Die Liste ist endlos.« Aidy verdreht seufzend die Augen. »Was sie nicht verstehen: Wenn man sich liebt und so akzeptiert, wie man ist, verschwinden diese Unsicherheiten irgendwann.«

»Sagt die Visagistin, die sie tatsächlich verschwinden lassen kann.«

»Makeup ist nicht dafür da, um etwas zu verstecken«, erklärt sie. »Es soll betonen. Aber jetzt hast du mich vom Thema abgelenkt, vielen Dank. Zurück zu deiner Narbe.«

Ich atme tief aus. »In Ordnung. Was ist damit?«

»Du bist heiß, und die Narbe lässt dich noch schärfer aussehen. Steh dazu. Vergiss die Vergangenheit. Vergiss den Unfall, der dir die Karriere ruiniert hat. Vergiss, woran auch immer diese Narbe dich erinnert.«

Sie neigt den Kopf und ein neugieriges Lächeln erscheint auf ihrem Gesicht.

»Aber vergiss nicht mich und meine Bedürfnisse«, fügt sie hinzu.

Ich verschwende keine Sekunde und kicke den Barhocker unter mir weg. Dann schlinge ich ihr die Arme um die Taille, hebe sie auf die Arbeitsplatte und erobere ihren Mund.

Gott, wie ich das vermisst habe.

Ich habe *sie* vermisst.

Ihre Finger gleiten durch meine Haare und ihre Zunge berührt meine. Innerhalb von Sekunden bin ich steinhart und wünsche mir verzweifelt, dass ich mich in ihr versenken und die Vergangenheit hinter mir lassen kann. Wenn ich mit ihr zusammen bin, denke ich an nichts anderes als sie.

Sie ist das Heilmittel für alles, was mich im vergangenen Jahr gequält hat. Und vielleicht ist sie nur ein Heftpflaster oder eine schnelle Placebolösung, vielleicht ist die Heilung gar nicht von Dauer. Aber ich hoffe doch, denn Aidy hat seit dem Tag unseres Kennenlernens nichts als Sonnenschein in mein Leben gebracht.

Moment. Ich korrigiere mich.

Seit dem Tag *nach* unserem Kennenlernen.

***

»Hast du Netflix?«, will Aidy wissen und wickelt eine Sofadecke um ihren nackten Körper.

Völlig erledigt betrachte ich sie, wie sie mit der Fernbedienung in der linken Hand vor mir steht.

»Ja«, bestätige ich.

»Hast du Lust auf einen Serienmarathon?«, fragt sie und rattert eine Liste von möglichen Serien herunter. »Es gibt da auch diese neue Show. Wie ein alter Western, aber gruselig. So wie Geister im Wilden Westen. Klingt komisch, aber ich habe schon viel darüber gehört und glaube, ich bin die Einzige, die bisher noch keine einzige Folge davon gesehen hat. Kennst du die Serie?«

»Nein.«

»Wollen wir ein paar Folgen gucken?« Sie zieht die Brauen hoch und beißt sich auf die Unterlippe. Die Decke verrutscht und entblößt ihre aufgerichteten, rosafarbenen Brustwarzen. Ich könnte schon wieder mit ihr schlafen. Und dann gleich noch mal. Und noch mal. Aber mir tut immer noch alles weh vom Wochenende und meine Schulter schmerzt. Heute Abend habe ich mich von ihr reiten lassen. Diesmal hat sie die ganze Arbeit erledigt. Es war schön, sich zurückzulehnen und zuzusehen, wie bei jeder Bewegung ihre runden C-Körbchen auf- und abhüpften, während sie stöhnte, atemlos, mit heißer Haut und am Hals klebenden Haaren, den Kopf in den Nacken gelegt.

»Klar.« Ich nehme die andere Fernbedienung in die Hand, die für Netflix, und rufe die Serie auf.

Aidy verschwindet in die Küche, um uns zwei Flaschen Wasser zu holen. Die Decke schleift hinter ihr her.

»Ich hab in drei Stunden einen Termin«, sagt sie. »Wir können uns einige Folgen ansehen, aber dann muss ich los.«

Ein wenig enttäuscht stelle ich fest, dass sie offensichtlich nicht vorhatte, über Nacht zu bleiben.

»Kommst du anschließend wieder her?«

Aidy kuschelt sich neben mir aufs Sofa und zieht die Beine hoch. Ich spüre, dass sie mich mustert, doch ich starre mit Pokerface geradeaus auf den Fernseher.

»Wir haben gerade ein ganzes Wochenende miteinander verbracht. Hast du mich denn immer noch nicht satt?«

»Nein.« Nicht mal annähernd.

26. KAPITEL

Aidy

»Gott sei Dank, du lebst noch. Ich hatte schon Angst, du wärst vielleicht von einem Müllauto angefahren worden und lägst jetzt irgendwo in einer Gasse.« Das ist Wrens Begrüßung, als ich mich am nächsten Morgen in die Wohnung schleiche.

»Tut mir leid.« Ich zucke zusammen und schließe die Tür hinter mir. »Ich hätte dir eine SMS schreiben sollen.«

»Verdammt richtig.« Sie bückt sich, hebt ein Paar von Enzos Schuhen auf und stellt sie auf den Abtreter neben mir. »Also, wie läuft's mit Ace?«

Ich verziehe den Mund zu einem Lächeln. »Woher weißt du, dass ich die vergangene Nacht mit Ace verbracht habe?«

Wren verdreht die Augen. »Weil du seit deiner Rückkehr vom Seehaus wie eine Disneyprinzessin herumtänzelst, und ich das Gefühl habe, dass das erst der Anfang ist.«

»Ich tänzele nicht herum.«

Ich stelle meine Sachen neben der Tür ab und gehe in die

Küche, um mir ein Müsli zu machen. Nachdem ich gestern Abend zu Ace zurückgegangen bin, haben wir die Nacht im Bett verbracht.

Nicht mit Schlafen.

Und jetzt stehe ich kurz vorm Verhungern.

Heute Morgen habe ich mich rausgeschlichen, als er noch schlief, und mich, versteckt hinter meiner großen, schwarzen Sonnenbrille, mit einer Frisur, die *sehr* nach durchvögelter Nacht aussah, auf den Weg zur nächsten U-Bahn-Station gemacht.

»Seid ihr jetzt zusammen?« Wren folgt mir in die Küche, die Hand auf die Hüfte gestützt und ein neugieriges Große-Schwester-Grinsen im Gesicht.

»Nein.« Ich krause die Nase, reiße ein Päckchen Haferflocken mit Erdbeerstückchen auf und schütte den Inhalt in eine Schüssel. Darüber haben Ace und ich noch nicht gesprochen, und ich habe es damit auch nicht eilig. »Wir haben einfach Spaß miteinander.«

»Er wirkt nett«, sagt Wren.

»Er ist sehr nett. Ein bisschen ernst. Aber ab und zu entdecke ich einen Anflug von Verspieltheit bei ihm.« Ich atme tief ein. »Und er ist so heiß. Gott, ist er heiß.«

»Bist du dir sicher, dass du nicht mit ihm zusammen sein willst?«, fragt sie und mustert mich eingehend.

»Es würde sowieso nichts draus werden.« Ich rühre eine halbe Tasse Wasser in meine Haferflocken und stelle die Schüssel in die Mikrowelle. Schulterzuckend drehe ich mich zu meiner Schwester um. »Sobald du Chauncey geheiratet hast, ziehe ich voraussichtlich nach L.A. Dort ist der Markt größer und ich möchte gern unser Geschäft vergrößern. Außerdem haben wir so gute Kontakte, dass lediglich ein Anruf nötig wäre, um einen Auftrag an Land zu ziehen.«

»Wow.« Wren zieht die Brauen hoch. »Ich meine, du hast zwar davon geredet, aber ich hätte nie gedacht, dass du das ernst meinst.«

Ich nicke.

»Du warst immer mein kleiner Sidekick.« Einen Moment lang schenkt mir Wren ein Lächeln, doch das ist schnell wieder verschwunden. »Du bist mir aufs College und nach New York gefolgt. Für ungefähr neunzig Prozent meines Lebens warst du meine Mitbewohnerin.«

»Und genau das ist der Grund, warum ich es tun muss. Du schlägst mit Chauncey das nächste Kapitel in deinem Leben auf, und ich muss dasselbe machen. Es ist an der Zeit, dass ich mir mal ansehe, was es da draußen noch so gibt.«

Wrens Unterlippe zittert. Ich kann an einer Hand abzählen, wie oft ich meine Schwester schon weinen gesehen habe. Sie ist knallhart, immer schon gewesen. Damit sich bei ihr die Tränenschleusen öffnen, ist schon ein Todesfall oder eine echte Tragödie nötig. Dass sie jetzt so traurig über meine Umzugspläne ist, bricht mir das Herz.

Ich umarme sie fest. »Ich werde nur einen Nachtflug entfernt sein.«

Wren lacht, vergräbt ihr Gesicht an meiner Schulter und ich erkenne jetzt, mit fünfundzwanzig, dass ich vielleicht doch nicht immer nur die kleine Schwester war, die mitgeschleppt wurde. Vielleicht hat sie mich genauso gebraucht wie ich sie.

»Du wirst mit Chauncey ein wunderbares Leben führen«, bin ich mir sicher. »Und ich werde keinen Meilenstein davon verpassen, das verspreche ich dir. Du wirst nicht mal merken, dass ich dreitausend Meilen weit weg bin. Es wird genauso sein, als wäre ich noch hier. Ich werde dir ständig Katzenfotos aufs Handy schicken und dich fragen, was du zum Abendessen kochst.«

Wren wischt sich mit dem Handrücken über die Augen.

»Versprich mir nur, dass ihr mich alle besuchen kommt«, bitte ich. »Sooft wie möglich.«

Wren dreht sich weg und winkt ab. »Ich möchte nicht mehr darüber reden. Gott, warum bin ich denn plötzlich so emotional? Sprechen wir lieber wieder über dein Liebesleben. Wann wirst du Ace wiedersehen?«

»Am Freitag.« Bei der Erwähnung seines Namens leuchtet mein Gesicht auf.

27. KAPITEL

Ace

»Das wird vermutlich das einzige Mal sein, dass Sie einen Kursleiter diese Worte sagen hören«, verkündet der Mann im improvisierten Klassenzimmer inmitten der *Prohibition Bar*, während er seine dicke, schwarz gerahmte Brille auf seine Knollennase hochschiebt, »aber es ist völlig okay, in meinem Kurs beschwipst zu sein. Die schriftlichen Kursmaterialien schicke ich Ihnen per E-Mail. Heute Abend sollen Sie ein wenig praktische Erfahrung sammeln und sich amüsieren.«

Ich sehe hinüber zu Aidy, die in einem kleinen, schwarzen Kleid, das bis zur Mitte ihrer Oberschenkel reicht, rechts neben mir steht. Sie erwidert meinen Blick, zuckt mit den Schultern und grinst mich an. Eine lose Strähne ihres blonden Haars fällt ihr ins Gesicht, und den Rest ihrer Mähne hat sie mit einer Art glitzerndem Haarreifen zurückgebunden, der unter dem schummrigen Deckenlicht funkelt.

Aus den versteckten Lautsprechern dringt Musik von Duke Ellington. Draußen regnet es in Strömen und es gibt keinen Ort auf der Welt, an dem ich heute Abend lieber wäre.

Aidy hatte erwähnt, dass sie seit mehr als einem Jahr keine echte Verabredung mehr hatte, und da wir eine Menge Zeit miteinander verbringen, kam es mir richtig vor, sie hierher einzuladen.

Ich hätte es mir einfach machen können: Abendessen und ein Kinofilm. Oder Drinks und eine Show. Aber ich wollte originell sein und ihr einen unvergesslichen Abend schenken. Also habe ich den Freund eines alten Freundes angerufen, dem zufällig diese Bar in Gramercy gehört, die Cocktailkurse anbietet, und wir haben einen Platz ergattern können.

Der Assistent des Kursleiters geht an unserem Tisch in der hinteren Reihe vorbei und baut Barzubehör und Zutaten wie gefüllte Oliven und Wermut auf. Darunter sind auch vier Rezeptkarten aus dickem, cremefarbigen Karton.

»Heute Abend lernen wir vier Rezepte«, fährt der Kursleiter fort. »Zuerst mixen wir einen klassischen Martini.«

Aidy greift nach dem Cocktailshaker, nimmt den Deckel ab und späht hinein. »Der ist schwerer als ich dachte.«

»Überprüfen Sie bitte alle Ihren Tisch, ob Sie die folgenden Dinge vor sich liegen haben: einen Stößel, ein Sieb, eine Zange, einen Löffel, ein Schnapsglas, ein Mischglas und einen Shaker«, weist uns der Lehrer an und geht im Raum umher.

Wir haben alles, was wir brauchen, und Aidy streckt ihm den hochgereckten Daumen hin, als er vorbeigeht.

»Das hier macht wirklich Spaß«, sagt sie, stellt sich auf die Zehenspitzen und beugt sich zu mir herüber. Ich spüre ihren warmen Atem an meinem Ohr.

»Wir haben noch nicht mal angefangen«, flüstere ich.

Ihre blauen Augen strahlen und sie ist größer als sonst, da

sie die ablenkendsten roten High Heels trägt, die ich je gesehen habe.

»Na und?« Sie zwinkert mir zu und schürzt die roten Lippen. Jedes Mal, wenn ich ihren Mund betrachte, möchte ich sie küssen. Garantiert trägt sie heute Abend den knallroten Lippenstift, um mich zu foltern, denn sie weiß ganz genau, dass ich sie nicht küssen werde, solange ihre Lippen geschminkt sind.

Aber das macht nichts.

Ich werde sie genüsslich reizen und am Ende des heutigen Abends wird sie sich die rote Farbe von den Lippen wischen und mich um einen Kuss anflehen.

Ein weiterer Assistent kommt mit einem Wagen vorbei und stellt zwei gekühlte Martinigläser auf jeden Tisch.

»Sind Sie bereit?«, ruft der Kursleiter und klatscht in die Hände. »Okay, ich möchte Sie hiermit noch einmal offiziell zum Grundkurs Cocktailmixen bei *Prohibition* begrüßen. Ich bin Ihr Lehrer, Carlos, und wir werden heute Abend vier Cocktails zaubern. Nehmen Sie bitte Ihren Shaker zur Hand. Für den perfekten Martini bedarf es zwölf Arbeitsschritte, also passen Sie bitte gut auf.«

Aidy nimmt den Shaker und schenkt mir ein weiteres Lächeln.

»Bevor wir beginnen, noch einige Hinweise«, sagt Carlos und hält seinen Shaker hoch. »Wenn wir einen Drink in einem Metallbehälter mischen, dann *schütteln* wir. Mischen wir einen Cocktail im Glas, wird der *gerührt*.«

Aidy beugt sich zu mir herüber und stupst mich mit dem Arm an. »Das wusste ich gar nicht. Hast du das gewusst?«

Ich nicke. »Ja.«

Während Carlos weiter über Eiswürfel, deren Größe, den geeigneten Typ und die geeignete Form für jeden Drink plappert, und darüber, wie viele wir für einen Martini brauchen (sieben oder acht), höre ich nur noch mit halbem Ohr zu. Alle haben den Blick fest auf Carlos gerichtet, bis auf mich.

Ich kann nicht aufhören, *sie* anzusehen.

Der Rest des Abends vergeht wie im Flug. Wir hören zu. Wir mixen. Wir kosten. Dann probieren wir noch ein bisschen mehr. Zwei Stunden später haben wir vier Cocktails gemixt: einen klassischen Martini, einen Mojito mit Nashi-Birne, einen Amaretto Sour und einen Moscow Mule.

Als der Kurs vorbei ist, hat der Regen nachgelassen, und Aidy ist deutlich mehr als nur angeschickert.

»Ich glaube, wir sollten die Cocktails nur probieren«, sagt sie, als wir nach draußen gehen. Das Donnern über uns droht, uns mit einem weiteren Sommergewitter zu überschütten. »Ich hab viel zu viel getrunken und jetzt spüre ich mein Gesicht nicht mehr. Warum hast du mich so viel trinken lassen?«

Ursprünglich hatte ich vor, dass wir zu Fuß nach Hause gehen, uns dabei unterhalten und ein bisschen besser kennenlernen. Uns Zeit lassen und die Gesellschaft des anderen so gut genießen wie möglich.

»Du hast dich amüsiert«, antworte ich.

»Du hast aber nicht so viel getrunken«, schmollt Aidy.

»Ich habe gekostet.«

»Ich hätte auch nur kosten sollen.«

Ein Blitz zuckt über uns auf.

»Eintausendeins, eintausendzwei …«, zählt Aidy, bevor das laute Grollen des Donners die Luft erfüllt.

»Was machst du denn da?«

»So findet man raus, wie weit das Gewitter entfernt ist. Es ist noch zwei Meilen weit weg.«

»Stimmt das?«

»Keine Ahnung.« Ihre Absätze schleifen über den Beton und wir gehen langsam, obwohl es von Sekunde zu Sekunde stärker regnet. »Das hat Wren immer behauptet, als wir noch Kinder waren. Ich habe das nie auf den Wahrheitsgehalt hin überprüft.«

Ich betrachte ihren Mund und wie er sich bewegt, während sie weiter über ihre Schwester plappert und darüber, wie klug sie ist und eine kleine Besserwisserin, aber so ist Wren eben, sagt sie. Und dann bemerke ich, dass ihr Lippenstift während der vergangenen beiden Stunden durch das Trinken, Reden und Lächeln verschwunden ist.

Ein weiteres lautes Donnern lässt Aidy zusammenzucken. Schweigend blickt sie hinauf zum nächtlichen Himmel. Vor uns prasselt der Regen auf den Gehweg, hat uns beinahe erreicht, und mir fällt ein, dass ich unseren Regenschirm im *Prohibition* vergessen habe. Links von uns hängt eine schwarz-weiße Markise, die zu einer Boutique gehört, die schon seit Stunden geschlossen hat. Ich nehme Aidy beim Arm und führe sie darunter.

Dort lehne ich sie an die Kalksteinwand des Ladens und umfange ihr Gesicht. Sie lächelt. Ihr Blick sucht meinen und fällt schließlich auf meinen Mund. Ich beuge mich vor und küsse sie, wie ich es mir schon wünsche, seit ich sie vor drei Stunden zu Hause abgeholt habe. Ihr Mund gehört mir. Ihr Lächeln. Ihre unangestrengte Lieblichkeit.

Meine Lippen streifen immer wieder über ihre, als wäre ich unfähig, mich von ihr zu lösen. Der Regen trommelt über unseren Köpfen auf die Markise und fällt in Strömen um uns herum.

»Komm heute Nacht mit zu mir, Aidy.« Ich formuliere es nicht als Frage. Ich blicke in ihre saphirblauen Augen und sie schlägt ihre langen Wimpern nieder. Mit den Händen um ihre Taille ziehe ich sie näher an mich heran und küsse sie noch einmal. Ihre Lippen sind weich und ihr Geschmack macht süchtig. »Aus irgendeinem verrückten Grund kann ich anscheinend nicht genug von dir bekommen.«

»Ich hab immer gewusst, dass du der Verrückte von uns beiden bist«, erwidert sie, stellt sich auf die Zehenspitzen und küsst mich. »Na gut. Du hast mich überredet.«

28. KAPITEL

Aidy

»Oh mein Gott, Aidy.« Wren begrüßt mich Samstagmorgen an der Tür, das Gesicht kalkweiß. Sie umklammert meine Handgelenke. Ich hatte gehofft, dass ich mich unbemerkt in die Wohnung schleichen könnte, aber ausgerechnet heute ist sie schon so zeitig auf. Ihrem Gesichtsausdruck nach zu urteilen ist etwas Schreckliches passiert, oder sie ist fix und fertig, weil ich letzte Nacht nicht nach Hause gekommen bin und vergessen habe, ihr Bescheid zu geben.

»Was? Was ist denn?«

»Ich hab versucht, dich anzurufen«, sagt sie mit zitternder Stimme.

»Wo ist Enzo? Mein Akku ist seit gestern Abend leer. Was ist los?«

»Enzo geht es gut. Er ist bei seinem Vater«, erklärt sie leichenblass. »Aidy, ich bin schwanger.«

»Wren …«

Sie lockert ihren Griff, geht ins Wohnzimmer und lässt sich dort in einen Sessel fallen. Ihre Miene ist betroffen.

»Bist du sicher? Also zu einhundert Prozent?«, erkundige ich mich.

Sie blinzelt. »Du kannst selbst im Bad nachsehen. Ich habe heute Morgen fünf Tests gemacht. Alle positiv.«

Ich lasse meine Tasche stehen und setze mich ihr gegenüber. »Okay, das war zwar nicht geplant, aber es macht nichts, weil du Chauncey hast. Er ist toll und wird ein wahnsinnig guter Vater sein. Weiß er schon Bescheid?«

Sie nickt langsam. »Ja. Er war heute Morgen dabei, als ich die Tests gemacht habe.«

Mit zusammengezogenen Brauen frage ich: »Wo ist er denn hin?«

Sie schüttelt den Kopf. »Keine Ahnung. Er bekam plötzlich diesen panischen Gesichtsausdruck, als wäre er genauso schockiert wie ich, wenn nicht sogar noch mehr. Und er hat kein Wort gesagt. Dann ist er gegangen.«

»Ach du liebe Zeit.« Ich vergrabe das Gesicht in den Händen. Chauncey kann sich auf was gefasst machen, wenn er meine Schwester im Stich lässt. So hätte ich ihn gar nicht eingeschätzt, aber manchmal täuscht man sich ja in Menschen.

Ich halte meine Fragen zurück. Ich muss nicht wissen, wie das passiert ist. Kondome platzen. Verhütungsmittel sind nicht immer zu einhundert Prozent sicher. Und es ist auch egal, denn sie ist schwanger, und jetzt gibt es kein Zurück.

»Ich hab solche Angst, Aidy«, sagt sie. »Er ist schon seit einer Stunde fort und reagiert nicht auf meine Anrufe.«

Hinter mir höre ich, wie die Tür aufgeschlossen wird. Zögernd kommt Chauncey herein. Er und meine Schwester sehen sich zunächst ausdruckslos an, dann füllen sich Wrens

Augen mit Tränen und ich bin nicht sicher, ob das Erleichterung über seine Rückkehr ist oder Trauer, dass er überhaupt erst fortging.

Er hält etwas hinter dem Rücken versteckt und kniet sich vor sie hin.

»Warum hast du mich verlassen?«, fragt Wren verletzt.

»Ich habe dich nicht verlassen, Schatz.« Chauncey ringt um Worte. »Keine Ahnung, ich stand unter Schock. Ich brauchte ein wenig frische Luft zum Nachdenken.«

Obwohl Chauncey fantastisch mit Enzo umgeht, hat er es Wren gegenüber immer sehr deutlich gemacht, dass er keine eigenen Kinder möchte. Sein Leben dreht sich um Wren, Enzo und Finnegan's Pizzeria. Der Mann arbeitet fünfzig, manchmal sechzig Stunden pro Woche. Für etwas anderes bleibt ihm gar keine Zeit.

»Jetzt habe ich darüber nachgedacht«, fährt er fort. »Über alles.«

Er zieht einen kleinen Strauß pinkfarbener Pfingstrosen hinter dem Rücken hervor und reicht sie Wren. Es sind ihre Lieblingsblumen.

»Ich glaube, wir können das schaffen«, sagt er. »Ich meine, ich weiß, dass wir das schaffen können. Auch wenn es nicht geplant war und ich nicht gedacht hätte, dass ich es will … jetzt will ich es. Mit dir. Ich sehe dich mit Enzo; du bist eine wunderbare Mutter, Wren. Ich kann mir niemand anders als Mutter meines Kindes vorstellen.«

Wren schlägt die Hände vors Gesicht und schnieft, bevor sie sich mit dem Handrücken die Tränen abwischt.

»Es tut mir leid, dass ich heute Morgen einfach weggegangen bin«, erklärt er. »Aber ich musste den Kopf freikriegen und die Sache gründlich durchdenken. Du sollst nicht glauben, dass ich dich verlassen wollte. Deswegen. Ich habe einfach nur etwas Zeit gebraucht, um das sacken zu lassen.«

Er steht auf und zieht sie mit hoch in seine Arme.

»Ich liebe dich so sehr.«

»Ich liebe dich auch.« Wren stellt sich auf die Zehenspitzen und küsst ihn.

»Meine Mutter wird ausflippen. Das ist dir doch klar?« Chauncey grinst. Von Wren weiß ich, wie sehr seine Mutter die beiden gedrängt hat, ein Baby zu bekommen. Sie behandelt Enzo wie ihren leiblichen Enkel, aber auf ein Baby ist sie ganz wild. »Vermutlich wird sie darauf bestehen, dass ich dich sofort heirate, damit alles seine Richtigkeit hat. Du kennst sie ja.«

Wren nickt. »Nur zu gut.«

»Was hältst du davon, wenn wir die Hochzeit vorziehen? Nur standesamtlich? So, wie du es dir gewünscht hast.« Chauncey wischt Wren eine Träne von der Wange. »Ich brauche keine aufwendige Hochzeitsfeier. Ich brauche nur dich.«

Wren nickt und gibt ihm einen Kuss. »Ja. Das klingt perfekt.«

Ich freue mich für die beiden.

Wirklich.

»Aidy, ich hab total vergessen, dass du hier bist.« Wren trocknet sich lachend die Augen. »Tut mir leid, dass wir dir gerade unsere persönliche Telenovela aufgezwungen haben.«

»Kein Problem.« Ich erhebe mich, nehme meine Tasche und gehe in mein Zimmer. Auf dem Weg dorthin umarme ich beide. »Ich liebe Happy Ends. Herzlichen Glückwunsch. Ich hab euch beide sehr gern und kann es kaum erwarten, meine Nichte oder meinen neuen Neffen ebenfalls mit Liebe zu überschütten.«

Plötzlich wird mir klar, dass mir jetzt viel weniger Zeit bleibt, um meine nächsten Schritte zu planen, da die beiden jetzt schon in einem Monat heiraten wollen. Wo werde ich wohnen? Bleibe ich in New York oder ziehe ich nach L.A.?

Ich habe nicht damit gerechnet, mich so bald entscheiden zu müssen.

Ich dachte, mir bliebe mehr Zeit.

29. KAPITEL

Ace

»Schön, dich zu sehen, Ace.« Lou und ich treffen uns an einem Sonntagnachmittag in einem Café. »Mann, es ist verdammt heiß hier draußen. Geht's dir gut?«

Ich setze mich ihm gegenüber und spüre die Blicke einer Gruppe Frauen im Rücken, die einige Tische entfernt sitzen. Seit ich mich rasiere, werde ich häufiger erkannt. Ich habe sogar einige Autogramme gegeben, meistens für Kinder, weil ich immer an den Abend denken muss, als ich Aidys Neffen zum Weinen gebracht habe, und an Tränen möchte ich nicht noch einmal schuld sein.

Sie hat mir immer noch nicht erlaubt, dass ich ihm ein Autogramm gebe, und ich habe das Thema seither nicht mehr angeschnitten. Hoffentlich kann ich die Sache bei ihm irgendwann wiedergutmachen. Vielleicht kann ich mal was mit ihm unternehmen. In meinen Augen wäre das besser als ein blödes Stück Papier mit einem daraufgekritzelten Namen.

»Du siehst echt gut aus«, stellt Lou fest, als ihm schließlich auffällt, dass ich bartlos bin. »Gott sei Dank bist du das pelzige Tier in deinem Gesicht losgeworden. Von so etwas war ich noch nie ein großer Fan.«

Ich grinse in meinen schwarzen Kaffee.

»Daraus hast du keinen Hehl gemacht, Lou.«

»Im Ernst, irgendwas an dir ist anders, und das hat nichts mit deinem Aussehen zu tun. Du wirkst unbeschwerter.« Er zieht seine Kaffeetasse näher zu sich heran. »Was treibst du so? Kommst du oft raus aus der Stadt?«

Ich nicke. »Gerade erst letztes Wochenende war ich in meinem Haus am See.«

»Sehr gut. Zum Angeln?«

»Auch, ja.« Ich trinke einen Schluck Kaffee und blicke durch das Fenster links von mir. Ein Händchen haltendes Pärchen läuft vorbei. Sie lachen, vollkommen glücklich und sorglos. Bevor Aidy in mein Leben getreten ist, hatte ich völlig vergessen, wie sich das anfühlt.

Lou mustert mich, wobei seine buschigen grauen Augenbrauen sich heben und senken und er den Kopf in alle möglichen Richtungen neigt.

»Hast du … hast du, äh, jemanden kennengelernt, Ace?«

»Was?« Ich wende den Blick ab. »Ach wo.«

»Lüg mich nicht an.«

Es ist nicht so, dass ich mich für Aidy schäme. Ganz im Gegenteil. Ich bin einfach nicht in der Stimmung, mich von Lou aushorchen zu lassen.

»Wie heißt sie?« Er tut es trotzdem.

Ich hebe die Kaffeetasse an die Lippen, um mein Grinsen zu verbergen. »Es gibt keine Frau, Lou.«

»Na schön. Dann werde ich dich nicht weiter nach dieser Frau, die angeblich nicht existiert, ausquetschen.« Lou zwinkert und winkt mit seiner Hand mit den dicken Knöcheln ab. »Das ist sowieso nicht der Grund, warum ich mich mit dir treffen wollte. Da ich in der Stadt bin, wollte ich einfach mal schauen, wie es dir geht, und dir ein neues Projekt vorschlagen.«

»Ach ja? Was denn?«

»Einige meiner Kumpels haben diese Satellitenradiosendung, für die sie einen Moderator suchen. Sie findet nur während der Baseballsaison statt und es wird meistens über die Major League geredet werden, aber du wärst perfekt dafür. Verdammt, Junge, ich hab dich neulich bei *Smack Talk* gesehen. Dein Gesicht ist wie gemacht fürs Fernsehen *und* deine Stimme ideal fürs Radio. Hast du schon mal darüber nachgedacht, ob du in diese Richtung gehen willst?«

»Nein.« Ich schwenke meine Tasse und lasse den Inhalt darin kreisen. »Das ist nicht mein Ding.«

»Irgendwas musst du aber machen.« Lous Stimme ist jetzt ein bisschen lauter. »Du kannst nicht einfach nur immer herumsitzen und versauern. Schreib ein Buch und gehe damit auf Lesereise, trainiere eine Mannschaft in der Little League, oder verdammt noch mal sogar bei den Profis. Wenn dir Livefernsehen nicht gefällt, könntest du Schauspieler werden.«

Grinsend schüttle ich den Kopf. »Das Schauspielern überlasse ich Matteo.«

»In Ordnung.« Lou atmet hörbar aus; sein schwerer, nach Kaffee riechender Atem weht über den Tisch. »Vor dir liegt immer noch eine rosige Zukunft, Junge. Ich wollte nur herkommen und dich daran erinnern.«

»Danke, Lou.«

»Finde eine Möglichkeit, das zu tun, was du liebst, auch wenn es nicht mehr Bällewerfen ist«, fügt er hinzu. »Hör auf dein Herz.« Lou steht auf und stürzt den Rest seines Kaffees hinunter. »Ich muss los. Wir bleiben in Kontakt. Irgendwann möchte ich diese Frau kennenlernen, okay? Behandle sie gut. Versau es nicht, nur weil sie dich glücklich macht. Ich kann es dir am Gesicht ablesen. Wenn du behauptest, es gäbe sie nicht, dann lügst du mich an. Ich kenne dich schon lange, Ace. Mir kannst du nichts vormachen.«

Er klopft mir auf den Rücken, drückt meine gesunde Schulter und zieht eine staubige Baseballkappe aus der Hosentasche, die er beim Verlassen des Cafés aufsetzt.

Als ich einige Minuten später nach Hause gehe, denke ich darüber nach, Aidy eine SMS zu schreiben. Wir haben den Freitagabend zusammen verbracht und sie hat bei mir übernachtet. Am Samstag hatte sie einige Termine mit Kundinnen und danach haben wir uns mit Wren, Enzo und Chauncey bei Finnegan's zum Pizzaessen getroffen.

Ich sollte sie mal einen Tag in Ruhe lassen.

So gern ich auch jede wache Sekunde mit ihr verbringen würde, ich will sie nicht verschrecken. Ich möchte sie nicht verlieren. Das habe ich bereits hinter mir – eine Frau so intensiv zu lieben, dass es ihr Angst macht und sie abstößt.

Das will ich Aidy nicht antun.

Also gehe ich die Sache mit ihr langsam an, einen wunderbar erfreulichen Tag nach dem anderen, und warte ab, was passiert.

30. KAPITEL

Aidy

Zweiundzwanzig Mal.

So oft hatte ich seit unserem ersten offiziellen Date Sex mit Ace.

Sechzehn Mal.

So oft habe ich seit unserem ersten offiziellen Date bei ihm übernachtet, also im Prinzip jede zweite Nacht.

Acht Mal.

So oft sind wir inzwischen richtig miteinander ausgegangen. Es waren echte Verabredungen, mit Aufdonnern und Abendessen und einem Abendprogramm in der Stadt. Händchenhalten. Türen aufhalten. Das ganze Programm.

Drei Mal.

So oft habe ich mich beim Träumen von einer Zukunft mit diesem Mann erwischt. Dabei ist das vollkommen lächerlich, denn ich gehöre normalerweise nicht zu den Frauen, die über den Ring, das Brautkleid und das Haus fantasieren und sich darauf freuen, den Rest ihres Lebens mit demselben Mann zu verbringen.

Einhundert Prozent.

Die Wahrscheinlichkeit, dass ich zu einhundert Prozent nach Alessio Ace Amato verrückt bin.

An einem Freitagabend klingele ich an seiner Tür, in der Hand eine Tüte mit Essen. Wir haben noch fünf Folgen von Staffel drei unserer Westerngeisterserie vor uns, und diesen Abend zu Hause haben wir schon seit zwei Wochen geplant.

Ace öffnet mit einem Handtuch um die Hüften und einem Lächeln in den Augen. Gott bewahre, dass er ab und zu auch mal mit dem Mund lächelt!

»Hey«, begrüßt er mich und beugt sich vor, um mich zu küssen.

Ich glaube, er ist inzwischen mein Freund.

Ganz sicher bin ich mir aber nicht.

Wir sind mehrere Male miteinander ausgegangen. Wir treiben es wie die Karnickel. Und es scheint ihn nicht zu stören, wenn ich alle seine SMS innerhalb von Sekunden beantworte, weil ich viel zu wenig Geduld dafür aufbringe, Spielchen mit ihm zu spielen.

Er weiß, dass ich ihn mag.

Schließlich sage ich ihm das ständig, lasse bei jeder Gelegenheit Andeutungen fallen und mache eine Menge Zugeständnisse, von denen ich weiß, dass er sie zu schätzen weiß. Zum Beispiel beschwere ich mich nicht, wenn er einen blöden Actionfilm sehen will, und versuche wirklich, mehr über Baseball zu lernen. Obwohl er so tut, als wäre er darüber hinweg, weiß ich ganz genau, dass er den Sport immer noch liebt.

Außerdem habe ich ihm von Wrens überraschender Schwangerschaft erzählt und dass die Hochzeit vorverlegt wurde, und er hat nicht mal mit der Wimper gezuckt, als ich ihn bat, mit mir zusammen zu der Feier zu gehen, die Wren und Chauncey nach der Trauung für Freunde und Verwandte bei *Luciana* in der Fifth Avenue geben.

Ace tut auch eine Menge sehr liebe Dinge für mich. Er hat mir ein paarmal Blumen geschickt, immer einen anderen Strauß, nie vorhersehbar. Und er hat mir eine Zahnbürste für sein Haus gekauft. In seiner Kommode habe ich sogar ein eigenes Fach, und obwohl ich keinen Schlafanzug brauche, wenn ich bei ihm übernachte, habe ich dort Wechselkleidung und Schlafklamotten deponiert. Erst letzte Woche hat mir Ace meine Lieblings-Biozahnpasta mit Zimtgeschmack besorgt, weil seine Minzpaste bei mir einen Würgereiz auslöst.

Und er hat mir ebenfalls gesagt, dass er mich mag.

Aber dabei blieb es leider auch.

»Ich mag dich, Aidy«, sagt er immer. *»Du bist anders.«*

Ich versuche, nicht seine Liebe für die Frau aus dem Tagebuch mit seiner Lust für mich zu vergleichen. Im Grunde besteht immer noch die Möglichkeit, dass er diese Dinge doch nicht geschrieben hat. Vielleicht irre ich mich ja, oder ich interpretiere zu viel in alles hinein. Schließlich kennen wir uns noch keinen ganzen Monat und es ist nichts falsch daran, die Dinge langsam angehen zu lassen.

Es fällt mir einfach schwer, etwas nicht zu überstürzen, wenn es sich so fantastisch anfühlt und ich am liebsten bis zu den guten Stellen vorspulen möchte. Ich würde alles dafür geben, ihn sagen zu hören, dass er mich liebt. Und ich hoffe sehr, dass ich eines Tages das Glück haben werde, diese Worte aus dem sexy Mund dieses Mannes zu hören.

Dann würde ich sterben und geradewegs in den Himmel aufsteigen, wie eine dieser Zeichentrickfiguren, die mit einem Blumenstrauß in den gefalteten Händen auf dem Boden liegt, während ihr Geist über ihr nach oben schwebt.

»Was hast du mitgebracht?«, fragt er und legt die Hand auf meinen Rücken, als wir die Treppe hinaufgehen.

»Deine Lieblingspizza. Corned Beef und Kohl von Chauncey.«

»Gott, wie ich dich liebe«, sagt er.

Mein Herz stolpert und wird dann schwer. Er meint das nicht ernst. Ihm gefällt lediglich, dass ich ihm seine Lieblingspizza mitgebracht habe.

Ich ignoriere es und genieße stattdessen lieber, wie sich kurz vor der obersten Stufe seine Hand meinen Oberschenkel hinaufschiebt. Ein verschlagenes Grinsen stiehlt sich auf mein Gesicht.

»Okay, genieß deine Pizza«, sage ich. »Wenn du fertig bist, weißt du ja, wo du mich findest … nackt … in deinem Bett.«

Ich lege die Schachtel auf die Kücheninsel. Dann öffne ich meine Bluse, um ihm den durchsichtigen schwarzen Spitzen-BH zu zeigen, den ich heute Morgen extra für ihn gekauft habe, werfe ihm die Bluse zu und schlendere den Flur entlang. Ich spüre geradezu seinen Blick auf meinem Hintern und weiß, dass es nur wenige Sekunden dauern wird, bis er die richtige Entscheidung trifft. Ich grinse.

»Wer will schon Pizza«, brummt er, ehe ich kurz darauf entschlossene Schritte höre. Als sich seine Hände von hinten um meine Taille legen, grinse ich noch breiter.

Ace liebt mich mehr als seine Lieblingspizza.

Das ist schließlich auch etwas wert.

***

Am Samstagmorgen habe ich ihn schlafen lassen und mich kurz nach Sonnenaufgang davongeschlichen. Ich bin mit der Bahn nach Hause gefahren, habe geduscht und mich auf den Weg zum ersten von vielen Terminen gemacht. Gegen Mittag hat mir Ace eine SMS geschickt, was ich abends vorhabe.

Wenn ich es nicht besser wüsste, könnte ich manchmal glauben, dass er noch verrückter nach mir ist als ich nach ihm.

Er hält mich immer noch auf Abstand, und in vielerlei Hinsicht kenne ich ihn kaum. Ich weiß, dass er wahnsinnig gut im Bett ist. Ich weiß, dass er sportlich und herrisch ist. Er jammert über gar nichts. Nie. Er schweigt mehr, als dass er redet, aber da kann ich ihm aushelfen. Er liebt Pizza und Bier. Er hat einen Agenten namens Lou, den ich bisher noch nicht kennengelernt habe, und als wir einmal im Bett lagen und Aces Handy geklingelt hat, habe ich mit seinem Bruder Matteo gesprochen. Er klang nett.

Gleich nach dem letzten Termin vibriert mein Handy und ich ziehe es heraus.

KOMMST DU VORBEI?

Es ist beinahe vier Uhr. Seit acht Uhr morgens bin ich in Manhattan unterwegs und habe überwiegend von Kaffee und einem Muffin vom Vortag gelebt, den mir eine meiner Kundinnen großzügig angeboten hat. Ich bin geschafft.

ICH BIN VÖLLIG AUSGEHUNGERT. KANNST DU DA ABHILFE SCHAFFEN?, tippe ich.

Innerhalb von Sekunden kommt seine Antwort: ICH NEHME AN, DASS DU ÜBER ESSEN SPRICHST, DENN SEXUELL AUSGEHUNGERT KANNST DU GANZ SICHER NICHT SEIN.

Ich muss lächeln. WENN DU DAS SAGST. BESORG MIR EINFACH WAS ZU ESSEN. ICH HABE SO EINE AHNUNG, DASS ICH HEUTE NACHT NOCH VIEL ENERGIE BRAUCHEN WERDE.

Gestern Nacht haben wir zwei Mal miteinander geschlafen. Hintereinander. Der Mann ist wie eine Maschine und braucht kaum Erholungszeit. Er behauptet, das ist ihm noch bei keiner Frau so gegangen, nur bei mir.

Meine Beine tun weh und meine Schuhe bohren sich beim Laufen in meine Fersen. Am Straßenrand parkt ein gelbes Taxi, also nehme ich es, bevor es mir jemand wegschnappt, und lasse mich zur Lexington Avenue bringen.

***

»Bist du mein Freund?«, frage ich, als Ace mir am Samstagabend die Tür öffnet.

Er reckt den Hals, macht einen Schritt nach hinten und grinst. Meine Frage amüsiert ihn.

»Was?«

»Sind wir zusammen? Bin ich deine Freundin? Was genau sind wir füreinander?« Ich stelle meinen Makeup-Koffer am Fuß der Treppe im Haus ab.

Ace greift nach meiner Hand und schließt die Tür hinter mir. »Woher kommt die Frage so plötzlich?«

»Ich habe auf dem Weg hierher darüber nachgedacht. Seit einer ganzen Weile sind wir beinahe jeden Tag zusammen. Und du begleitest mich nächste Woche zur Hochzeit meiner Schwester. Ich schlafe mit niemandem sonst und ich mag dich sehr. Also wirklich sehr. Beruht dieses Gefühl auf Gegenseitigkeit oder gehöre ich zu den Frauen, die ihre Unsicherheiten damit überspielen, in dem sie unhaltbare Annahmen über ihren Beziehungsstatus treffen?«

»Himmel, Aidy, du bist nicht unsicher«, widerspricht er, zieht scharf den Atem ein und fährt sich mit dem Daumen über die Unterlippe. Sein Mund verzieht sich zu dem für ihn typischen Halblächeln.

Ich möchte gerne hineinbeißen und ihn dann küssen. Und dann möchte ich an seinem Adoniskörper hochklettern wie eine Katze auf einen Baum. Gott, jedes Mal wenn ich ihn sehe, steigert sich mein Körper in einen regelrechten Rausch hinein. Jedes. Mal.

»Und das sind keine unhaltbaren Annahmen«, fährt er fort. »Ich mag dich auch sehr. Wirklich sehr.«

Ich lächle.

»Möchtest du denn meine Freundin sein?«, fragt er.

Nickend schlinge ich ihm die Arme um den Nacken. »Ist doch offensichtlich.«

»Schön«, sagt er. »Du bist meine Freundin.«

Ich küsse ihn. Fest. Intensiver als je zuvor.

Er hebt mich hoch und in seinen Armen bin ich schwerelos. Während er mich die Treppe hinaufträgt, küsse ich ihn wieder und wieder und streichle ihm über das glatte Gesicht. Als wir oben ankommen, lasse ich mich auf die Füße gleiten und ziehe begierig am Saum seines T-Shirts.

Ich will ihn, und zwar jetzt.

Er hält mich auf und legt seine Hände auf meine. »Ich bekomme jeden Moment Lebensmittel geliefert. Ich dachte, ich koche heute Abend für uns und dann könnten wir ausgehen und uns den Film anschauen, den du unbedingt sehen wolltest. Den mit Ryan Gosling und dem Mädchen aus dem anderen Film mit dem Kerl …«

»Wirklich?« Quietschend mache ich einen kleinen Hüpfer. »Den willst du dir mit mir ansehen? Oh Mann, jetzt sind wir wirklich ein Paar.«

Er grinst. »Ich bin gerade erst vom Fitnessstudio zurückgekommen, ich muss schnell duschen.«

»Ehrlich?« Ich seufze. Es ist ungerecht, dass ein Mann ins Fitnessstudio gehen und beim Nachhausekommen nach Testosteron und Pheromonen und auf eine gute Art nach Schweiß riechen kann, und eine Frau verlässt das Studio in einer nach Fitnessstudio stinkenden Duftblase und hofft, dass sie auf dem Heimweg keine Bekannten trifft. »Ich könnte dich bei lebendigem Leib auffressen, so gut riechst du. Das ist unfair.«

»Mach's dir einfach bequem«, bittet er und drückt mir einen Kuss auf die Stirn.

»Das mache ich immer.«

Ace verschwindet im Flur und ich kuschle mich auf die Couch, zappe durch die Fernsehkanäle und hoffe, dass ich die neusten Folgen irgendeiner *Real-Housewives*-Serie finde, denn ich bin ganz schön hinterher.

Treffer.

Ich habe einen Ableger dieses Serienkonzepts gefunden.

Ich mache es mir gemütlich und beobachte, wie sich zwei Frauen in die Haare kriegen. Ich bin nicht ganz sicher, aber ich glaube, es geht darum, dass die eine hinter dem Rücken der anderen mit deren Tochter gesprochen hat, und die ist jetzt sauer und wirft der anderen vor, sie würde die Tochter dahingehend manipulieren, dass sie ihren Verlobten nicht mag. Und all das ist letztes Jahr an Silvester in St. Barths passiert.

So was in der Art jedenfalls.

Dafür brauche ich unbedingt Popcorn.

Ich bin völlig in die Sendung vertieft, als es klingelt.

Ich höre die Dusche nicht mehr rauschen, also ist Ace vermutlich fertig, aber wahrscheinlich noch nicht angezogen, also stehe ich auf und marschiere nach unten, um die Lebensmittel in Empfang zu nehmen.

»Einen Moment!«, rufe ich, springe zwei Stufen auf einmal hinunter und stürze beinahe über meinen Makeup-Koffer. Ich hatte ganz vergessen, dass ich den hier abgestellt habe.

Ich reiße die Tür auf und erwarte einen Mann in Supermarktkleidung mit mehreren Tüten voller Lebensmittel.

Stattdessen steht da eine Frau.

Mit Haaren in der Farbe von Onyx und Augen wie wilde Veilchen.

»Wer sind Sie?«, fragt sie mit hochgezogener Braue.

Ich bin wie gelähmt und bringe kein Wort heraus.

Das Geräusch von Aces Schritten auf der Treppe hinter mir übertönt beinahe das heftige Klopfen meines Herzens, das mir in den Ohren dröhnt.

»Kerenza«, sagt Ace. »Was machst du hier?«

Kerenza?

Sie ist es.

Sie ist »K.«

Ich hatte recht. Die ganze Zeit über hatte ich recht.

Die Frau mit den veilchenblauen Augen starrt mich kalt und ungläubig an. Ihr Blick besagt, dass ich hier nicht hingehöre, als hätte sie mich nicht erwartet und möchte, dass ich verschwinde. Ich weiß, dass Frauen manchmal sehr vehement ihr Gebiet abstecken, wie kleine, harmlose Chihuahuas, aber diese Frau wirkt, als wäre sie alles andere als harmlos.

Eher geradezu boshaft.

Zwar bösartig und wunderschön, aber trotzdem bösartig.

»Alessio«, sagt sie und streicht mit einer manikürten Hand ihre Seidenbluse glatt. Sie ist weiß mit winzigen schwarzen Punkten darauf.

Ihre Nägel sind rot, wie zerbrochene Herzen.

Wie Blut.

»Warum bist du hier?« Ich höre die Anspannung in seiner Stimme, und wenn ich ihn jetzt ansehen würde, hätte er sicher die Zähne zusammengepresst.

Mein Blick ruht immer noch auf Kerenza. Sie gehört zu den attraktivsten Frauen, die ich je gesehen habe, und das will eine Menge heißen, denn durch meine Arbeit bekomme ich mehr davon zu Gesicht als der Durchschnittsbürger.

Alles an ihrer großen und schlanken Erscheinung strahlt Eleganz aus. Sogar die Art, wie sie sich die glatten schwarzen Haare über eine Schulter wirft. An ihrem zarten Handgelenk trägt sie eine winzige, diamantenbesetzte goldene Uhr, und ihre Taille läuft schmal zusammen, bevor sie in feminin kurvige Hüften übergeht, die Marilyn Monroe grün vor Neid gemacht hätten.

»Du bist hier nicht willkommen«, sagt Ace. Seine Stimme hallt durch den schmalen Eingangsbereich. »Geh! *Sofort.*«

»Ich hatte gehofft, wir könnten reden.« Kerenza versucht sich an einem Lächeln und sucht seinen Blick. Ich bin plötzlich nebensächlich für sie geworden. »Ich … ich habe dich im Fernsehen gesehen und dein Interview in der *Times* gelesen.

Ich bin froh, dass es dir besser geht. Ich dachte, es wäre vielleicht wichtig, dass wir …«

»Was, nachdem du dich für *ihn* entschieden hast und er dich *verlassen* hat, kommst du jetzt zu mir zurückgekrochen?« Ace spuckt die Worte geradezu aus, und als ich zu ihm aufsehe, bemerke ich seine unnachgiebige Miene. Seine grünblauen Augen blitzen.

Kerenzas blutrote Lippen verziehen sich zu einem flüchtigen Lächeln. »Ich komme nicht zurückgekrochen, Alessio. Du und ich, wir hatten etwas. Etwas Echtes. Und die Art, auf die es geendet hat … da gibt es eine Menge lose Fäden, die noch verknüpft werden müssen.«

Ace schnaubt, und als sein Blick meinen auffängt, wird seine Miene etwas weicher.

»Du hattest deine Chance, und du hast dich entschieden«, sagt er zu ihr und legt eine Hand um meine Taille.

»Warte!«, ruft sie und hebt eine ihrer eleganten Hände, doch er knallt ihr die Tür vor der Nase zu.

»Scheiße!« Ace brüllt so laut, dass seine Stimme von den Wänden im schmalen Eingangsbereich widerhallt und durch meinen Körper vibriert. Erschrocken weiche ich zurück. Sein Kiefer ist fest zusammengepresst, und auf seiner Stirn pulsiert eine Ader, die ich da noch nie zuvor bemerkt habe. Er ballt eine Hand zur Faust und setzt an, um sie gegen die Wand zu schlagen, hält jedoch noch rechtzeitig inne. Und dann dreht er sich zu mir um – atemlos, der Blick um Verzeihung flehend. »Es tut mir leid, Aidy.«

»Sie war es, nicht wahr?«, frage ich. »Sie ist diejenige, die dir das angetan hat. Nicht der Unfall oder dein Karrierenende hat dir so sehr zugesetzt. Es war sie.«

»Es war ein bisschen was von allem.« Seine Worte sind vorsichtig gewählt, doch er klingt erschöpft. Besiegt.

Wir hatten uns auf einen gemütlichen Abend gefreut und er hat nicht mit ihrem Auftauchen gerechnet. Das kann ich nachfühlen.

Aber ich will jetzt ein für alle Mal die Wahrheit wissen, also werde ich die unangenehmen Fragen stellen.

Und ich will Antworten.

»Das war dein Tagebuch, du wusstest es die ganze Zeit über. Gib es zu!«, verlange ich mit verschränkten Armen. »Es ist mir egal, dass es dir gehört, aber ich will nicht angelogen werden.«

Vielleicht ist es egoistisch von mir, dass ich auf der Stelle Antworten verlange, wo er offensichtlich ein viel düsteres Trauma durchlebt, als ich angenommen hatte, aber ich muss die Wahrheit erfahren, denn ich bin auf dem allerbesten Weg, mich in diesen Mann zu verlieben und ich muss wissen, ob er mich jemals lieben kann oder ich für immer im Schatten einer Frau wie Kerenza stehen werde.

»Nein«, widerspricht er und dreht sich zu mir um. Sein Blick ist finster. »Ich hab es dir schon gesagt. Es gehört mir nicht. Ich habe es noch nie zuvor gesehen.«

»Du lügst.« Meine Anschuldigung schockiert uns beide. Ich mache einen Schritt zurück und lege die Fingerspitzen auf meine Lippen.

Ace neigt den Kopf, die Brauen so fest zusammengezogen, dass eine tiefe Furche dazwischen entsteht.

»Warum sollte ich lügen?«, will er wissen. Er schäumt jetzt vor Wut und seine Schultern heben und senken sich heftig.

»Keine Ahnung.« Ich zucke mit den Schultern. »Weil einige sehr persönliche Dinge in diesem Tagebuch stehen. Die Art von Sachen, die man anderen Leuten nicht erzählt. Du bist ein sehr verschlossener Mensch, Ace. Das weiß ich seit unserem ersten Tag. Du lässt niemanden an dich heran, nicht mal mich, und wir verbringen seit Wochen beinahe jeden Tag zusammen. Und jetzt sehe ich, warum du so eine Mauer um dich gezogen hast. Ihretwegen.«

Ich möchte, dass er mir widerspricht, mir sagt, wie falsch ich liege, dass ich mich lächerlich verhalte und keine Ahnung habe, wovon ich da rede.

Aber er bleibt stumm.

Tränen steigen mir in die Augen.

Normalerweise gehöre ich nicht zu den Frauen, die beim geringsten Problem anfangen zu weinen. Ich gehöre nicht zu den Frauen, die aus allem ein Drama machen. Ich gehöre nicht zu den Frauen, die gewohnheitsmäßig ihren Freund austesten und ihn wegstoßen, um herauszufinden, wie stark er sich anstrengt, um sie zurückzugewinnen.

Aber ich bin verzweifelt. Ich greife nach Strohhalmen. Die Realität der vergangenen Wochen rinnt mir durch die Finger wie Sand und löst sich vor meinen Augen auf.

»Vielleicht«, sagt er. »Aber nicht so, wie du glaubst.«

Und da haben wir sie.

Die Wahrheit.

Ihretwegen hält er sich zurück.

Mehr muss ich nicht hören, alle weiteren Erklärungen sind überflüssig. Ohne ein weiteres Wort stapfe ich die Treppe hinauf und hole meine Handtasche und meine Schuhe.

Er folgt mir. »Wo gehst du hin?«

»Lass mich in Ruhe.«

»Was? Warum?« Ace fährt sich mit den Händen durch die immer noch feuchten Haare. »Tu das nicht, Aidy. Es ist nicht so, wie du denkst. Ich bin nicht mehr in sie verliebt. Und dieses Scheißtagebuch gehört mir nicht.«

Unsere Blicke treffen sich. Ich fasse es nicht, er lügt immer noch, mir geradewegs ins Gesicht.

»Ich kann nicht mit jemandem zusammen sein, der nicht mal sich selbst gegenüber ehrlich sein kann.« Am oberen Treppenabsatz drehe ich mich zu ihm um. Meine Unterlippe zittert. »Jedes Mal, wenn ich versucht habe, etwas über deine Vergangenheit zu erfahren, hast du mich abblitzen lassen. Und wenn ich nach deiner Familie gefragt habe? Deinen Brüdern? Du sprichst nicht über sie. Jetzt ergibt das alles Sinn. Du kannst nicht über sie oder deine Vergangenheit reden, ohne an *sie* zu denken.«

Er widerspricht nicht.

Vor meinen Augen ziehen die vergangenen Wochen vorbei. Ich kann kaum atmen, so schwer ist mir das Herz. Ich habe nie vorgehabt, mich so an ihn zu gewöhnen, so viel in diese Beziehung zu investieren. Wir wollten lediglich ein bisschen Spaß miteinander haben, aber dann hat er mich so liebevoll angesehen und mich so leidenschaftlich geküsst und mich berührt und gewollt und so sehr gebraucht.

Zumindest habe ich das geglaubt.

»Aidy.« Er legt mir die Hände um die Taille und atmet erschöpft aus. Sein müder Blick hält meinen gefangen.

Durch tränenverschleierte Augen sehe ich ihn an. Alle Linien und Kanten verschwimmen, bis ich nicht mehr länger die vollen Lippen erkenne, die ich geküsst habe, oder die muskulösen Arme, die mich hochgehoben haben.

»Du willst wissen, was passiert ist? Na schön. Ein anderer Mann und ich waren in dieselbe Frau verliebt. Dumm gelaufen, sie hat sich für ihn entschieden. Ende.«

Ich schüttle den Kopf und blicke nach unten, beiße mir auf die Lippe, damit ich nichts sage, was ich später bereue. Diese ganze Schwärmerei, die endlosen Liebesschwüre für Kerenza im Tagebuch schießen mir durch den Kopf.

Glaubt er wirklich, dass er einfach alles mit »Ende« zusammenfassen kann, weil es seiner Meinung nach das ist, was ich hören will?

Glaubt er, dass ich jetzt bleiben werde?

In diesem Fall wäre er wirklich herzlos.

Ich renne die Treppe hinunter wie eine theatralische Cinderella-Imitation, aber es ist mir egal. Er soll nicht sehen, wie ich in Tränen ausbreche. Ich schnappe mir meinen Make-up-Koffer am Treppenabsatz, reiße die Tür auf und schleppe mich, mein angeschlagenes Ego und mein gebrochenes Herz zur nächsten U-Bahn-Station.

***

Noch nie zuvor war ich so dankbar, eine stille Wohnung zu betreten. Seit Wren ihre Schwangerschaft entdeckt hat, verbringt sie mehr Zeit bei Chauncey, und da ihre Hochzeit jetzt unmittelbar bevorsteht, räumt sie auch allmählich bereits ihre Sachen in sein Apartment. Auch die von Enzo.

Die Wohnung ist dunkel, abgesehen vom Licht bei der Mikrowelle. Ich stelle meine Sachen neben der Tür ab und gehe in mein Zimmer. Dort lege ich mich aufs Bett, ziehe ein Kissen unters Kinn und betrachte das Tagebuch.

Ich hole tief Luft, greife danach und blättere es durch, als wäre ich auf der Suche nach einem Hinweis, der mir Aufschluss über den Zeitrahmen gibt.

Gestern Abend stand sie plötzlich vor meiner Tür, die Wangen voller Mascaraspuren, der Lippenstift verwischt, die Jacke voller dicker Schneeflocken. Sie sah wunderbar chaotisch aus, und ich habe sie hereingeholt und vor den Kamin getragen, während sie die Finger in meinem Nacken verschränkt hielt und sich an mir festklammerte, als hinge ihr Leben davon ab.

Dort ist sie zusammengebrochen und hat mir unter Tränen gestanden, dass er sie nicht so versteht wie ich es tue. Er hört ihr nicht zu. Am allereinsamsten fühlt sie sich zu Hause, bei ihm. Er liebt sie zu intensiv, sagt sie. Er macht es ihr unmöglich zu gehen, weil sie Angst davor hat, dass niemand mehr sie auch nur halb so stark lieben wird wie er.

Er war ihre erste Liebe.

Sie war meine, habe ich ihr gesagt.

Dass ich sie schon geliebt habe, als wir noch Kinder waren.

Sie hat sich in meine Arme geschmiegt, den Kopf unter mein Kinn und die Wange an meine Brust gelegt.

Und dann gestand sie mir, wenn sie die Zeit zurückdrehen könnte, würde sie sich für mich entscheiden.

Nicht für ihn.

Es ist noch nicht zu spät, habe ich ihr gesagt. Sie könnte sich immer noch für mich entscheiden.

Sie hat mir widersprochen.

Wenn man jemandem sein Herz schenkt, dann gehört es ihm, hat sie behauptet.

Für immer.

Aber davon lasse ich mich nicht abschrecken.

Ich höre nicht auf, bevor sie mir gehört, denn ich bin hartnäckig genug, um zu glauben, dass sie eines Tages in nicht allzu ferner Zukunft die Meine sein wird. Vollständig mein.

Sie weiß es lediglich noch nicht.

31. KAPITEL

Ace

Aidy hat nicht auf meine Nachrichten reagiert.

Oder auf meine Anrufe.

Zwei Tage ist es jetzt her.

Ich habe geglaubt, sie bräuchte Zeit, um sich zu beruhigen. Danach würde sie zurückkommen, an der Tür klingeln, mir in die Arme fallen und darüber lachen, wie lächerlich sie ausgesehen hat, als sie am Sonntag hier rausgestürmt ist wie eine selbstgerechte Primadonna.

Vielleicht hätte ich ihr nachlaufen sollen.

Ihr alles erklären …

Doch so einfach ist das nicht. Ich habe bisher mit niemandem über Kerenza gesprochen, über das, was passiert ist. Oder darüber, dass es mich völlig verändert hat.

Ich sitze im dunklen Wohnzimmer, in meinem Lieblingssessel, und lausche auf die gedämpfte Symphonie des Stadtverkehrs vor meinen Fenstern. Die beiden letzten Tage waren grau und bedeutungslos.

Aidy fehlt mir.

Verdammt noch mal, ich *brauche* sie!

Die letzten paar Wochen gehören zu den besten meines Lebens, und das liegt einzig und allein an ihr. Dass Aidy vor zwei Tagen hier rausgerannt ist, ist meine Schuld.

Ich hätte mich ihr mehr öffnen sollen, ihr alles erzählen. Sie nicht jedes Mal abblitzen lassen, wenn sie nach meinen Brüdern gefragt hat. Ich hätte nicht das Thema wechseln dürfen, als sie mich gefragt hat, ob ich schon einmal verliebt war.

So viele Nächte haben wir wach im Bett gelegen, zur Decke geschaut, ihre Hand auf meiner Brust und meine Hände in ihren Haaren. Sie hat über alles und nichts gesprochen und ich habe einfach zugehört. Ich habe das Reden ausschließlich ihr überlassen und gehofft, dass ihr das nicht auffällt.

Ich atme tief aus und massiere mir die Schläfen. Ich bin erschöpft, mental, vom vielen Nachdenken. Und ich bin körperlich erschöpft, weil ich während der vergangenen beiden Nächte kaum geschlafen habe.

Die ganze Zeit über habe ich Angst gehabt. Angst, mich ihr zu offenbaren und sie an mich heranzulassen, weil es das letzte Mal nicht besonders gut ausgegangen ist, als ich meine Seele einer Frau offengelegt habe, der mein Herz gehörte.

Kerenza habe ich zu sehr geliebt, zu intensiv. Ich habe mich so fest an sie gebunden, dass es im übertragenen und im wörtlichen Sinne beinahe mein Tod gewesen wäre. Und wenn schon Kerenzas Verlust mich beinahe umgebracht hat, wie würde es sich dann erst anfühlen, Aidy zu verlieren?

Wie ein Feigling habe ich zugelassen, dass die Angst das Kommando übernimmt, weil ich fest davon überzeugt war, dass sie schreiend die Flucht ergreifen würde, wenn ich sie zu sehr liebe.

Aber am Ende habe ich sie trotzdem verloren.

Ich erhebe mich von dem knarzenden Ledersessel, hole tief Luft und ziehe meine Schuhe an. Keine Ahnung, ob sie überhaupt zu Hause ist. Ich weiß nicht mal, wo sie ist oder ob sie überhaupt mit mir reden will, weil sie mich nicht zurückgerufen hat, aber ich werde ganz sicher nicht länger hier herumsitzen und in Selbstmitleid zerfließen.

Es ist an der Zeit, ihr alles zu erzählen.

Ich werde ihr nichts verschweigen, ihr alles sagen, was ich bedauere.

Wie leid es mir tut.

Wie sehr sie mich verändert hat.

Dass ich nicht mehr der Mann bin, der ich einmal war. Inzwischen bin ich ein besserer Mann.

Ihretwegen.

Und das soll sie wissen.

Und wenn sie mir schon einmal zuhört – oder falls sie mir zuhört –, dann werde ich ihr auch gleich sagen, was ich für sie empfinde. Ich werde ihr sagen, dass ich sie am Samstagmorgen dabei beobachtet habe, wie sie in ihre Klamotten geschlüpft ist, ganz leise, um mich nicht aufzuwecken, wenn sie zur Arbeit geht. Und ich werde ihr sagen, dass ich genau in dem Moment erkannt habe, dass ich sie liebe.

Ich gehöre nicht zu den Männern, die dieses Wort häufig benutzen oder die sich bei jeder Gelegenheit ver- und entlieben. Kerenza ist die einzige andere Frau, zu der ich es jemals gesagt habe, und obwohl es nicht mehr richtig klingt, wenn ich es im Zusammenhang mit ihr verwende, ist mir bewusst geworden, dass ich sehr wohl wieder lieben kann.

Und zwar genauso stark wie zuvor, wenn nicht stärker.

Ich verlasse das Haus, schiebe die Hände in die Taschen meiner Jeans und gehe in Gedanken all die Dinge durch, die ich Aidy sagen werde.

32. KAPITEL

Aidy

»Oh, Wren, es ist wunderschön!« Ich schlage mir die Hände vor den Mund, als Wren bei *Blush Bridal* auf der Madison Avenue aus der Umkleide tritt. Vor zwei Wochen ist sie an diesem Laden vorbeikommen und reingegangen, um ein Brautkleid von der Stange anzuprobieren, das sie an einem der Schaufensterpuppen im Fenster gesehen hat. Es war lediglich aus einer Laune heraus, aber dieses Kleid passt perfekt zu ihr.

Das heute ist ihre letzte Anprobe und wir sind hier, damit sie es noch einmal anziehen kann, bevor wir es mitnehmen. Wir hoffen alle, dass es passt, denn es wurde bereits zwei Mal geändert, und ihr großer Tag ist schon morgen.

Nun ja, es ist nicht wirklich ein *großer Tag* im wörtlichen Sinne. Wren und Chauncey werden sich auf dem Standesamt das Jawort geben, mit mir als Trauzeugin, und dann werden wir uns mit einer kleinen Gruppe Freunden und Familienmitgliedern bei *Luciana* auf der Fifth Avenue treffen.

»Kann man es sehen?« Wren streicht sich über den winzigen Bauchansatz.

»Nein, es sieht so aus, als hättest du vor der Anprobe noch eine Schüssel Tacos gegessen«, behauptet Topaz und sieht von ihrem Handy auf.

Wren lacht. »Warum gerade Tacos?«

»Äh, warum denn nicht?«, will Topaz wissen, als wäre die Antwort offensichtlich.

»Man merkt es nicht wirklich«, beruhige ich sie.

»Bei Enzo hat man es erst viel später gesehen.« Wren neigt den Kopf und betrachtet ihre Reflektion vor einem dreiteiligen Spiegel aus jedem Winkel. »Morgen beginnt die fünfzehnte Woche.«

»Wie hat Chaunceys Mom die Sache aufgenommen?«, erkundige ich mich.

»Problemlos«, verkündet Wren. »Ihre Begeisterung überlagert momentan alles andere, deshalb ist sie auch nicht darüber ausgeflippt, dass wir die Tradition gebrochen und die Reihenfolge nicht ganz eingehalten haben.«

»Gut«, findet Topaz. »Traditionen sind was für Schwächlinge.«

Wrens Kleid hat eine leichte Empire-Linie und winzige Flügelärmel aus Spitze. Dazu trägt sie einen kleinen Schleier, der an einem Hütchen im Jackie-O-Stil befestigt ist. Er bedeckt ihr halbes Gesicht bis unterhalb der Nase.

»Du wirst unglaublich schick aussehen«, versichere ich ihr. »Dazu brauchst du nur noch roten Lippenstift und einen Haarknoten, und der klassische Look ist perfekt.«

Wren reckt mir begeistert den Daumen entgegen. Währenddessen ist die Verkäuferin damit beschäftigt, hier und da am Stoff zu ziehen, Maße zu überprüfen und einige Stellen zu richten.

»Aus welchen Blumen besteht dein Brautstrauß?«, will Topaz wissen.

»Rosen. In traditionellem Rot.«

»Das gefällt mir.« Topaz grinst ihr Handy an und schreibt eine Nachricht.

»Wem schreibst du denn da?«, frage ich.

»Oh.« Topaz blickt zwischen Wren und mir hin und her. »Ich hab da letzte Woche diesen Typen kennengelernt.«

Ich ziehe die linke Braue hoch. »Warum hast du mir denn noch gar nichts über ihn erzählt? Wie heißt er? Wo habt ihr euch getroffen?«

Seufzend legt sie das Handy in den Schoß.

»Wir haben uns bei einem Fotoshooting getroffen, und sein Name ist Gianluca. Ich hab ihn bis jetzt noch nicht erwähnt, weil ich es für eine einmalige Sache gehalten habe. Aber er sieht das anscheinend anders. Er schreibt mir schon die ganze Woche über, weil er mich wiedersehen will.«

»Lass mich raten, du bist damit überfordert und er schaufelt sich sein eigenes Grab, weil er dir nachläuft.«

Topaz nickt und presst die Lippen zusammen.

»So könnte man das zusammenfassen.«

»Hast du ein Foto?«, fragt Wren.

»Google einfach ›Gianluca‹. Er ist ein weltberühmter Fotograf«, erklärt Topaz. »Ein richtiger Renaissance-Mann. Er spielt Gitarre und schreibt Gedichte. In seiner Freizeit dreht er sogar diese kleinen körnigen Achtmillimeterfilme. Der Mann bereist die ganze Welt und kennt Westeuropa wie seine Westentasche.«

»Bringst du ihn am Samstag zur Hochzeitsfeier mit?«, erkundigt sich Wren.

Topaz erstarrt für eine Sekunde. »Ich hatte eigentlich nicht vor, jemanden mitzubringen.«

»Aber das kannst du«, versichert ihr Wren. »Mach ruhig. Er klingt interessant.«

»Aber dann fühle ich mich mies.« Topaz sieht herüber zu mir. »Aidy bringt niemanden mit. Wir wollten zusammen hingehen.«

»Für mich ist das okay«, beteure ich. »Wirklich. Wenn du ihn mitbringen willst, solltest du es tun.«

Es ist jetzt fünf Tage her, seit ich Ace das letzte Mal gesehen habe. Ich weiß, das klingt nach keiner langen Zeit, aber mir kommt es wie eine Ewigkeit vor. Von Sonntag auf Montag hat er mein Handy mit Nachrichten bombardiert, und am Dienstag habe ich kurz entschlossen einen Nachtflug nach L.A. gebucht. Ein einziger Anruf hat gereicht, damit mir eine Freundin einer Freundin dort einen Auftrag verschafft. Nächsten Monat beginnen die sechswöchigen Dreharbeiten für eine Netflix-Show, und im letzten Moment ist die Visagistin abgesprungen. Meine Freundin hat von mir geschwärmt und die Produzenten hatten meine Arbeit persönlich in Augenschein nehmen wollen, also bin ich in den nächsten Flieger gestiegen und am folgenden Tag mit dem Jobangebot im Gepäck zurückgekehrt.

Als ich an diesem Abend auspackte, fiel mir auf, dass mein Handy seit Montagabend keinen Pieps mehr von sich gegeben hatte. Entweder wollte Ace mich nicht bedrängen oder er hat mich aufgegeben.

Letzteres war wahrscheinlicher. Ich habe das Tagebuch gelesen, das ich vor seiner Tür gefunden hatte. Ich habe gesehen, wie sehr dieser Mann die Frau mit den veilchenblauen

Augen geliebt hat. Sie ist bei ihm aufgetaucht und ich habe seine Reaktion beobachtet.

So reagiert man nicht, wenn einem der andere egal geworden ist. Schon allein wegen Kerenzas Anblick hätte er beinahe die Faust in eine Wand gerammt.

Ich denke an diesen Augenblick, und den danach, als ich nicht schnell genug aus seinem Haus verschwinden konnte. Manchmal frage ich mich, was passiert wäre, wenn ich geblieben wäre. Aber dann hätte ich vermutlich für den Rest meines Lebens die zweite Geige gespielt und immer im Schatten der Frau gestanden, die Ace immer ein wenig mehr lieben wird als jede andere.

»Ich weiß ja nicht mal, ob er mitkommen will. Wir haben uns gerade erst kennengelernt. Vielleicht hält er mich für verrückt, wenn ich ihn bitte, mich zur Hochzeit meiner Freundin zu begleiten.« Topaz' Blick fällt schon wieder auf das erleuchtete Display ihres Handys. Sie unterdrückt ein Lächeln und schreibt schnell eine weitere Nachricht.

»Wenn er dir ständig so viele SMS schickt, steht er auf dich«, stellt Wren fest. »Er kommt auf jeden Fall mit.«

Topaz verdreht stöhnend die Augen. »Na schön, ich frage ihn. Versprecht mir aber, dass ihr ihn nicht in Verlegenheit bringt. Er ist richtig, richtig cool, und ich weiß noch sehr genau, als ich das letzte Mal einen Mann mitgebracht habe, hat sich Wren total betrunken und ihm auf ihrem Handy Fotos aus der Zeit gezeigt, als ich einen schrecklichen Pixie-Cut in Kombination mit meiner Schwarzer-Lippenstift-Phase hatte. Danach hab ich nie wieder was von ihm gehört, dabei hab ich den eigentlich gemocht.«

»Da hast du ja Glück, dass ich mich dieses Wochenende

ausschließlich an Mineralwasser halten werde, also …« Wren tätschelt ihren Bauch und wendet sich an mich. »Aidy, du bist so still. Ist alles in Ordnung?«

»Ja, ich denke nur gerade an den nächsten Monat«, lüge ich. »Der große Umzug.«

»Oh, ich bin ja so neidisch.« Topaz überkreuzt die Beine. »Du hast keine Ahnung, wie viel Glück du hast, sechs Wochen lang in L.A. wohnen zu dürfen. Du solltest mich mitnehmen, einen Tapetenwechsel könnte ich gut gebrauchen. Ohne mit der Wimper zu zucken, würde ich das Chrysler Building gegen Palmen eintauschen. Außerdem wären wir rechtzeitig zu Thanksgiving zurück. Die Macy-Parade kann ich mir nämlich nicht entgehen lassen.«

Ich presse die Lippen zusammen und hole tief Luft. »Ich weiß noch nicht, ob ich wiederkomme.«

»Was?« Topaz macht ein bestürztes Gesicht. »Ich weiß, dass du darüber gesprochen hast, nach L.A. zu ziehen, aber ich hätte nie gedacht, dass du es ernst meinst.«

Ich zucke mit den Schultern. »Ich möchte Glam2Go auch an der Westküste aufbauen, und weil das Unternehmen noch in den Kinderschuhen steckt, will ich das nicht delegieren. Außerdem gibt es dort mehr Arbeit als hier, das wissen wir alle.«

»Ja, aber …« Topaz lässt die Schultern hängen. »Das passiert jetzt alles so schnell.«

Ich sehe hinüber zu Wren. »Daran ist die fruchtbare Dame dort drüben schuld.«

»Hey!« Wren wirft mir einen bösen Blick zu.

»Sind Sie zufrieden mit der Passform?«, fragt die Verkäuferin meine Schwester. Die nickt, und die Frau geht mit ihr zurück in die Umkleide hinter dem Seidenvorhang.

»Bist du sicher, dass es für dich in Ordnung ist, wenn ich mit einem Mann komme?« Topaz greift nach meiner Hand. Wir haben letzten Montag mittags zusammen gegessen und ich habe mir die ganze Zeit über mit mühsam verkniffenen Tränen Luft gemacht und Topaz' ungeteilte Aufmerksamkeit genossen, was nur selten vorkommt.

»Ja«, bestätige ich ein wenig eindringlicher als beim letzten Mal. »Tu es. Bring ihn mit.«

Topaz setzt einen nachdrücklichen Blick auf. »Du solltest ihn anrufen.«

»Was? Nein.« Ich verstecke meine Gereiztheit über diesen Vorschlag nicht. Wir haben das diskutiert und sie hat mir zugestimmt. Er ist immer noch in Kerenza verliebt.

Er ist nicht in der Lage, sich mir gegenüber zu öffnen.

Und er hat mich angelogen.

Außerdem ist es so einfacher. Ich ziehe um und jetzt sind die Dinge eindeutig unkomplizierter. Darüber hinaus war die Sache mit ihm nichts weiter als ein Sommerflirt, und Sommerflirts sind sowieso nicht für die Ewigkeit gedacht.

Mein Magen schmerzt, so wie schon die ganze Woche, wenn ich an ihn denke. Das Herz ist mir schwer und beinahe stündlich breche ich wegen irgendwelcher Kleinigkeiten fast in Tränen aus, zum Beispiel wenn ich den Deckel nicht vom Glas mit der Erdnussbutter abkriege oder versehentlich eine brandneue Dose Fixierung von Laura Mercier umschütte.

Tatsache ist, ich bin die ganze Woche schon nicht ich selbst. Ich verspüre keinerlei Lebenslust oder Hoffnung mehr, und ich lächle auch nicht.

Ich habe das Tagebuch gelesen, den Mann gefunden, meine Antworten bekommen. Und diese Erfahrung hat mich für immer verändert.

Gestern habe ich es fortgeworfen und inzwischen hat es die Müllabfuhr abgeholt.

Jetzt ist es weg, vergraben unter einem Haufen Abfall irgendwo auf einer Deponie.

Für alle Zeiten.

Und ich weigere mich, noch länger über die Sache nachzudenken.

Menschen ver- und entlieben sich jeden Tag.

Versprechen werden gegeben.

Herzen werden gebrochen.

Das Leben geht weiter.

»Seid ihr fertig?« Wren erscheint aus der Umkleide, das Kleid in einer Schutzhülle über die Schulter gelegt. »Ich verhungere gleich. Wo wollen wir essen?«

Das Leben geht definitiv weiter.

33. KAPITEL

Ace

Sechs Tage.

Sechs Tage ist es her, seit ich sie zuletzt im Arm gehalten habe.

Hätte ich gewusst, dass es das letzte Mal sein würde, hätte ich sie vielleicht ein wenig länger, ein wenig fester gehalten.

Ich bin ein Wrack.

Seit Tagen habe ich nicht richtig gegessen.

Mein Gesicht ist von einem dichten Bartschatten bedeckt.

Ich bin nicht stolz darauf, aber ich habe mir Aidys Instagram-Tutorials für Makeup angesehen, weil ich den Klang ihrer Stimme vermisse und ihr Lächeln, das ihr Gesicht erstrahlen lässt. Wie sie über sich selbst lacht, die Augen verdreht und die Zunge herausstreckt, wenn sie sich verhaspelt.

Heute ist die Hochzeit von Wren und Chauncey, heute Abend findet die Feier statt. Eigentlich hätte ich dort als Aidys Begleiter hingehen sollen. Wir wollten gemeinsam feiern. Ich bin kein großer Fan von Hochzeiten oder Empfängen und solchen Veranstaltungen, aber ich habe mich darauf gefreut, mit ihr zusammen zu sein, denn aus irgendeinem völlig verrückten und mir unverständlichen Grund kann ich nicht genug von dieser Frau bekommen.

Man hat mir schon früher gesagt, dass ich zu sehr klammere.

Zu sehr liebe.

Nicht loslassen kann.

Sehr lange habe ich geglaubt, das wäre meine größte Schwäche. Also habe ich mich gezwungen, loszulassen. Mich zurückzuziehen. Doch inzwischen glaube ich, dass das bei Aidy der komplett falsche Ansatz ist.

Sie ist eine Feder.

Und sie braucht einen Felsen.

Ich verlasse meinen Sessel und marschiere in Richtung Dusche.

Ich muss sie heute Abend sehen.

Ich muss sie zurückgewinnen.

***

Ich bin glattrasiert und betrachte meine finstere Miene im Spiegel, während ich die Krawatte richte. Einfach so bei Wrens Feier aufzutauchen ist vielleicht unverschämt, aber ich weiß nicht, wo ich Aidy sonst wiedersehen soll. Sie reagiert nicht auf meine Anrufe und Nachrichten. Als ich am Montag zu ihr gegangen bin, hat sie mir nicht die Tür geöffnet. Am Dienstag auch nicht. Sie muss mich aber anhören, und ich habe inzwischen nichts mehr zu verlieren, weil ich längst alles verloren habe.

Ich mustere mich noch einmal abschließend im Spiegel

und gehe dann die Treppe hinunter zur Haustür. Als ich davor den schattenhaften Umriss eines Menschen sehe, bleibt mir beinahe das Herz stehen. Für den Bruchteil einer Sekunde glaube ich, es sei Aidy, gekommen um mich abzuholen. Dass sie mir sagen will, wie sehr sie mich die ganze Woche vermisst hat und dass wir diesen Blödsinn beenden sollten.

Allerdings ist der Schatten auf der anderen Seite viel größer als Aidy und auch viel schlanker. Ich beobachte, wie die Person sich nach der Klingel streckt, und reiße die Tür auf.

»Alessio. Du hast mich erschreckt.« Kerenza legt sich die Hand auf die Brust, wo sich ein Hohlraum befinden muss, denn diese Frau hat sich als kaltblütig und völlig herzlos erwiesen.

Ich entschuldige mich nicht.

Bei Kerenza werde ich mich niemals entschuldigen. Für nichts.

Das Schlimmste, was ich dieser Frau je angetan habe, war sie so sehr zu lieben, dass es sie geradewegs in die Arme meines gottverdammten besten Freundes getrieben hat. Ausgerechnet er.

»Verschwinde.« Meine Nasenflügel beben.

»Okay, bevor du etwas sagst«, beginnt Kerenza, »ich bin nur hergekommen, um dich um fünf Minuten deiner Zeit zu bitten.«

Grimmig verschränke ich die Arme. »Ich will gerade gehen. Ich habe keine Zeit für dich oder deine verdammten Spielchen.«

»Das verstehe ich«, behauptet sie. Tränen steigen ihr in die blauen Augen. »Du hast jedes Recht, mich zu hassen. Ich bin nicht hier, um das zu bestreiten.«

»Warum zum Teufel bist du dann hier? Ich dachte, ich hätte dir sehr deutlich gemacht, dass du hier nicht willkommen bist.«

Ich starre in die Augen der Frau, die mich um einen Verlobungsring angebettelt, eine wunderschöne, aufwendige Hochzeit organisiert und mich dann am Altar stehen gelassen hat wie einen verdammten Idioten, während sie mit meinem besten Freund aus Kindertagen durchgebrannt ist, mit dem sie schon seit Monaten hinter meinem Rücken vögelte, wie ich später rausfand.

Kerenza bricht in Tränen aus, doch ich habe im Laufe der Jahre gelernt, dass die nichts weiter sind als eine Manipulationstechnik. Jedes Mal, wenn sie Aufmerksamkeit oder Mitgefühl für eins ihrer Luxusprobleme erreichen wollte, hat sie angefangen zu weinen, ist in meinen Armen zusammengebrochen und hat mich angefleht, sie festzuhalten.

Wäre Kerenza Schauspielerin, hätte sie schon eine ganze Vitrine voller Oscars und Golden Globes.

Nach einer Weile habe ich aufgehört, mitzuspielen. Aufgehört, ihr das zu geben, was sie wollte. Ich nehme an, dass sie daraufhin angefangen hat, ihre Zuwendung meinem besten Freund zu schenken.

Sie ist nichts weiter als eine Narzisstin. Kerenza ist egoistisch und verschlagen, jemand, der mittels Manipulation das Leben von allen in ihrem Umfeld kontrolliert, alles zu ihren Gunsten verdreht und jemanden so lange beschwatzt, bis sie genau das kriegt, was sie will. Und wenn sie bekommen hat, was sie will, ist derjenige immer noch davon überzeugt, dass er es ihr aus freien Stücken und eigenem Antrieb gegeben hat.

»Hast du das Tagebuch gefunden?«, fragt sie und wischt sich die Tränen mit dem Handrücken ab. »Ich habe es vor einigen Monaten auf deine Treppe gelegt.«

Ich fahre mir übers Gesicht und atme tief ein.

»Ich habe es ihm weggenommen, nachdem wir uns getrennt hatten«, fährt sie fort. »Ich … ich dachte, es würde dir vielleicht zeigen … ich … du solltest sehen, wie sehr er mich geliebt hat.«

»Natürlich. Es geht immer nur um dich.«

»Und warum ich mich für ihn statt für dich entschieden habe.« Kerenza greift nach mir. Törichterweise scheint sie zu glauben, dass ich ausgerechnet von ihr Trost brauche. Ich mache einen Schritt nach hinten.

Mit zusammengezogenen Brauen starre ich sie an und meine Worte klingen scharf. »Warum? Warum zum Teufel glaubst du, dass das alles ein Jahr später noch eine Rolle spielt?«

Ihre roten Lippen formen ein stummes »O«. »Weil … weil du völlig zerbrochen bist … an dem, was passiert ist. Ich meine, du bist praktisch zu einem Einsiedler geworden. Ich habe dich zerstört, Alessio. Und ich fühle mich deshalb schrecklich. Ich versuche, das wieder in Ordnung zu bringen. Ich versuche, dir eine Art Abschluss zu bieten, den du ganz offensichtlich brauchst.«

Ungläubig fahre ich mir über die Unterlippe und betrachte den Gehweg hinter ihr.

»Ernsthaft?«, frage ich. »Ernsthaft, Kerenza?«

Sie erwidert nichts, steht einfach nur da, mit felsenfester Selbstsicherheit. Komisch, wie schnell ihre Tränen getrocknet sind, sobald sie merkte, dass sie bei mir damit nichts ausrichtet.

»Du hast mich nicht zerstört«, sage ich. »Lass dir das ganz deutlich gesagt sein.«

Ihr Blick wird bekümmert, als hätte ich ihre Gefühle verletzt, was ziemlich ironisch ist, weil ich nicht glaube, dass sie überhaupt welche besitzt.

»Dass du mich an unserem Hochzeitstag vor vierhundertzweiunddreißig Gästen sitzengelassen hast, war spektakulär. Ich meine, wenn schon, dann lässt du es richtig knallen, oder? Und als ich dann herausfand, dass du es schon monatelang hinter meinem Rücken mit meinem besten Freund getrieben hast? Das war das Sahnehäubchen auf der fünfzehntausend Dollar teuren Hochzeitstorte, die wir leider nicht mehr genießen konnten«, presse ich durch zusammengebissene Zähne hervor. »Aber meine Wut im vergangenen Jahr? Meine Verbitterung? Die war ausschließlich gegen mich gerichtet.«

Kerenza wirkt verwirrt, und sie sieht aus, als wolle sie etwas sagen, schweigt dann jedoch.

»Ich hätte niemals in dieses Auto steigen sollen«, fahre ich fort. Mein Kiefer schmerzt, so fest beiße ich ihn zusammen. Ich hatte damals ein 1957er Austin-Healey-Cabrio gemietet, weiß mit roter Ausstattung. Der Wagen war Kerenzas Idee gewesen, nachdem sie eine Fotoreihe in einem Brautmagazin gesehen hatte, und ich, der ignorante Trottel, der ich war, wollte sie glücklich machen. Nach unserer Hochzeitsfeier wollten wir damit in die Flitterwochen fahren, Dosen und eins dieser schrecklichen »Just married«-Schilder im Schlepptau, Freunden und Familien zum Abschied zuwinken und uns küssen, wenn wir über den Hügel hinter dem Veranstaltungsort fuhren. So, wie wir es seit unserer Kindheit geplant hatten. Stattdessen bin ich aus der Kirche gestürmt, habe die idiotischen Schilder von dem Oldie gerissen und bin in Richtung Martha's Vineyard davongerast, wo mein bester Freund während des Hochzeitswochenendes gewohnt hat.

Ich konnte nicht klar denken, habe nur rot gesehen.

Innerhalb eines Sekundenbruchteils hatte ich meine Jugendliebe verloren.

Und einen Mann, den ich geliebt habe wie einen Bruder.

Ich hatte das nicht einfach so hinnehmen wollen. Ich wollte nicht herumsitzen, während mich alle bemitleideten, und mir von *Zia* Maria-Teresa anhören müssen, dass ich allein auf unsere Hochzeitsreise gehen sollte, denn damit würde ich es ihnen so richtig zeigen …

Ich wollte sie sehen. Ich wollte ihm in die Augen blicken, ihn gegen eine Wand rammen. Ihm ins Gesicht spucken. Ihn zusammenschlagen, denn damals schien mir das eine gute Art, den intensiven Schmerz zu betäuben, der in mir wütete.

Und wenn er dann in seinem Blut und seiner Kotze vor mir auf dem Boden läge, wie das Stück Scheiße, das er war, dann würde ich ihm an den Kopf knallen, dass er für mich gestorben war.

Kerenza zu verlieren tat unglaublich weh.

Aber meinen besten Freund, meinen *Bruder*, zu verlieren, war tausend Mal schlimmer.

Die Hände fest um das Lenkrad geklammert, bin ich über den windigen Highway in Provincetown gerast, der zu seinem Haus führte. Ich achtete nicht auf die Geschwindigkeit, obwohl ich wusste, dass ich geradezu flog. Und bevor ich wusste, wie mir geschah, flog ich tatsächlich. Das Auto brach in einer Haarnadelkurve aus, mit der ich nicht vertraut war, und als ich aufwachte, lag ich an Geräte angeschlossen im Krankenhaus und spürte den schlimmsten körperlichen Schmerz meines Lebens.

Danach erinnere ich mich nur noch, wie meine Mutter panisch auf Italienisch herumschrie und loslief, um einen Arzt zu holen. Innerhalb der folgenden vierundzwanzig Stunden wurde mir erklärt, dass meine Schulter an fünf Stellen gebrochen war und ich höchstwahrscheinlich nie wieder einen Baseball würde werfen können.

»Ich habe das vergangene Jahr nicht damit verbracht, dir hinterherzutrauern, Kerenza«, erkläre ich bedächtig. »Ich habe mich selbst dafür verflucht, dass ich in dieses Auto gestiegen bin, in dem Glauben, du wärst den Ärger wert. Und ja, er hat mir gefehlt. Er ist ein egoistisches Arschloch, aber trotzdem habe ich ihn vermisst. Wir waren beste Freunde, verdammt noch mal. Standen uns näher als Brüder. Und du hast mir das genommen. Ihr beide, zusammen.«

»Siehst du, deshalb wollte ich, dass du das Tagebuch liest«, behauptet sie und lächelt beinahe. »Du solltest sehen, dass es nicht leicht für mich war. Er hat alles aufgeschrieben. Seine Liebe für mich war anders als deine. Du hast mich zu sehr geliebt, Alessio.«

»Verdammt noch mal, das kommt dabei heraus, wenn man mit einer Narzisstin diskutiert. Du hörst mir überhaupt nicht zu.«

Kerenza neigt den Kopf und leckt sich über die Lippen. Die Haare fallen ihr wellig um die Schultern und sie wirkt wie ein verwirrter Cockerspaniel. Früher fand ich das bezaubernd, doch jetzt kann ich ihren Anblick kaum ertragen.

»Du sollst lediglich wissen, dass ich meine Entscheidung jeden Tag aufs Neue bedaure, Alessio«, sagt sie. »Dass mein

Handeln dein Leben auf den Kopf gestellt hat, ist mir bewusst.«

»Wie aufmerksam von dir.«

»Er war das personifizierte Abenteuer für mich.« Ihre Augen leuchten auf. »Er hat die Welt bereist. Du bist in Stadien gefahren. Er hat mich mit jeder Faser geliebt, sich nie zurückgehalten. Deine Liebe hat mich erstaunt und erschreckt, und mich am Ende erdrückt. Du hast mir Stabilität und Sicherheit geboten. Du warst mein Anker, Alessio. Ich wollte einfach nicht angebunden sein. Zumindest damals nicht.«

Ich blicke auf meine Uhr. »Bist du jetzt fertig?«

»Warum? Musst du irgendwo hin?« Sie schnaubt, als wäre sie beleidigt, weil ich nicht hier stehen und mir ihre poetischen Ergüsse anhören will, wie verdammt gut sie es einmal hatte und wie sie es versaut hat, indem sie mit meinem besten Freund gevögelt hat.

»Spar dir den Atem, Kerenza. Alles läuft darauf hinaus, dass ich nicht in dieses Auto hätte steigen sollen. Ich hätte euch niemals nachfahren dürfen, denn du und Gianluca, ihr wart perfekt füreinander geschaffen. Verflucht perfekt.«

Kerenza fällt die Kinnlade herunter und sie blockiert immer noch meinen Eingang.

»Geh jetzt«, knurre ich.

Sie schluckt, blinzelt schnell und wirft einen Blick auf das Paar, das gerade auf dem Gehweg vorbeischlendert. Dann wendet sie sich wieder mir zu.

»Hast du es gelesen? Das Tagebuch?«

»Verdammt noch mal, natürlich nicht!« Plötzlich ergibt alles einen Sinn. Jetzt kann ich Aidy eigentlich nichts mehr vorwerfen. Ich weiß, wie Gianluca schreibt, er hat einen

Hang zur Theatralik und wer ihn kennt weiß, dass er nicht mal die Hälfte von dem ernst meint, was er sagt. Darin sind sich Kerenza und er sehr ähnlich. »Aber meine Freundin, und offensichtlich glaubt sie jetzt, dass ich diesen ganzen liebeskranken Scheiß über dich geschrieben habe.«

Kerenzas Mund verzieht sich zu einem zufriedenen Lächeln, was mich kein bisschen überrascht.

»Gott, du bist wirklich herzlos.« Verärgert schiebe ich mich an ihr vorbei und schließe hinter mir ab.

Ich lasse Kerenza auf der Treppe stehen und blicke mich nicht um. Konzentriert auf das, was vor mir liegt, mache ich mich auf den Weg zu *Luciana's* auf der Fifth Avenue.

34. KAPITEL

Aidy

Seit wir uns hingesetzt haben, hat meine Mutter meine Hand nicht losgelassen. Seit ihrer Ankunft heute Morgen, als sie lautstark ihre Version von Frank Sinatras *New York, New York* singend in unser Apartment geplatzt ist, ihre knallbunte Lily-Pulitzer-Tasche über der Schulter und einen dazu passenden Rollkoffer im Schlepptau, klebt sie an mir. Jeder Besuch in der Stadt ist wie der allererste für sie.

»Sieht deine Schwester nicht wunderschön aus?« Mom drückt meine Hand und sieht sehnsüchtig hinüber zu Wren und Chauncey am Kopfende des Tisches. »Ich habe immer gewusst, dass sie eines Tages eine wunderschöne Braut abgeben wird. Genau wie du.«

Ich sage ihr nicht, dass ich nicht so weit in die Zukunft denke. Es würde ihr das Herz brechen.

»Julie, wie geht es dir?« Topaz setzt sich uns gegenüber und strahlt über das ganze Gesicht.

»Hallo, meine Liebe.« Mom erwidert das Lächeln. »Ich freue mich, dich zu sehen. Oh, deine Haare! Sieht toll aus.«

Topaz streicht mit den Fingern durch die glänzenden Strähnen und zuckt mit den Schultern. »Als Nächstes werde ich es vermutlich kastanienbraun färben. Es ist beinahe Herbst und ich möchte etwas, das zu Edelsteintönen gut aussieht.«

Nur Topaz stimmt ihre Haarfarbe je nach Jahreszeit auf die Farbpalette ihrer Garderobe ab.

»Kastanienbraun würde dir sehr gut stehen«, findet Mom.

»Wo ist dein Begleiter?«, flüstere ich über den Tisch hinweg.

»Er kommt«, versichert sie mir. »Allerdings ein wenig später. Er musste noch ein Shooting in TriBeCa beenden, aber er ist unterwegs.«

Das Klirren von Gläsern füllt den kleinen Saal, und wir richten unsere Aufmerksamkeit zum Kopfende, wo Chauncey mit dem Buttermesser an seine Champagnerflöte klopft. Sobald Stille herrscht, greift er nach Wrens Hand und zieht sie zu sich heran.

»Vielen Dank, dass ihr alle gekommen seid.« Während er spricht, wird sein Gesicht feuerrot. »Der heutige Tag gehört zu den besten meines Lebens. Nie hätte ich gedacht, dass ich einmal eine so wunderbare Frau wie Wren finden würde, und dass sie mein Kind unter dem Herzen trägt und zugestimmt hat, mich zu heiraten, macht mich zum glücklichsten Iren in ganz Manhattan. Enzo, es ist mir eine Ehre, dein Stiefvater zu sein, und deiner Mutter dabei zu helfen, dich großzuziehen. Du wirst ein ganz toller großer Bruder werden, daran habe ich nicht den geringsten Zweifel. Julie und Aidy, vielen Dank, dass ihr mich in eure Familie aufnehmt. Ich weiß, dass ihr drei euch sehr nahesteht und ich bin sehr dankbar, dass ihr mich eurem verrückten kleinen Kreis beitreten lasst.«

Mom hebt ihr Glas in Chaunceys Richtung und grinst. Auf ihren Zähnen leuchtet ihr pinkfarbener Lippenstift.

Ich betrachte Wren und lächle, als sich unsere Blicke treffen, und sie erwidert mein Lächeln. Sie hätte keinen perfekteren Tag finden können, um ihren Seelenverwandten zu heiraten. Das Wetter hat mitgespielt, ihre Frisur und das Makeup sind makellos. Alle waren pünktlich da.

Dass unser Vater nicht dabei ist, ist schade, aber letztendlich ist es sein Verlust. Er ist derjenige, der mit dieser Entscheidung leben muss. Ich bin unendlich dankbar, dass Wren einen besseren Mann gefunden hat. Sie heiratet den Mann, den sie verdient, und er wird sie unglaublich glücklich machen.

Auf den Tischen flackern Kerzen, umgeben von roten Rosen. Die Dekoration ist unheimlich romantisch und ich ertappe mich dabei, wie ich mir inständig wünsche, Ace wäre hier. Mom hätte ihn gemocht. Und dann alles in ihrer Macht Stehende getan, um mich vor ihm zu blamieren.

Aus dem Augenwinkel sehe ich, wie Topaz sich leicht erhebt und in Richtung Tür winkt. Ich folge ihrem Blick und erkenne einen Mann, der zu ihr herüberkommt.

»Danke, dass ihr alle gekommen seid«, sagt Wren am Kopfende und hebt ihre Sektflöte mit Mineralwasser. »Das Essen wird gleich serviert. Lasst uns feiern!«

Wir heben unsere Gläser und stoßen auf die neue Finnegan-Familie an, und Mom wischt sich eine Träne aus dem Augenwinkel.

»Tut mir leid, dass ich zu spät komme«, höre ich einen

Mann über den Tisch hinweg sagen. Es ist Topaz' Verabredung.

Mom kaut mir gerade wieder ein Ohr ab und erzählt mir irgendwas von Tante Bev in meiner Heimatstadt, und ich bilde mir beinahe ein, aus dem Augenwinkel Ace zu entdecken. Ich schüttele den Kopf. Mein Gehirn spielt mir offenbar einen Streich. Den ganzen Tag über habe ich an ihn gedacht, die ganze Woche über, um genau zu sein. Wo ich auch hingehe, glaube ich ihn zu sehen, in der ganzen Stadt. Bei jedem Mann mit schokoladenbraunem Haar und einem gestählten Körper, der trübsinnig vor sich hingeht, bin ich überzeugt, dass es sich um Ace handelt. Vor zwei Abenden konnte ich in der U-Bahn beinahe nicht mehr atmen, weil ich fest geglaubt habe, dass er der Typ hinter mir mit den Kopfhörern ist.

»Aidy, das hier ist Gianluca«, sagt Topaz. Ich blicke über den Tisch hinweg ihr Date an, und mir stockt beinahe der Atem. Gianluca sieht trendig aus, weltgewandt, und ist umwerfend attraktiv. Seine welligen Haare reichen bis auf die Schultern und er trägt eine Motorradjacke aus Leder. Topaz lächelt nachdenklich, als ob sie versucht, so zu tun, als möge sie ihn nicht, oder als wäre sie zu cool, um sich für dieses Prachtexemplar von Mann neben ihr zu begeistern.

»Schön, dich kennenzulernen.« Über die flackernde Kerze hinweg strecke ich ihm eine Hand hin.

Topaz mustert mich und versucht, meine Reaktion einzuschätzen.

Ich greife nach meinem Wasserglas. Gianluca neben Topaz zu sehen lässt mich Ace so sehr vermissen, dass es wehtut. Alle Eiswürfel sind geschmolzen und das Glas ist beschlagen. Es rutscht mir beinahe aus der Hand.

Gianluca ist ganz anders als Ace, aber irgendetwas an ihm kommt mir bekannt vor. Vielleicht ist es die Art, wie er sich gibt, oder seine Haltung. Ich kann es nicht genau benennen.

Ich gönne mir einen Moment, um mich davon zu überzeugen, dass ich mir das alles nur einbilde. Topaz hat mit Ace zusammengearbeitet, sie kennt seine Aura. Sein Auftreten. Wenn sie der Meinung wäre, Gianluca würde sie an Ace erinnern, hätte sie mir das doch sicher gesagt. Allerdings sprechen wir hier über Topaz und die ist manchen Dingen gegenüber einfach blind.

Ich bilde mir das ein. Das ist die einzige Erklärung.

Räuspernd sammle ich mich und beuge mich vor. »Topaz hat mir erzählt, du bist Fotograf?«

Er erwidert meinen Blick. Seine Augen sind eindringlich, aber sein Körper wirkt entspannt.

»Das stimmt. Meistens Mode. Aus irgendeinem Grund lieben sie mich in Mailand. Ich bin ständig für Aufnahmen dort.«

»Welche Art von Fotos machst du? Werbung oder Fotoserien für Zeitschriften …?« Der Small Talk mit ihm hilft mir dabei, mich abzulenken und meine Neugier im Zaum zu halten.

»Ein bisschen was von allem.« Er lacht durch die Nase und zieht einen Mundwinkel hoch. Er sieht extrem gut aus, regelrecht hübsch. Sein Gesicht ist perfekt proportioniert und seine verhangenen braunen Augen ziehen mich an wie Magnete. Kein Wunder, dass er Topaz gefällt. Er ist eine wandelnde Reklametafel. Ich wette, er gehört zu den Typen, die Nacktfotos von ihren Freundinnen machen, aber nicht die perverse, dreckige Sorte, sondern die künstlerisch-sinnliche.

»Oh, schön«, sage ich absichtlich verhalten, weil ich mir immer noch den Kopf darüber zerbreche, warum mir dieser Mann so bekannt vorkommt.

Ich hole tief Luft und lehne mich auf meinem Stuhl zurück.

»Tante Aidy, Tante Aidy!« Enzo tippt mir auf die linke Schulter und ich freue mich über die Ablenkung.

»Hey, mein Schatz.«

»Hast du meine Ansteckblume gesehen?« Er deutet auf die Blumen an seinem Jackettaufschlag.

»Das ist ein Ansteckstäußchen«, korrigiere ich. »Und ja, es ist toll. Ich habe deiner Mom beim Aussuchen geholfen.«

Enzo sieht sich um und seufzt. Er ist das einzige Kind hier und langweilt sich vermutlich zu Tode. Er tut mir leid, wirklich. Aber der heutige Tag ist ein wichtiges Ereignis und er sollte dabei sein und ihn mit uns Erwachsenen feiern.

»Freust du dich auf unsere gemeinsame Woche?«, frage ich ihn. Wren und Chauncey gehen morgen früh auf Hochzeitsreise. Sie fliegen nach Jamaica und ich kümmere mich solange um Enzo.

Mein Neffe nickt. »Ich kann es kaum erwarten, Tante Aidy!«

»Geht mir genauso.« Ich zerstrubbele ihm die rostbraunen Haare. »Wir werden diese Woche zusammen so viel Spaß haben, dass du gar nicht wissen wirst, wie dir geschieht.«

Ich habe schon die ganze Woche geplant. Enzo macht gerade einige große Veränderungen durch – er wird mit Wren nach Uptown zu Chauncey ziehen und die Schule wechseln. Und in ungefähr vier Monaten muss er sich die Aufmerksamkeit seiner Eltern mit einem entzückenden kleinen Bruder oder einer kleinen Schwester teilen.

Dass ich ihn jetzt eine Woche lang mit Junkfood, Spielzeug und Aufmerksamkeit verwöhne, ist bestimmt nicht das Schlechteste.

»Hey, du sollst zu deiner Mom kommen«, sage ich, als mir auffällt, dass Wren ihn zu sich winkt. Am Kopfende des Tisches steht eine Frau mit einem Fotoapparat und ich nehme an, dass jetzt die Hochzeitsfotos gemacht werden sollen. Enzo verschwindet und mein Blick fällt wieder auf Topaz und Gianluca.

Sie flirten miteinander, und zwar schamlos und massiv, ohne ihre Umgebung zu beachten. Er beugt sich nahe zu ihr hin und hat ihr anscheinend eine Hand aufs Knie gelegt. Sie hat die Beine überkreuzt und sich ihm zugewandt. Er streicht sich eine Strähne seiner dunklen Haare aus dem Gesicht und leckt sich über die Lippen, ehe er ihr etwas ins Ohr flüstert. Ich bekomme schon vom Zuschauen Gänsehaut, in Vertretung für Topaz. Gianluca ist absurd sexy. Zwar nicht so sehr wie Ace, aber er kommt verdammt nah ran.

Ich bin so von den beiden fasziniert, dass ich alles andere um mich herum ausblende. Das Klappern des Bestecks auf den Tellern wird zu einem Hintergrundgeräusch und die Gesprächskulisse wird zu einem dumpfen Murmeln.

Gianluca fährt mit dem Daumen über ihren Kiefer und sie beißt sich auf die Lippe und schaut nach unten. Als sie aufsieht, fällt ihr Blick über seine Schulter und sie erstarrt.

Mit großen Augen dreht sie sich zu mir um.

»Was ist?«, forme ich mit den Lippen.

Gianluca nimmt die Hand von ihrem Gesicht und greift

nach dem Glas Champagner vor sich auf dem Tisch. Dass etwas anderes für einen Moment lang ihre Aufmerksamkeit gefesselt hat, scheint er nicht zu bemerken.

Sie blickt hinüber zum Eingang und dann wieder zurück zu mir. Als ich mich umdrehe, um nachzusehen, warum sie so eine große Show abzieht, klopft mir das Herz wie wild in der Brust und mir werden die Knie weich.

Ace.

Ace ist hier.

Er steht in der Tür.

Zu behaupten, dass ich mich nicht über seinen Anblick freue, wäre gelogen. Gott, was habe ich diesen Mann vermisst. Aber ich werde nicht so tun, als wäre nichts passiert und mich sofort in seine Arme werfen.

Räuspernd wende ich mich an Topaz und frage sie stumm mit den Augen, was ich jetzt tun soll, denn mein Körper ist wie gelähmt und durch meinen Kopf rasen eine Million Gedanken. Keiner davon ergibt jedoch einen Sinn.

Wenn sie etwas sagen könnte, ohne Aufsehen zu erregen, würde sie mir vermutlich raten, zu ihm zu gehen.

Ich werfe meine Serviette auf den leeren Vorspeisenteller, stehe auf und gehe rasch zu ihm hinüber.

»Was zum Teufel tust du hier?«, herrsche ich ihn im Flüsterton an und gebe mir alle Mühe, wütend auf ihn auszusehen, obwohl ich ihn eigentlich nur küssen möchte.

Ace fasst mich am Ellbogen und führt mich in einen kleinen Flur vor den Toiletten. Wir sind allein und die Wandleuchter hinter uns werfen ein weiches Licht auf sein Gesicht.

»Du bist mir die ganze Woche aus dem Weg gegangen«, sagt er.

»Also tauchst du bei der Hochzeit meiner Schwester auf? Weißt du, wie irre das wirkt?«

Er wischt sich mit der Hand über die glatte Wange, die ohne Narbe, und lächelt. »Ja, Aidy. Dessen bin ich mir voll bewusst. Aber ich muss dir unbedingt etwas sagen.«

»Und das konnte nicht warten?«

»Bis wann? Du reagierst weder auf meine Anrufe noch auf meine Nachrichten. Offenbar willst du nichts mehr mit mir zu tun haben. Soll ich einfach warten, bis wir uns irgendwann einmal wieder zufällig über den Weg laufen? Denn wer weiß, wann das passieren wird.«

Ich verschränke die Arme vor der Brust und begehe den Fehler, meinen Blick von seinen Augen zu seinen Lippen und zurück wandern zu lassen. Es entgeht ihm nicht.

Dieser Fehler könnte sich als fatal erweisen.

Ich stehe mit dem Rücken an der Wand und er hat seine Hand über meiner Schulter abgestützt. Ich atme seinen Duft ein, ein weiterer Fehler, und lecke mir über die Lippen. Ich vermisse sein Gewicht auf mir, seine Hände, wie sie meine Hüften führen, während er sich tief in mir bewegt. Ich vermisse das Gefühl, im warmen und sicheren Kokon seiner Arme zu liegen.

Aber er hat mich belogen.

Und er ist immer noch in eine andere verliebt.

Selbst wenn ich absolut alles an ihm vermissen würde, und das tue ich tatsächlich, würde das nichts an den Tatsachen ändern.

»Du willst wissen, warum ich nie über meine Vergangenheit spreche?«

Ich nicke, die Lippen geschürzt.

»Weil sie unwichtig ist. Die Vergangenheit ist vorbei. Es ist eine Menge Mist passiert, über den ich nicht gern rede, weil ich Fehler gemacht habe. Ich habe mich selbst verraten. Doch seit ich dich kennengelernt habe, hast du mich gezwungen, mich wieder auf die Gegenwart zu konzentrieren, und die Gegenwart mit dir fühlt sich so schön an, dass ich sie nie wieder verlassen wollte. Nicht mal für zwei Sekunden, um in Gedanken wieder in meine Vergangenheit einzutauchen. Daher – ja, ich habe vielleicht das Thema gewechselt, wenn du mich nach meiner Vergangenheit gefragt hast, und es tut mir sehr leid, dass ich dich damit verletzt habe. Das war nie meine Absicht. Ich wollte dich nicht ausschließen.«

Ich stoße den Atem aus und verliere mich im eindringlichen Blick seiner grünblauen Augen.

»Es gibt einen weiteren Grund, warum ich dich so auf Abstand gehalten habe«, fährt er fort. »Die letzte Frau habe ich so sehr geliebt, dass ich sie mit meiner Liebe erdrückt habe. So sehr, dass ich sie damit fortgestoßen habe. Das hat sich zwar im Nachhinein als Segen herausgestellt, aber ich wollte dir nicht dasselbe antun, Aidy. Du bist ein Freigeist. Ich nicht. Ich wollte dir keine Angst einjagen.«

Ich lasse die Schultern sinken und atme erneut seinen Duft ein. Meine Entschlossenheit schwindet von Sekunde zu Sekunde.

»Aber weil ich versucht habe, mich zurückzuhalten«, sagt er, »habe ich dich trotzdem verloren.«

Ich lege meine Hand auf seine Brust und spüre den Rhythmus seines Herzens. »Ich verstehe, was du mir sagen willst, Ace. Ich weiß es zu schätzen, aber es ändert nichts an der Tatsache, dass ich immer hinter Kerenza zurückstehen werde.«

Seine Miene verfinstert sich.

»Nein. Nein, nein, nein. Da irrst du dich.« Ace zieht scharf den Atem ein und kneift die Lippen zusammen. »Gott, ich habe dir so viel zu sagen.«

Er umfasst mein Kinn und neigt meinen Mund in Richtung seiner Lippen. Ich spüre, wie ich anfange zu zittern. Er beugt sich vor und drückt mir einen Kuss auf die Stirn, und ich lausche, wie er den Duft meiner Haare einatmet.

»Kerenza hat mich heute Abend besucht«, erklärt er und seine Worte ersticken meine Hoffnung. »Das Tagebuch gehört meinem besten Freund. Sie hat es vor einigen Monaten vor meine Tür gelegt und geglaubt, es würde mir dabei helfen, meinen Frieden mit der ganzen Situation zu machen.«

»Moment, das heißt …«

»Sie dachte, es würde mir helfen, mit der Sache abzuschließen«, knurrt er. »Warum sollte ich etwas darüber lesen wollen, wie mein bester Freund mit meiner Verlobten schläft? Zum Teufel, wir sind zusammen aufgewachsen. Und dieser selbstsüchtige Arsch war dreist genug, die ganze Affäre zu dokumentieren, wie eine Art künstlerische Inszenierung.«

Ich stoße einen langen Atemzug aus.

Ace hält kurz inne und atmet schwer, als müsste er sich einen Moment lang sammeln. Nach und nach fallen die einzelnen Puzzlestückchen an ihren Platz. Ace war nicht derjenige, der in eine Frau verliebt war, die er nicht haben konnte. Er war nicht von Kerenza besessen. Er hat nicht einen anderen Mann mit dessen Frau betrogen – sie haben *ihn* hintergangen.

»Dieser verfluchte Gianluca«, sagt er kopfschüttelnd. »Es war mir scheißegal, dass ich Kerenza verloren habe. Sie zu heiraten wäre ein Riesenfehler gewesen, das ist mir längst klar geworden. Im Nachhinein war es bloß eine Frage der Zeit, wann sie mich betrügt. Aber ich hätte nie gedacht, dass sie ausgerechnet mit meinem besten Freund vögelt, dem Einzigen, der mir näherstand als alle meine Brüder zusammen.«

»Gianluca?« Ich suche seinen Blick. »Sein Name ... lautet Gianluca?«

»Du kennst ihn?« Ace atmet jetzt schneller und heftiger.

»Ich ... keine Ahnung.« Ich ziehe die Brauen hoch. »Ist er Fotograf?«

»Verdammt. Du hast von ihm gehört? Kennst du ihn persönlich?« Ace macht einen Schritt nach hinten und fährt sich mit der Hand übers Gesicht. »Woher? Habt ihr mal an einem Set zusammengearbeitet?«

»Nein.« Ich schüttle den Kopf und bin mir sicher, dass die Sache nicht gut ausgehen wird. Zumindest nicht für Gianluca. »Ich habe ihn heute Abend zum ersten Mal getroffen. Er ... kam mit Topaz. Er ist dort drin.«

Ace starrt hinüber zum Festsaal.

»*Figlio di puttana*,« flucht er leise, die Fäuste an den Seiten geballt. Ich bin nicht sicher, was das bedeutet, aber vermutlich nichts besonders Nettes. Er wirkt wie ein Bulle kurz vor dem Angriff, aber ich kann nicht zulassen, dass er Wrens Feier ruiniert.

Fest lege ich ihm eine Hand auf den Arm. »Stopp. Geh da nicht rein. Bitte. Was auch immer du ihm zu sagen hast, vertage es. Oder macht es draußen. Ich kann nicht zulassen, dass du eine Szene machst. Nicht hier und nicht heute Abend.«

Aces Augen sind dunkel und seine Kiefermuskeln sind fest

angespannt, als er mit hartem Blick seinen lachenden, sorglosen Ex-Kumpel beobachtet, wie er meine beste Freundin anbaggert.

Topaz sieht auf. Vielleicht hat sie die ganze Zeit über immer mal wieder zu uns herübergesehen. Sie entschuldigt sich am Tisch und kommt herausgeeilt.

»Ist alles okay bei euch?«, will sie wissen.

Ace gibt ihr keine Antwort und Topaz wirft mir einen fragenden Blick zu. »Gianluca und Ace waren früher mal gut befreundet.« Ich betone das Wort »waren«.

»Ach du liebe Zeit.« Topaz verschränkt die Hände vor der Brust und sieht hinüber zu Gianluca, der jetzt mit meiner Mutter plaudert. »Ich greife wohl immer daneben.«

Ich lege ihr eine Hand auf die Schulter. »Ich möchte gern eine Szene vermeiden. Kannst du ihn hier rauslocken? Ich glaube, die beiden müssen miteinander reden. Das können sie draußen tun.«

Topaz nickt und geht zurück in den Saal, und ich ziehe Ace durch das Restaurant vor das Gebäude unter eine grüne Markise.

Während wir warten, marschiert er auf und ab wie ein Tiger im Käfig und fährt sich mit den Händen durch die Haare.

Eine Minute später schwingt die Glastür auf. Es ist Topaz, gefolgt von ihrer Verabredung, dem Mann der Stunde. Als die beiden Männer einander erblicken, bleibt mir beinahe das Herz stehen. Sie sehen aus, als ob sie sich zum Kampf wappnen.

»Alessio«, sagt Gianluca. »Ist lange her.«

Ace blickt finster drein. Tiefe Furchen zeigen sich auf seiner Stirn.

»Bist du hergekommen, um einen neuen Versuch zu unternehmen, mich umzubringen, oder hast du beim letzten Mal deine Lektion gelernt?« Gianluca verzieht den Mund zu einem selbstgefälligen Grinsen und stellt sich breitbeinig hin, die Arme vor der Brust verschränkt. Er ist nicht so groß wie Ace, auch nicht so muskulös. Er ist in guter körperlicher Verfassung, aber er ist schlank, wie ein Läufer, der nur ab und zu mal Liegestütze macht.

Ich kann sehen, dass Ace ihn einschüchtert, denn Gianlucas linkes Auge zuckt und er hat die Brust ein wenig herausgedrückt. Nach allem, was ich gelesen habe und was ans Tageslicht gekommen ist, hat Gianluca guten Grund, sich zu fürchten.

Er hat seinen besten Freund auf die schlimmstmögliche Weise hintergangen.

Ace springt auf Gianluca zu, das Gesicht verzerrt und eine Flut italienischer Worte auf den Lippen. Seine Hände sind geballt und nur noch wenige Zentimeter von Gianlucas wunderschönem Gesicht entfernt, doch der zuckt nicht zurück. Stattdessen erwidert er den Wortschwall, das Gesicht genauso wütend und verzerrt wie das von Ace.

»Gott, wir brauchen einen Dolmetscher«, murmelt Topaz mir ins linke Ohr.

Eine dunkelhaarige Frau in mittleren Jahren mit einer pelzbesetzten Jacke geht vorbei und bleibt stehen, um das Spektakel auf dem Gehweg zu betrachten. Bei jedem Wort aus den Mündern dieser wütenden Männer werden ihre tiefliegenden Augen größer.

»*Dio mio*«, sagt sie, schüttelt den Kopf und bekreuzigt sich.

»Verstehen Sie, was die sagen?«, erkundigt sich Topaz.

Die Frau nickt. »Es ist nichts Gutes. Überhaupt nichts Gutes. Der da hat den anderen verraten … seine Verlobte gestohlen. Beide haben sie schon seit ihrer Kindheit geliebt. Sie sind alle gemeinsam aufgewachsen. Vergebung ist unmöglich. Der Langhaarige entschuldigt sich, aber der andere will nichts davon hören … Der, dem es leidtut, sagt, er entschuldigt sich nicht dafür, die Frau geliebt zu haben, sondern weil er damit den einzigen Bruder verletzt hat, den er je hatte. Der Große sagt, für ihn ist er trotzdem gestorben und wird es auch immer sein … und dass er sich aus seinem Leben raushalten soll … und dem seiner Freundin.«

Ich blicke hinüber zu Topaz und sie zieht die Brauen hoch.

»Ihr seid wieder zusammen?«, flüstert sie.

»Sieht so aus.« Schulterzuckend wende ich meine Aufmerksamkeit wieder den beiden Männern zu. Ace hat sich ein wenig beruhigt und seine Gesichtsfarbe ist zu ihrem natürlichen, warmen Ton zurückgekehrt.

Ace schleudert Gianluca ein letztes italienisches Wort entgegen und winkt ab, die Hand zur Faust geballt. Dann kommt er zu mir herüber. Gianluca geht. Er gönnt Topaz nicht mal einen Blick, steigt in einen geparkten Ducati, lässt ihn an und fährt los.

Die italienische Frau mustert uns alle, zuckt mit den Schultern und geht dann ins Restaurant. Topaz folgt ihr.

»Ist bei dir alles okay?« Ace umfasst mein Gesicht. Er ist außer Atem und immer noch erregt. »Tut mir leid, dass du das mit ansehen musstest. Ich … ich habe ihn seit über einem Jahr nicht mehr gesehen, nicht seit damals. Ihn heute Abend hier zu treffen kam unerwartet. Vermutlich ist alles auf einmal aus mir rausgebrochen.«

»Wer hätte gedacht, dass du so temperamentvoll sein kannst?« Grinsend greife ich nach ihm und stecke meine Hände unter seine Arme. Ihn wieder zu berühren fühlt sich gut an. Zu lächeln auch. »Eigentlich war es sogar ein bisschen scharf. Geht es dir jetzt besser? Hattest du Gelegenheit, ihm alles zu sagen, was du wolltest?«

»Ja. Endlich.« Er zieht einen Mundwinkel hoch und beugt sich vor. Sein Mund findet meinen.

Er wirkt jetzt entspannter, lockerer. Ich spüre es an seiner Berührung, an seinem Atem, der Sanftheit in seinem Kuss. Ich kann mir nicht mal vorstellen, wie schmerzhaft es sein muss, so von einem Mann betrogen zu werden, den man liebt wie den eigenen Bruder. Kein Wunder, dass Ace so verbittert und gequält war, so verzweifelt und wütend. Das kann ich ihm nicht verdenken.

Ich lege ihm eine Hand an die glatte Wange und suche seinen eindringlichen Blick.

»Wir haben eine Menge zu besprechen.«

Er nickt. »Haben wir.«

»Aber wie wäre es, wenn du jetzt erst mal mit reinkommst? Du kannst sogar meine Mom kennenlernen …«

»Das wäre schön.«

35. KAPITEL

Ace

»Meine Mädchen haben nie Sport getrieben«, sagt Julie Kincaid, die sich mit überschlagenen Beinen zu mir herüberbeugt. Seit Aidy uns einander vorgestellt hat, weicht sie mir nicht mehr von der Seite. Ich habe den Eindruck, dass sie fasziniert von mir ist, allerdings spricht da womöglich auch nur der Alkohol aus ihr. Während der vergangenen Stunde haben die Kellner ihr Champagnerglas drei oder vier Mal nachgefüllt. »Es hat sie einfach nicht interessiert. Aber ich? Ich habe Softball gespielt. In den Achtzigern war ich Teil einer Halbprofi-Mannschaft für Frauen. Meine Position war First Base, und ich konnte einen Homerun schlagen, der sich gewaschen hatte.«

Julie hat blonde Haare, die bis auf ihre Schultern reichen und auf einer Seite trägt sie eine glitzernde Haarspange. Ihre Lippen sind leuchtend pink geschminkt, ihr Lächeln erstreckt sich über das ganze Gesicht und ihr Lachen durchschallt den kompletten Raum.

Julie stellt Aidys Temperament in den Schatten.

»Du bist sehr attraktiv, Ace.« Julie greift nach meinem Bizeps und drückt ihn. »Du solltest auf dem Titelblatt der *Sports Illustrated* sein oder so.«

»War ich«, erwidere ich bescheiden. »Mehrere Male.«

»Im Ernst?« Ihre Stimme erreicht eine hohe Tonlage, die ich bisher noch nie bei ihr gehört habe. »Alle Achtung! Die würde ich gern mal sehen. Hast du die rahmen lassen?«

Ich schüttle den Kopf. »Sie sind vermutlich irgendwo in einer Kiste im Haus meiner Mutter.«

»Weißt du, Aidy hat als Kind auch mal gemodelt. Sie war auf dem Titel vom Kinderhäkelmagazin«, erzählt Julie. »Sie hat ganz bezaubernd mit ihrer Zahnlücke gelächelt. Das hat Enzo von ihr. Und Sommersprossen genau auf dem Nasenrücken. Die sind verschwunden, als sie älter wurde, aber sie war wirklich ein sehr niedliches Kind.«

»Mom.« Aidy räuspert sich, als sie mit zwei Champagnerflöten in der Hand zurückkehrt und mir eine reicht. »Kaut sie dir das Ohr ab, Ace?«

»Alles gut.« Ich trinke einen Schluck.

Ein flüchtiger Blick durch den Raum verrät mir, dass mehrere Leute ihre Jacken und Taschen nehmen und sich von Braut und Bräutigam verabschieden. Julie blickt auf die mit Silberanhängern geschmückte Uhr an ihrem linken Handgelenk und verkündet, dass sie vermutlich noch schnell mit Cousine Veronica plaudern sollte, bevor sie geht.

Sobald sie weg ist, setzt sich Aidy auf meinen Schoß und schlingt mir die Arme um den Nacken. Sie lacht und hat nur Augen für mich.

»Was?«

»Ich kann einfach nicht fassen, dass du hier bist. Dass du

heute Abend hergekommen bist«, erklärt sie. »Dazu gehört eine Menge …«

»Die vergangene Woche war nicht einfach ohne dich.« Ich atme aus und lege meine Hand seitlich auf ihren Oberschenkel, wo ich sie allmählich nach oben wandern lasse.

»Da stimme ich dir zu.«

»Komm mit zu mir nach Hause«, bitte ich. »Ich möchte einfach zusammen mit dir im Bett liegen und ich verspreche, dass ich diesmal den Großteil des Gesprächs bestreiten werde. Du kannst mich alles fragen, und ich werde dir alles sagen, was du wissen möchtest.«

Aidys saphirblaue Augen strahlen. »Das klingt wundervoll, Ace, aber ich passe die ganze Woche lang auf Enzo auf. Ich muss ihn heute mit nach Hause nehmen.«

Verdammt.

»Aber du kannst mitkommen, wenn du möchtest.« Sie zieht die Brauen hoch und zuckt mit den Schultern. Bisher habe ich aus Respekt gegenüber Wren und Enzo noch nie bei ihr übernachtet. »Vermutlich wird er sowieso auf dem Nachhauseweg im Taxi einschlafen.«

Wir blicken beide hinüber zum Kopfende des Tisches, wo Enzo dasitzt wie ein Zombiekind, die Augen halb geschlossen. Der Kopf sinkt ihm immer wieder auf die Brust. Alle paar Sekunden wacht er wieder auf und setzt sich gerade hin, doch dann beginnt das Schauspiel von Neuem.

»Bist du sicher?«, will ich wissen.

Aidy beißt sich auf die Unterlippe. »Ja. Bleib heute Nacht bei mir.«

***

Ich streichle über Aidys volle Brüste und senke den Mund auf ihre Knospen. Sie atmet aus und schmilzt in meinen Armen dahin. Wir liegen in der Mitte ihres weichen Betts, ihre Beine sind um meine Hüften geschlungen, und Mondschein und Schatten tauchen ihren nackten Körper in ein Streifenmuster. Sogar in der Dunkelheit erkenne ich, wie ihre Augenlider flattern und sich das träge Lächeln auf ihren Lippen ausbreitet, das sie zwischen meinen Küssen zur Schau trägt.

Unsere Finger sind verschränkt und ihre feuchte Wärme gleitet lockend an meinem Schwanz entlang. Doch heute Abend lassen wir die Sache langsam angehen, genießen jeden Augenblick. Wir wollen es so lange wie möglich auskosten, genau wie unsere aufkeimende Liebe zueinander.

Aidy beugt sich vor und drückt ihre Brüste gegen meinen nackten Oberkörper. Dann zieht sie eine Spur aus Küssen über meinen Hals, während ich die Finger in ihre weichen blonden Locken schiebe. Sie reibt ihr Becken an meinem. Eine falsche Bewegung und ich stecke tief in ihr. Meine harte Erregung zuckt und ich lege die Hände auf ihre Hüften.

»Gott, wie ich das hier vermisst habe«, flüstert sie und fährt mit den Fingernägeln durch meine Haare. »Ich finde es immer noch verrückt, dass du einfach bei Wrens Feier aufgetaucht bist, aber ich bin sehr froh darüber.«

Sie stöhnt an meinem Mund und reibt sich stärker an mir, ein Zeichen, dass sie nicht mehr länger warten will. Genauso wenig wie ich.

Sie kniet sich hin und ich greife nach unten, umfasse meinen Schwanz und berühre damit ihre feuchte Mitte. Sie senkt sich auf mich herab, einen endlosen Zentimeter nach dem anderen, bis sie komplett auf mir sitzt, ein verträumtes Lächeln auf dem Gesicht.

»Du fühlst dich so gut in mir an«, wispert sie, legt den Kopf in den Nacken, schließt die Augen und lässt die Hüften kreisen.

Mit den Händen an ihren Hüften führe und kontrolliere ich ihren rücksichtslosen Rhythmus und streichle mit dem rechten Daumen das Zentrum ihrer Lust.

Die ganze Nacht lang könnte ich hier so liegen, tief in ihr versenkt, und dabei zusehen, wie ihre Brüste hüpfen, während sie mich reitet, wie sich ihr Gesicht verzieht, als sie sich dem Höhepunkt nähert, und den sanften Seufzern lauschen, die ihren vollen Lippen entschlüpfen.

Ihre blonden Haare verdecken ihr Gesicht, als sie sich vorbeugt, und sie schiebt sie sich aus den Augen. Atemlos drückt sie ihre Lippen auf meine, klettert von mir herunter und rollt sich neben mir auf die Seite.

»Ich möchte mich dir heute Nacht nah fühlen«, bittet sie.

Sie presst ihren Rücken an mich und ich schiebe ihre Beine auseinander und dringe von hinten in sie ein. Ich streichle ihren Körper, von der empfindlichen Stelle zwischen ihren Beinen bis hinauf zu ihren Brüsten und ihren Lippen. Mit dem Daumen gleite ich über ihren Mund und lasse sie kosten, was meine Hände bei ihr ausgelöst haben.

Dann wende ich meine Aufmerksamkeit wieder der heißen, feuchten Stelle zwischen ihren Beinen zu, pumpe härter und fester und drücke ihr verlangende Küsse auf die erhitzte Haut ihrer linken Schulter. Sie keucht und stöhnt. Aidy vergräbt das Gesicht in einem Kissen, um den Geräuschpegel zu dämpfen, doch ich erkenne an den kleinen Erdbeben, die ihren Körper erschüttern, dass sie gleich so weit ist.

Ihr Becken presst sich an meins, Stoß für Stoß, und als ich spüre, wie sich ihr Körper anspannt, gebe ich noch einmal alles und bringe sie zum Gipfel, während ich selbst in ihr Erlösung finde. Anschließend ziehe ich sie in meine Arme, bis wir langsam wieder in die Realität zurückkehren.

»Ich liebe dich, Aidy.«

Sie schweigt.

Ich hatte nicht geplant, das zu sagen. Es ist mir einfach herausgerutscht.

Die Sekunden, die ohne eine Antwort verstreichen, sind die reinste Folter.

Aidy rollt sich auf die Seite, das Gesicht mir zugewandt. Sie schluckt und streicht mir eine Strähne aus der Stirn.

»Ich liebe dich auch, Ace«, sagt sie. »Aber ich muss dir etwas beichten.«

Mir bleibt das Herz stehen. Die Schwerelosigkeit, die ich eben noch gefühlt habe, ist verschwunden, und ich sinke rasend schnell auf den Boden der Tatsachen zurück.

»Was denn?« Mein Mund ist trocken und mein Herzschlag dröhnt mir in den Ohren.

»Ich ziehe nach L.A. Ich habe dort einen Auftrag angenommen. Nächsten Monat muss ich anfangen.« Mit starrem Körper und bekümmertem Gesicht wartet sie auf meine Antwort.

»Verdammt, Aidy.« Erleichtert stoße ich den Atem aus. Zumindest glaube ich, dass ich erleichtert sein sollte. Ich muss zugeben, ich hatte etwas viel Schlimmeres erwartet. »Du hast mir echt Angst eingejagt. Ich dachte, du sagst jetzt, du bist schwanger oder so. Obwohl das nicht das Ende der Welt wäre, aber eine Sekunde lang habe ich mir echt Sorgen gemacht. Dieser Umzug, ist das beschlossene Sache?«

Aidy nickt langsam. »Der Auftrag dauert sechs Wochen, aber ich bleibe dort, um unsere App auch an der Westküste bekannt zu machen. Das ist schon eine ganze Weile in Planung und hat nichts mit dir zu tun. Ich versuche nicht, vor dir wegzulaufen oder etwas in der Art. Eigentlich hatte ich den Umzug für nächstes Jahr vorgesehen, aber nachdem Wrens Hochzeit wegen ihrer Schwangerschaft vorverlegt wurde, hat sich alles beschleunigt.«

»Ich verstehe.«

Ich spüre, wie sie mich mustert und in meinem Blick nach etwas sucht. Allerdings weiß ich nicht genau, wonach.

»Wird die Distanz für dich ein Trennungsgrund?«, will sie wissen.

Ich beuge mich vor und küsse sie eindringlich.

»Nein.« Meine Stimme klingt tief und zuversichtlich. »Es gehört schon eine Menge mehr als dreitausend Meilen Entfernung dazu, um mich von dir fernzuhalten.«

Sie erwidert meinen Kuss und ich rolle mich auf sie, verankere sie und mich in diesem Moment.

»Erzähl mir was über deine Familie«, bittet sie. »Deine Brüder. Deine Mom. Erzähl mir alles. Ich möchte dich noch einmal ganz neu kennenlernen. Dein wahres Ich.« Mondschein fällt auf das Kissen neben ihr und verleiht ihren ozeanfarbenen Augen einen warmen Glanz. »Ich möchte alles erfahren, was es über dich zu wissen gibt.«

»Schreibst du ein Buch oder so?«

»Ich möchte mich dir einfach nah fühlen«, erklärt sie

mit nur leicht gebremster Begeisterung. »Ist daran etwas falsch?«

Ich schiebe meine Arme unter sie und erzeuge dadurch einen kuscheligen Kokon. Alles, was ich sehe, ist sie.

»Meine Mutter heißt Valentina«, beginne ich. »Sie lebt immer noch in Jersey. Ich würde sie gern bald mal mit dir gemeinsam besuchen. Meine Brüder sind alle jünger als ich. Matteo ist der zweitälteste und lebt in L.A. Er ist ein aufstrebender Schauspieler, aber gut in seinem Job, und ich bin davon überzeugt, dass er eines Tages ein großer Star sein wird. Danach kommt Dante. Er lebt in Seattle und leitet eine Softwarefirma, die er höchstwahrscheinlich irgendwann für eine lächerlich große Summe Geld verkaufen wird. Dann gibt es da noch Cristiano. Er hat gerade das College abgeschlossen und ich weiß nicht genau, was er jetzt machen will. Zuletzt ist er mit dem Rucksack durch Europa gereist. Der jüngste von uns ist Fabrizio. Er macht gerade seinen Abschluss an der Ashburn University.«

»Ihr Amatos seid im ganzen Land verstreut, oder?«

Ich nicke. »Das ist der Grund dafür, warum wir uns nicht mehr so nahestehen wie früher.«

»Ich wette, das bricht deiner Mutter das Herz.«

Ich schürze die Lippen. »Ja.«

»Dann tu was dagegen.« Aidy verzieht den Mund zu einem vorsichtigen Lächeln. »Kann ich sie kennenlernen? Könntest du sie alle hierher einladen? Auch deine Mom?«

Ich blicke zur Seite. »Als Kinder sind wir gemeinsam durch dick und dünn gegangen. Wir waren ständig zusammen, haben uns gemeinsam aus Schwierigkeiten rausgehalten und sind gemeinsam in welche reingeraten. Auf vielerlei Weise musste ich der Vater sein, den wir nie hatten. Wenn Mom arbeiten ging, musste ich die anderen in der Spur halten, und in den Jahren, als Mom zu krank war, um aufzustehen, musste ich meine Brüder morgens für die Schule fertig machen. Ich war für sie verantwortlich. Sobald ich mein Baseballstipendium in der Tasche hatte, bin ich so schnell wie möglich aufs College verschwunden. Vermutlich fühle ich mich deshalb immer noch ein wenig schuldig.«

Aidy reißt die Augen auf.

»Nein, um Himmels willen, nein. Du darfst dich nicht schlecht fühlen, weil du aufs College gegangen bist, um deine Träume zu verwirklichen. Bestimmt hat keiner von ihnen erwartet, dass du dein Leben wegwirfst und zu Hause bleibst, um deine Brüder großzuziehen. Du bist eingesprungen, als es nötig war, aber bitte hab keine Schuldgefühle, weil du dein eigenes Leben führst. Es klingt doch ganz so, als hätten sich deine Brüder wunderbar gemacht. Du hast mehr geleistet, als du hättest tun müssen, und das auch noch verdammt gut.«

»Ja.« Ich rolle mich von ihr herunter. Sie kuschelt sich neben mir zusammen, schlingt mir eins ihrer langen Beine über die Hüfte und legt ihre Wange an meine Brust. »Ich schätze, so kann man es auch betrachten.«

Ich bin müde, erschöpft von dem schweren Tag und entspannt durch die Leichtigkeit, die ich in Aidys Gegenwart fühle.

Gähnend streiche ich ihr mit den Fingern durch die Haare und schließe die Augen.

»Ace?«, höre ich Aidy in mein Ohr flüstern.

»Ja?«

»Ich liebe dich. Ich weiß, dass ich dir das schon gesagt

habe, aber ich wollte es noch einmal loswerden. Es auszusprechen fühlt sich wunderbar an.«

Zum ersten Mal seit sehr langer Zeit formen meine Lippen ein echtes Lächeln. »Ich liebe dich auch, Aidy.«

36. KAPITEL

Aidy

Als ich am Sonntagmorgen aufwache, ist mein Bett kalt und leer, doch die Schlafzimmertür steht ein Stückchen offen. Ich krieche unter der Decke hervor, mache mich im Badezimmer frisch und folge dann den Stimmen und dem Frühstücksduft in die Küche.

»Welches Stadion ist das älteste in der Geschichte des Profibaseballs?«, fragt Enzo. Als ich um die Ecke biege, entdecke ich ihn am Tisch, einige Quizkarten in der Hand.

»Das ist einfach. Fenway Park«, antwortet Ace. Ich beobachte, wie er Waffelteig in das Eisen gibt und den Deckel schließt. »Nächste Frage.«

»Nenne den einzigen Spieler, der innerhalb einer Woche einen Homerun in der Major League geschlagen und gleichzeitig einen Touchdown in der NFL erzielt hat«, liest Enzo seine Karte vor.

»Pff. Deion Sanders. Frag mich was Schwierigeres. Na los, ich weiß, dass du das kannst.«

Enzo lacht und Ace dreht das Waffeleisen.

»Wer war der Alltime-Hitsleader 1985?«

Ace schweigt und ich vermute, dass Enzo ihn jetzt damit eiskalt erwischt hat. Doch dann sehe ich, wie Ace das Gesicht verzieht, als ob er stark nachdenkt, und nehme an, dass er die Antwort kennt und lediglich Enzo zuliebe eine kleine Show abzieht.

»Keine Ahnung. Ich glaube, jetzt hast du mich.«

»Ha!« Enzo lässt die Karten auf den Tisch fallen und deutet auf Ace. »Es war Pete Rose.«

Ace schlägt sich die Hand vor die Stirn und tut so, als wäre er von sich enttäuscht. »Ah, das stimmt. Pete ›Charlie Hustle‹ Rose. Ich hätte nicht gedacht, dass du mich besiegen kannst, aber da hab ich mich wohl getäuscht.«

»Was ist denn hier los?« Eine Hand in die Hüfte gestützt, trete ich aus dem Schatten im Flur und setze mich neben meinen grinsenden Neffen. Erst jetzt fällt mir auf, dass es für ihn vermutlich das ganze Leben lang ein Highlight bleiben wird, dass ihm ein berühmter Baseballspieler Waffeln gemacht hat.

»Ace macht Frühstück«, erklärt Enzo breit lächelnd.

»Dann musst du etwas ganz Besonderes sein. Wie hast du ihn denn dazu überredet?«, frage ich und zwinkere Ace zu.

»Es war seine Idee.« Enzo deutet auf Ace, der gerade einen Teller zum Tisch bringt. Enzos Waffel ertrinkt beinahe in Sirup und er verschwendet keine Zeit und macht sich darüber her wie ein achtjähriger Neandertaler.

Als Ace sich neben mich setzt, legt er mir unter dem Tisch die Hand aufs Knie und ich lege meine darüber. Er beugt sich vor und küsst mich auf die Stirn.

»Danke«, forme ich mit den Lippen.

Er nickt.

Er hat ja keine Ahnung, wie viel das hier für Enzo bedeutet. Lächelnd lehne ich den Kopf an seine Schulter.

»Ich hoffe, es ist in Ordnung, aber ich habe heute Morgen jemanden angerufen«, sagt er.

Ich setze mich auf. »Ja?«

»Den Manager vom Millennium Park, dem Stadion der Firebirds in Baltimore«, fährt er fort. »Ich habe uns für das heutige Spiel drei Tickets besorgt.«

Enzo fällt die Kinnlade herunter und er lässt seine Gabel fallen. Klirrend landet sie auf dem Teller.

»Habt ihr Lust?«, fragt Ace, die dunklen Brauen hochgezogen.

Ich drehe mich zu Enzo um, der so begeistert ist, dass er nicht sprechen kann, und nur mit dem Kopf schüttelt, hoch und runter, links und rechts. Dieser Kasper.

»Die Fahrt dauert vier Stunden«, erklärt Ace. »Ich muss mich um einen Mietwagen kümmern, aber wir können einen Tagesausflug daraus machen. Ich weiß, dass Enzo morgen früh Schule hat. Falls das ein Problem ist, fahren wir einfach nicht.«

Ich lege ihm eine Hand auf den Arm. »Doch, wir fahren nach Baltimore. Wir kriegen das schon hin. Enzo kann auf dem Rückweg im Auto schlafen. Ehrlich, du hast diesem Jungen gerade einen Lebenstraum erfüllt.«

Enzo schiebt sich das letzte Stückchen Waffel in den Mund und ich bitte ihn, sofort zu duschen. Als er fort ist, klettere ich rittlings auf Aces Schoß und lege ihm die Arme um die breiten Schultern.

»Ist es okay für dich, dorthin zurückzukehren?«, erkundige

ich mich. »Ich kann mir vorstellen, dass es leichtere Dinge auf der Welt gibt.«

Er zieht die Unterlippe zwischen die Zähne. »Ja. Früher oder später hätte ich das sowieso tun müssen. Schließlich kann ich es nicht ewig aufschieben. Außerdem freue ich mich darauf, mit Enzo noch einmal diese Begeisterung zu erleben.«

»Du hast ja keine Ahnung, was ihm das bedeutet. Er ist ein eingefleischter Firebirds-Fan.«

Ace lächelt breit und mein Herz schlägt Purzelbäume. Noch nie habe ich ihn so strahlen sehen. Er ist tatsächlich glücklich und das macht wiederum mich so beschwingt, dass ich singen möchte wie Maria in *The Sound of Music*, wenn sie durch die hügelige Landschaft Bayerns tanzt.

Ich küsse ihn auf den Mund, wandere mit den Lippen zu seinem Ohr und knabbere mir einen Pfad hinunter zu seinem Hals, während ich seinen Duft einatme.

»Du riechst nach mir.« Ich richte mich auf.

»Du lässt es klingen, als wäre das etwas Schlimmes.«

»Es ist nicht schlimm. Zufällig glaube ich, dass ich nach Sonnenuntergang in der Wüste rieche«, erwidere ich kichernd.

»Und wonach genau riecht ein Sonnenuntergang in der Wüste?«

»Jasmin … Lilien … Kaktusblüten.«

»Das ist … sehr speziell.«

»Das ist meine Seife, okay? Mensch.« Ich drücke ihm einen weiteren Kuss auf den Mund und schmecke einen Hauch Ahornsirup. Offenbar hat er welchen an die Finger bekommen und sie dann abgeleckt. »Ich mag es einfach, wenn du nach … dir riechst.«

»Wonach rieche ich denn?«

Grinsend halte ich seinen Blick fest. »Wie ein Mann. Nach rissigem Leder und Moschus und Testosteron.«

Ich wette, früher hat er nach Basebällen, Dreck und Schweiß gerochen. Einen Moment lang bin ich eifersüchtig auf die Frau, die ihn während dieser Jahre ganz für sich allein hatte. Ich hätte ihn gern in Action gesehen, doch mir bleiben nur die dreißigsekündigen Videoclips der Highlights im Internet.

Nun ja.

Irgendwie bin ich mir sicher, dass mir der jetzige Ace sowieso lieber wäre als der andere.

»Ich glaube nicht, dass man Testosteron tatsächlich riechen kann«, foppt er mich liebevoll.

»Meinetwegen. Ich springe jetzt unter die Dusche«, verkünde ich, klettere von meinem absurd attraktiven Freund herunter und schiebe mir die zerzausten Haare aus dem Gesicht.

»Ich gehe nach Hause und mache mich fertig. Ich rufe dich an, wenn ich den Mietwagen abgeholt habe.« Er steht auf, legt mir die Hände auf die Hüften und zieht mich zu sich heran, um mich noch einmal zu küssen. Er ist süchtig nach mir, aber das macht mir nichts aus, weil es auf Gegenseitigkeit beruht.

Vielleicht ist es verrückt, weil er bald wieder hier sein wird, aber ich fühle mich genötigt, ihm zu sagen, dass ich es kaum erwarten kann, ihn wiederzusehen.

Er nimmt seinen Schlüsselbund von der Arbeitsplatte und steckt ihn in die Hosentasche, bevor er in die Schuhe schlüpft. Er trägt immer noch die Kleidung von gestern

Abend: schwarze Hose, weißes Hemd. Sein schwarzes Jackett hat er sich über den Arm gehängt.

Mit der Hand auf dem Türknauf dreht er sich noch einmal um. Ich gehe hinüber, schlinge ihm die Arme um den Hals und überschütte sein attraktives Gesicht mit Küssen, als würden wir uns für immer voneinander verabschieden.

Doch diesmal weiß ich ganz genau, dass wir uns nicht zum letzten Mal sehen.

Ich liebe diesen Mann.

Ich liebe ihn, von der Tiefe seiner grünblauen Augen bis hin zum letzten Winkel seiner Seele.

37. KAPITEL

Ace

»Ob wir wohl auch Rodrigo Gutierez sehen werden?« Enzo redet wie ein Wasserfall, seit Aidy ihn auf der Rückbank angeschnallt hat. »Was glaubst du, wie viele Fastballs wird Brandon Sousa heute werfen? Können wir uns ein Andenken kaufen? Eine Kappe oder so? Irgendwas, das ich Owen Mitchell zeigen kann, denn der wird mir das niemals glauben, wenn ich ihm erzähle, dass …«

Aidy dreht sich auf dem Beifahrersitz zu mir um und wir lächeln uns an, während wir in Richtung New Jersey Turnpike fahren. Ich greife über die Mittelkonsole des Mietwagens und drücke Aidys Hand.

Die Rückkehr nach Baltimore habe ich mir schwieriger vorgestellt, unangenehmer. Ohne Aidy und Enzo würde ich diese Reise vermutlich gar nicht unternehmen. Zumindest noch nicht. Ich wollte lediglich wiedergutmachen, dass ich den Jungen vor einigen Monaten so abgewimmelt und ihn zum Weinen gebracht habe.

Heute Morgen bin ich noch vor Sonnenaufgang aufgewacht und ins Wohnzimmer gegangen, um Aidy nicht zu stören. Nach zwanzig Minuten kam Enzo blinzelnd und augenreibend aus seinem Zimmer. Gestern Abend ist er bei der Feier eingeschlafen, bevor wir überhaupt im Taxi saßen. Der Junge wusste nicht, dass ich ihn hereingetragen habe und über Nacht geblieben bin.

»Was machst du in unserem Wohnzimmer?«, hat er gefragt. Ich habe beobachtet, wie er sich seitlich ins Handgelenk kniff, wie um zu sehen, ob er träumt. Ich habe behauptet, dass ich vorbeigekommen bin, um seine Tante zu überraschen, dann hat er sich die Fernbedienung genommen und mich gefragt, ob ich Zeichentrickfilme mag. Meine Antwort: »Wer nicht?«

Nach einer Weile hat er sich erkundigt, ob ich weiß, wie man Waffeln macht, und dann ist er in sein Zimmer gerannt und kam mit einer Handvoll Baseballquizkarten zurück.

Seither sind wir beste Kumpel.

»Oh, Wren ruft an«, sagt Aidy und legt den Anruf auf Lautsprecher. »Hey Wren, was ist los?«

»Guten Morgen. Wir sitzen hier in Houston und warten auf unseren Anschlussflug. Ich wollte nur mal hören, wie es so läuft.«

»Hi, Mom!«, ruft Enzo vom Rücksitz.

»Hey Schatz, ich hab dich lieb. Du fehlst mir«, sagt Wren liebevoll. »Ich kann es kaum erwarten, dich wiederzusehen. Benimmst du dich auch ordentlich bei Tante Aidy?«

»Er ist der reinste Engel«, bestätigt Aidy.

»Ace hat mir heute Morgen Waffeln gemacht!«, verkündet Enzo.

Wren bleibt einen Moment lang stumm.

»Das waren die besten Waffeln, die ich je gegessen habe«, fügt er hinzu.

»Wie schön, Schatz. Das war sehr nett von ihm. Dann musst du auch mal etwas Nettes für ihn tun.«

»Nicht nötig. Es war mir ein Vergnügen«, werfe ich ein und drücke Aidys Hand.

»Oh. Hallo, Ace …«

»Wir fahren gerade im Auto. Du bist auf Lautsprecher gestellt«, erklärt Aidy.

»Was für ein Auto?«, will Wren sofort wissen.

»Ace hat uns Karten für das Firebird-Spiel besorgt. In Baltimore. Wir sind gerade auf dem Weg dorthin«, berichtet Aidy.

»Das ist so toll, Mom!«, ruft Enzo.

»Das war eine spontane Entscheidung«, sage ich. »Ich hoffe, es ist okay. Ich verspreche, die beiden sind in guten Händen.«

Wren schweigt wieder kurz, ehe sie antwortet. »Nein, nein, ist schon gut. Ich vertraue dir. Enzo, sei lieb und bleib bei Ace und Tante Aidy. Weiche ihnen nicht von der Seite. Mach alles, was sie dir sagen.«

Aidy dreht sich zu mir um und formt mit den Lippen die Worte »Helikopter-Mom«, während sie mit dem Finger in der Luft herumwirbelt. Ich lache.

»Er wird einen tollen Tag erleben, nicht wahr, Enzo?«, sagt Aidy. »Ich schicke dir eine Nachricht, wenn wir in Baltimore sind«, fügt sie an Wren gewandt hinzu. »Und ich werde ganz viele Fotos machen.«

»Okay, sie rufen gerade unseren Flug auf«, erwidert Wren. »Ich hab euch lieb.«

»Ich dich auch, Mom!«, ruft Enzo.

Aidy legt auf und greift nach dem Knopf für das Radio, dann stellt sie denselben Klassikrocksender aus Jersey ein, mit dem ich aufgewachsen bin.

Nach einer weiteren halben Stunde fahren wir an der Ausfahrt vorbei, die in meine Heimatstadt führt.

Ja.

Nächstes Wochenende werde ich mit Aidy nach Hause fahren und sie meiner Mom vorstellen.

Und meine Mom wird sie genauso lieben wie ich.

38. KAPITEL

Aidy

Der Himmel ist stockdunkel, kein einziger Stern weit und breit. Enzo schnarcht auf der Rückbank und Ace konzentriert sich auf die Straße. Scheinwerferlichter sausen an uns vorbei und das Radio spielt leise.

Wir haben Sonnenbrand und sind wunderbar erschöpft, aber den heutigen Tag wird keiner von uns je vergessen.

Ich kann die Skyline der Stadt sehen, wir sind gleich zu Hause. Gleichzeitig bedeutet es das Ende dieses Tages.

»Danke.« Ich greife nach Aces Hand. »Danke für alles. Ich glaube, Enzo ist beinahe in Ohnmacht gefallen, als du ihn zur Spielerbank mitgenommen und ihm einen Wurf erlaubt hast, bevor sich das Stadion mit Zuschauern gefüllt hat.«

Ace lächelt. »Das war ich ihm schuldig. Außerdem ist er ein guter Junge, er hat es verdient.«

Ich hole mein Handy hervor und scrolle durch die Fotos. Ich habe mindestens zweihundert Aufnahmen gemacht und ein halbes Dutzend Videos. Wenn Wren zurückkommt, werde ich sie ihr alle schicken.

»Der arme Kerl hat beinahe einen Herzinfarkt bekommen, als er die Mannschaft kennenlernen durfte.« Ich lache in mich hinein. Ich habe wirklich geglaubt, dass Enzo gleich durchdreht, als Ace ihn Guy Ditka und Mike Baltierra vorgestellt hat. Der Beutel auf dem Rücksitz steckt voller Fanartikel: Kappen. Wimpel. Signierte Bälle.

Alles, wovon kleine Jungs träumen.

Einige Meilen weiter wird mir schlagartig bewusst, dass wir diese Art von Unternehmungen nicht mehr lange machen können. Innerhalb des kommenden Monats ziehe ich an die Westküste, und wenn ich Glück habe, kommt Ace mich ein paarmal im Monat besuchen. Oder vielleicht besuche ich ihn hier. Keine Ahnung, über die Einzelheiten haben wir noch nicht gesprochen. Unsere Beziehung wird dann daraus bestehen, dass wir versuchen, in einige wenige kurze Tage so viel wie möglich zu packen, und an den qualvoll langen Tagen dazwischen werden wir mit angehaltenem Atem warten.

Trotzdem ist es mir lieber, Ace spielt in meinem Leben eine Rolle.

Ich werde alles daransetzen, damit es mit uns funktioniert.

»Geht es dir gut?«, frage ich. Vermutlich gehe ich ihm auf die Nerven, weil ich das schon den ganzen Tag über alle paar Stunden frage, aber ich habe das wehmütige Glitzern in seinen Augen bei der Rückkehr in sein Heimatstadion gesehen. Auch sein trauriges Lächeln, als sein alter Trainer ihm die Arme um die Schultern gelegt und ihn zur Seite gezogen hat. Ich habe gesehen, wie glücklich seine alten Teamkameraden waren, ihn zu Gesicht zu bekommen, und die Melancholie aus Aces Stimme gehört, als er ihnen versicherte, dass er auch ohne Baseball zurechtkäme.

»Ja.« Ace nickt, die Lippen zusammengepresst. »Es geht mir sogar besser als nur gut.«

»Ach ja?«

»Auf eine etwas merkwürdige Art habe ich endlich mit der Sache abgeschlossen. Als wäre ich jetzt frei, um weiterzumachen«, sagt er und dreht das Lenkrad, als wir an eine Ausfahrt kommen. Er blickt in den Rückspiegel und biegt nach rechts ab. »Nach dem heutigen Tag freue ich mich auf das, was jetzt vor mir liegt.«

»Okay, und was ist das?«

Ace zuckt mit einer Schulter. »Das versuche ich immer noch herauszufinden.«

»Zumindest hast du verschiedene Möglichkeiten. Du kannst überall hingehen, alles machen.«

»Ja«, bestätigt er und dreht sich zu mir um. »Ich dachte mir heute so, ich könnte mir ja mal die Westküste ansehen. Ich bin zwar nicht unbedingt der Typ für Palmen und Sonnenschein, aber sogar ich kann mir Shorts überziehen und in der Sonne liegen, wenn das bedeutet, näher bei dir zu sein.«

Mir fällt beinahe die Kinnlade herunter und ich umklammere seinen muskulösen Bizeps. »Was? Wirklich? Meinst du das ernst?«

»Ja.« Er lacht. »Ist das verrückt?«

»Definitiv.«

»Möchtest du, dass ich dich begleite?«, fragt er.

»Natürlich. Aber es wird dir nicht gefallen.«

»Woher willst du das wissen?«

»Weil du dort vermutlich ab und zu mal lächeln müsstest. Diese Kalifornier sind in der Regel locker drauf und meistens glücklich. Zumindest, solange sie nicht im Stau stehen.«

»Verdammt, Aidy, womöglich lächle ich sogar die ganze Zeit über, wenn ich mit dir zusammen bin.«

Ich vergrabe mein Gesicht an seinem Arm und atme seinen Duft ein. Aftershave. Bier. Popcorn. Sonnenschein.

»Ich liebe dich«, sagt er. »Ich will dich nicht noch einmal verlieren. Ich komme mit dir.«

EPILOG

Ace

Ein Jahr später

»Ihr beiden seid wie Barbie und Ken«, sagt Wren aus ihrem Liegestuhl, die Zehen im Sand vergraben. Baby Maeve sitzt auf ihrem Schoß und versucht, das weiße Spitzenhütchen wegzuziehen, das ihre Mutter vor einer Minute unter ihrem Kinn befestigt hat. Orangefarbene Haarbüschel lugen darunter hervor und ihr Kinn ist mit glänzender Spucke bedeckt. »Inklusive Malibu-Traumhaus und allem.«

Chauncey und Enzo suchen unten am Wasser nach Muscheln.

»Das Haus war die Idee von Ace«, erklärt Aidy, die gerade mit eiskalten Bierflaschen in der Hand von der Terrassenbar zurückkommt. »Er ist derjenige, der sich hier niederlassen wollte.«

»Das war mehr oder weniger nötig«, verteidige ich mich. Vor sechs Monaten habe ich einen Fünfjahresvertrag mit Satellite XFM als Moderator einer Sportradiosendung unterschrieben. »Meine Arbeit ist hier. Und die Frau, die ich liebe.«

Aidy zieht ihr Strandkleid aus, unter dem ein glitzernder aprikosenfarbener Bikini zum Vorschein kommt, der ihre goldfarbene Kalifornienbräune betont. Die Westküste steht ihr gut, und so ungern ich es zugebe, auch mir bekommt sie eigentlich nicht schlecht.

Was den Verkehr angeht, hat Aidy nicht übertrieben, aber die Leute hier sind so verdammt glücklich. Es ist immer sonnig und es gibt jede Menge zu entdecken.

»Zeig mir noch mal deinen Ring.« Wren greift nach Aidys linker Hand und zieht sie näher zu sich heran. Auch Maeve legt ihre Hand darauf. »Verdammt, das Ding funkelt aber.«

Aidy lächelt, sieht zu mir herüber und legt dann die Hand auf ihr Herz. Vor drei Monaten habe ich ihr bei einem privaten Abendessen auf einer gemieteten Jacht vor Coronado Island einen Antrag gemacht. Vielleicht war es ein wenig verfrüht, aber das ist mir egal. Manchmal weiß man einfach, was richtig ist. Außerdem will ich sie nicht verlieren, deshalb will ich sie unbedingt an mich binden, bevor ihr klar wird, dass sie einen viel besseren Mann finden kann als mich. Das habe ich ihr auch so gesagt, obwohl sie mir gegenüber immer beteuert, dass es für sie keinen besseren gibt. Ich denke, in diesem Punkt werden wir immer unterschiedlicher Meinung sein.

Ich habe keine Ahnung, womit ich dieses Glück verdient habe, aber ich werde es ganz sicher nicht versauen. Ich schwöre von ganzem Herzen, genau der Mann zu sein, den eine Frau wie Aidy Kincaid verdient.

»Habt ihr immer noch vor, im Juni zu heiraten?«, erkundigt sich Wren.

»Ja.« Aidy lehnt sich in ihrem Liegestuhl zurück und überkreuzt die Beine.

»Perfekt«, findet Wren. »Man sagt ja, wer im Juni heiratet, bleibt das ganze Leben lang eine Braut.«

»Wer sagt das?«, möchte ich wissen.

Wren zuckt mit den Schultern. »Keine Ahnung. Aber es klingt schön.«

Die Terrassentür wird auf- und wieder zugeschoben, und als ich aufsehe, entdecke ich meine Mutter, die mit einem Teller voll heißer Crostini und Caponata zu uns herunterkommt. Vor zwei Tagen ist sie hergeflogen und seither hat sie es sich zur Aufgabe gemacht, dafür zu sorgen, dass wir während ihres Besuchs nicht hungern müssen. Sie hält uns für zu dünn, aber wir haben ihr versichert, dass wir hier in Kalifornien einfach aktiver sind als früher.

»Vielen Dank, Valentina«, sagt Aidy und nimmt sich eine Serviette und ein Crostini. »Die duften unglaublich lecker.«

Wren nimmt sich ebenfalls eins. »Ich mag dich unglaublich gern, Valentina, lass dir das gesagt sein. Wir entspannen uns hier am Strand und du stehst am heißen Herd, damit wir nicht verhungern.«

Mom blickt lächelnd zu mir herüber und setzt sich dann mir gegenüber an den von einem Sonnenschirm bedeckten Tisch.

»Danke, Mom.«

»*Prego*«, erwidert sie.

Wren horcht auf. »Baby? Hat sie gerade *Baby* gesagt? Aidy, bist du schwanger?«

Lachend winke ich ab. »Nein, *prego*. Das bedeutet ›bitte‹ auf Italienisch.«

»Oh.«

»Du wirkst enttäuscht«, sagt Aidy und legt ihr eine Hand auf die Schulter. »Mach dir keine Sorgen, irgendwann ist es so weit. Der da drüben glaubt, wir brauchen eine ganze Baseballmannschaft aus Amato-Kindern.«

Ich verschränke die Hände im Nacken und nicke grinsend. Sie hat recht. Ich will ein lautes Haus, so wie das, in dem ich aufgewachsen bin. Ich will Chaos, Lachen und Erinnerungen. Und alles mit Aidy an meiner Seite.

Ich werde sie niemals verlassen, genauso wenig wie die Familie, die wir gemeinsam gründen werden.

Nach dem Ende meiner Karriere hatte ich nicht die geringste Ahnung, was ich mit mir anfangen sollte. Meistens wollte ich nicht einmal darüber nachdenken. Aidy kennenzulernen hat alles verändert. Sie war das Gegenmittel zu allem Schlechten in meinem Leben.

Anfangs habe ich mich gewundert, warum wir uns dauernd über den Weg liefen.

Inzwischen weiß ich: Das war eine Art göttliche Fügung.

Diese Frau hat mich gerettet.

Sie hat mich vor mir selbst gerettet.

»Wann kommt Matteo her?«, will meine Mutter wissen. »Ich vermisse meinen kleinen Klugscheißer mit den Grübchen.«

»Heute Abend«, antworte ich. »Er muss erst noch eine Deowerbung abdrehen.«

Mom winkt ab. »Warum verschwendet er seine Zeit mit Werbung? Er sollte Filme drehen. Kassenschlager. Matteo sollte der nächste Batman werden!«

»Ich fürchte, so funktioniert das nicht«, erkläre ich ihr.

Mom schnaubt und starrt den Ozean an, als hätte er ihr etwas getan. »Irgendwann bringen ihm diese Grübchen eine Menge Geld ein. Ihr werdet schon sehen. Sofern es Gottes Wille ist.«

Sie murmelt ein kleines Gebet auf Italienisch und bekreuzigt sich.

»Dante, Cristiano und Fabrizio kommen morgen irgendwann im Lauf des Tages an«, zähle ich auf. Wir feiern dieses Jahr Thanksgiving ein wenig früher. Da meine Brüder so viel beschäftigt sind und es in Chaunceys Restaurant um die Feiertage herum immer sehr hektisch zugeht, haben wir uns alle gemeinsam auf das zweite Septemberwochenende geeinigt. Aidys Mutter Julie kommt ebenfalls am Samstag her. Sie übernachten alle in unserem Haus. Sogar Topaz wird dabei sein, über Skype. Es wird ein verrücktes Wochenende werden, und ein langes. Aber ich freue mich darauf.

Mom reibt sich die Hände, beugt sich über den Tisch und streicht mir übers Gesicht. »Ich habe meine Jungs schon sehr, sehr lange nicht mehr an einem Tisch gehabt. Du hast ja keine Ahnung, wie glücklich du deine alte Mutter machst.«

»Ja, ja.«

»Mom! Ich habe etwas gefunden! Komm und sieh es dir an!«, ruft Enzo vom Strand.

Aidy steht auf und übernimmt ihre kleine Nichte, damit Wren nach ihrem Sohn schauen kann, und dann setzt sie sich mit ihr neben meine Mutter an den Tisch.

»Du gehst so selbstverständlich mit ihr um«, findet meine Mom und mustert Aidy und Maeve eindringlich. »Ich werde nicht um den heißen Brei herumreden. Auch ich werde älter und ich hätte gern Enkel. Deine Brüder sind alle viel zu sehr mit *la dolce vita* beschäftigt, um sich über dieses Stadium in ihrem Leben Gedanken zu machen.«

»Ja, ja, Ma. Das wissen wir«, erwidere ich und zwinkere Aidy zu. »Wir haben es auf dem Zettel. Glaub mir.«

»Na gut.« Seufzend steht meine Mutter auf. »Ich werde mal reingehen und nach dem Abendessen schauen. Essen wir heute Abend *al fresco*?«

»Wir essen jeden Abend *al fresco*, Valentina«, sagt Aidy. »Wir sind jetzt Kalifornier. Vielleicht möchtest du ja auch eines Tages hierherziehen ...«

»*Cara mia*, wenn du mir ein Enkelkind schenkst, wirst du mich gar nicht mehr los.« Lachend geht meine Mutter ins Haus. »Dann habe ich meine Koffer gepackt, bevor du noch *Grauman's Chinese Theatre* sagen kannst.«

Als meine Mutter weg ist, sehe ich Aidy zu, die Maeve auf ihren Knien wippen lässt, lausche dem Kichern des Babys und betrachte Aidy, die eine Menge Grimassen zieht und der Kleinen auf den Bauch pustet.

Mom hat recht. Aidy hat ein natürliches Gespür für Babys. Aber das wusste ich bereits.

»Warum siehst du mich denn so an?«, will Aidy wissen, die Aufmerksamkeit immer noch auf das Baby gerichtet.

»Was? Darf ich dich denn nicht mal mehr ansehen?«, verteidige ich mich. »Ich habe einfach das Gefühl, eine kleine Vorschau auf unsere Zukunft zu bekommen, das ist alles.«

»Geduld, mein Schatz«, erwidert sie. »Erst musst du mich heiraten, dann sprechen wir über Kinder.«

»Wenn du mich lassen würdest, würde ich dich gleich morgen heiraten. Das weißt du.«

»Ja, aber ich will nichts überstürzen. Man plant schließlich nur einmal im Leben eine Hochzeit. Ich möchte das genießen«, antwortet sie grinsend. Im vergangenen Jahr hat sie sich auf ihr Geschäft konzentriert und es aus dem Nichts zu einem blühenden Unternehmen aufgebaut. Während der vergangenen zwölf Monate hat sie mindestens ein Dutzend Visagisten eingestellt und kann sich vor Bewerbungen kaum retten.

Keine Ahnung, wie sie das alles schafft.

Sie ist praktisch Wonder Woman.

Und in neun Monaten wird sie Adelaide Grace Amato sein.

Sie nennen ihn »Saint«. Doch er ist alles andere als ein Heiliger ...

Katy Evans
SAINT – EIN MANN,
EINE SÜNDE
Aus dem amerikanischen
Englisch von
Wanda Martin
384 Seiten
ISBN 978-3-7363-0456-7

Saint ist mysteriös, privilegiert – eine Legende in den High-Society-Kreisen Chicagos. Doch obwohl die Presse jeden seiner Schritte verfolgt: Den wahren Malcolm Saint kennt niemand. Noch nicht. Denn genau dieses Geheimnis will Journalistin Rachel lüften. Allerdings hätte sie niemals damit gerechnet, dass sie sich dabei in den reichen Playboy verlieben könnte ...

»Saint gehört MIR!« SYLVIA DAY

LYX